André Dhôtel

Das Land, in dem man nie ankommt

Der Autor: André Dhôtel wurde am 1. September 1900 in den Ardennen geboren, war Gymnasiallehrer und veröffentlichte 1930 seinen ersten Roman bei Gallimard. Seitdem hat er über vierzig Romane geschrieben, daneben zahlreiche Erzählungen, Gedichte und Essays. 1955 bekam er für *Das Land, in dem man nie ankommt* den begehrten Prix Fémina. Das Buch wurde in zwölf Sprachen übersetzt. 1974 ehrte ihn die Académie Française mit dem Grand Prix de Littérature, 1975 wurde ihm die hohe literarische Anerkennung seines Landes, der Prix national des Lettres, verliehen. Er ist am 22. Juli 1991 gestorben. – «André Dhôtel ist unser Dickens», schrieb der französische Literat Jean Paulhan.

Das Buch: Nachts ein Gespräch zwischen zwei Jugendlichen: «Warum bist du davongelaufen?» – «Ich suche mein Land.» – «Welches Land? Dein Heimatland? Wo liegt das denn?» – «Ich weiß nicht. Ich suche noch.» – «Erzähl mir doch etwas davon.» – So lernen sie sich näher kennen, der junge Gaspard und die andere gleichaltrige Hauptperson, deren Identität lange geheimnisvoll bleibt. Die beiden machen sich auf die Flucht aus den beengenden bürgerlichen Verhältnissen, auf die Suche nach der eigentlichen Heimat.

«Die Verwandlung der Welt ins Märchenhafte ist Dhôtels eigentlicher Gegenstand. Es gibt in seinem Buch Lokomotiven, Grenzposten, ein Hafencafé, eine Meerfahrt, eine Filmstadt – es gibt Schelde und Rhein... Aber alle Fakten der Wirklichkeit werden umgesetzt in eine geträumte andere Wirklichkeit. Sie gehören einem magischen Zusammenhang an.» *Frankfurter Allgemeine Zeitung*

ANDRÉ DHÔTEL

Das Land, in dem man nie ankommt

Roman

VERLAG FREIES GEISTESLEBEN

Aus dem Französischen von Hermann Stiehl.

Die Deutsche Bibliothek – CIP-Einheitsaufnahme

Dhôtel, André:
Das Land, in dem man nie ankommt: Roman / André Dhôtel.
[Übertr. von Hermann Stiehl]. – Stuttgart:
Verlag Freies Geistesleben, 1992
Einheitssacht.: Le pays où l'on n'arrive jamais <dt.>

ISBN 3-7725-2005-7

Die französiche Originalausgabe erschien 1955
unter dem Titel «Le pays où l'on n'arrive jamais»
im Verlag Editions Pierre Horay, Paris.
Die deutsche Erstausgabe ist 1957
im S. Fischer Verlag, Frankfurt/M erschienen.

Umschlag: Christiane Lesch / Walter Schneider
Druck: Clausen & Bosse, Leck

Inhalt

Gaspards Jugend

Ein und dasselbe Land birgt wahrlich mehr als eine Welt. Wenn man die Ardennen durchstreift, so erblickt das Auge nicht einen Wald, sondern tausend Wälder. Nördlich davon, bis zum Rhein hin oder zum Hafen von Antwerpen, liegt das Land der tausend Hügel und Hänge und fruchtbaren Ebenen, und man sieht die weiten Wasser der Kanäle, der Flüsse, der Meeresarme, während im Herzen der Städte, an den oft verlassenen freien Plätzen, hohe Türme sich erheben, die den Betrachter erschauern lassen und gleichzeitig seine Bewunderung erwecken.

Fernab von solcher Pracht träumt das Dorf Lominval dahin, das auf die Bezeichnung ‹Marktflecken› Anspruch erhebt. Es gibt dort ein Postamt, einen Notar, einen Arzt und einen Gasthof für die Touristen, den Gasthof zum ‹Großen Hirschen›, der schließlich dem Ort seine Prägung gab. Am Anfang war Lominval nichts weiter als eine Ansammlung von Gehöften, eine Insel im grünen Gewoge des Ardenner Waldes. Doch dann kamen die Leute aus der Stadt und verbrachten hier ihre Ferien, Villen wurden gebaut, und so entstand ein ländlicher Erholungsort, der immer seinen ursprünglichen Charakter bewahrte. Lominval liegt an einem Bach, der Flouve, deren Windungen die waldumschlossenen Wiesen benetzen. Zu allen Jahreszeiten herrscht eine tiefe Stille, und weniger als andernorts sorgt man sich um das Treiben der vielgestaltigen Welt, die sich zur Nordsee hin entfaltet.

Gaspard Fontarelle wurde im ‹Großen Hirschen› geboren. Dieser geräumige Gasthof hatte ein goldfarbenes Wappenschild, und seine Fenster zierten Geranien oder Balsaminen, je nach der Jahreszeit. Die Tante Gaspards bewirtschaftete ihn, Mademoiselle Gabrielle Berlicaut, eine tüchtige, energische Frau.

Gaspard Fontarelles Geburt gab Anlaß zu manchem Gerede. Die

Eltern des Kindes waren Jahrmarktströdler. Sie verkauften Krawatten, und niemandem wäre der Gedanke gekommen, ihnen daraus einen Vorwurf zu machen, hätte Madame Fontarelle es sich nicht obendrein einfallen lassen, auf den Märkten den Leuten die Zukunft vorauszusagen. Sie hatten ehedem in Lominval gewohnt, aber als Madame Fontarelle sich zur Hellseherin berufen glaubte, zogen sie mit ihren beiden Töchtern fort aus der Heimat, die ihnen nicht mehr gut wollte, und mieteten zwei Mansarden in Mezières. Freilich war Mezières genausowenig ihr Zuhause wie zuvor Lominval. Sie durchzogen jahraus, jahrein das Land und suchten in armseligen Zimmern Unterkunft. Man konnte sie als Bettler bezeichnen, und Mademoiselle Berlicaut, der Madame Fontarelle leibliche Schwester, pflegte zu sagen, um ihren Mangel an Anstand vollständig zu machen, fehle ihnen gerade noch ein Zigeunerwagen. Als es Mademoiselle Berlicaut gelang, ihren Schwager Charles davon zu überzeugen, daß man Gaspard, dem Letztgeborenen, um jeden Preis das unstete Leben ersparen müsse, zu dem seine beiden Schwestern schon verdammt waren, billigte diesen Entschluß ganz Lominval.

Gaspard also kam im ‹Großen Hirschen› zur Welt. Es war vereinbart worden, daß er in Lominval bleiben und seine Tante sich um seine Erziehung kümmern solle. Man erinnerte sich, daß ein Urahn Gaspards einmal in Lominval Bürgermeister und ein anderer noch früher Jägermeister gewesen war. Nach der Ansicht aller bedeutete es eine Schande, daß die Fontarelles zu Landstreichern herabgesunken waren, und man empfand Genugtuung bei dem Gedanken, daß Gaspard unter der Obhut von Mademoiselle Berlicaut eine der ältesten Familien des Ortes wieder zu Ansehen bringen würde.

Am Tag der Taufe wollte man gern vergessen, daß die Mutter Kartenschlägerin war, daß der Vater sich einer höchst unvornehmen Redeweise bediente und daß die beiden Töchter Irrlichtern glichen. Da sie alle Lominval ja gleich nach den Festlichkeiten zu verlassen gedachten, vermochte die Tante sich große Nachsicht abzuringen. Sie hatte Augen nur für ihren Neffen, der schon in so frühen Lebenstagen etwas Ehrbares an sich hatte.

«Wenn die Eltern nur weit weg sind, dann haben wir nichts zu fürchten», sagte Mademoiselle Berlicaut mit Nachdruck.
Doch brachte jener Tag ein erstes denkwürdiges Ereignis, dessen Bedeutsamkeit man nicht unterschätzen darf, wie der weitere Verlauf dieser Geschichte zeigen wird. Als am Nachmittag die Gäste das Festmahl im großen Saal des Gasthofes beendeten, wollte die Tante den kleinen Gaspard aus seiner Wiege holen, um ihn an dem Toast teilhaben zu lassen, den man auf ihn ausbrachte.
«Nein, Schwester!» rief sie, indem sie Madame Fontarelle, der Mutter, zuvorkam, «nein, Schwester, nicht dir, sondern mir steht es an, diesen Jungen der Runde vorzustellen, die heute seiner Zukunft ihre Wünsche darbringt. Bin ich nicht auch seine Patin?»
Indes bemerkte Gabrielle Berlicaut, daß an dem Steckkissen des Kleinen zwei Nadeln fehlten. Um das Kind nicht der Mutter überlassen zu müssen, während sie in den Tiefen einer Lade nach Nadeln suchte, legte sie Gaspard auf die Schale der großen Waage, die das Büfett zierte. Auf der anderen Schale hockte eine Katze.
Gaspard wog nicht gerade wenig. Die Schale neigte sich mit kurzem Ruck zu seinen Gunsten, so daß die überraschte Katze wie von einer Feder hochgeschnellt oben in den Geschirrschrank sprang. Dort richtete sie zunächst unter den Tellersäulen großen Schaden an, machte dann, von dem Geklirr erneut aufgescheucht, einen Satz mitten auf den Tisch, um den die Gäste sich versammelt hatten. Es war, als teilte sich die Panik der Katze allen Anwesenden mit, und niemand traute sich, das Tier zu fangen, das mit ausgestreckten Krallen auf der Tafel umhersprang und Gewürzservice und Weinflaschen umwarf. Schließlich hakte es sich der Frau des Notars an das Mieder und fiel über ihr Gesicht her. Dem Notar und seinem Nachbarn, dem Gemeinderat Perrin, die sich um ihre Befreiung bemühten, zerkratzte sie gehörig die Hände. Dann setzte das Tier durch das Fenster, während Gabrielle Berlicaut Leinwand holte, um die Gäste zu verbinden.
Nachdem die Aufregung vorüber war, wandte die ganze Tafelgesellschaft ihre Aufmerksamkeit dem kleinen Gaspard zu, der immer noch friedlich auf der Waagschale lag. Gaspard war keinesfalls schuld

gewesen. Und doch – und man sollte diese Überlegung noch oft anstellen –, wäre er nicht dagewesen, nichts dergleichen hätte sich ereignet. Wer das verkratzte Gesicht der Notarsfrau sah, mußte darin den Abdruck einer Schicksalhaftigkeit erkennen, zu deren Komplizen Gaspard sich gemacht zu haben schien. In dem Augenblick, da Madame Fontarelle unter allgemeiner Stille ihr Kind wieder an sich nehmen wollte, hörte man in der Ferne einen Donnerschlag, und fast unmittelbar darauf ertönten am Himmel lang anhaltende Schreie: ein Kranichzug, der nach Norden zurückflog. Was die Kraniche betraf, so war ihr Vorüberziehen nichts Erstaunliches, doch verfolgte man noch lange im breiten Fenster der Gaststube ihren Zug: ein großes V, dessen einer Schenkel von übermäßiger Länge war.

Gabrielle Berlicaut entriß Gaspard den Armen seiner Mutter, zeigte ihn der Tafelrunde und erklärte, daß man den Umständen zum Trotz auf sein Wohlergehen trinken werde. Denn sie wolle – sagte sie – den bösen Einflüssen entgegentreten, die dieses unschuldige Kind umlauerten. Die Notarin hob sogleich ihr Glas und wünschte als erste dem jungen Gaspard, er möge dem Namen Fontarelle über alle Schwierigkeiten hinweg und dank der vorzüglichen Vorkehrungen, die Gabrielle Berlicaut treffen würde, Ehre machen. Neuerliches Donnerrollen unterstrich diese Rede, und man wußte nicht, ob man das als gutes oder böses Vorzeichen deuten sollte. Man ging sehr schnell auseinander.

Die Folge der Tage und selbst der Jahre löschte die Erinnerung an diese Geschehnisse nicht aus. Jedoch solange Gaspard noch nicht zur Schule ging, konnte man weder im ‹Großen Hirschen› noch in Lominval überhaupt etwas Außergewöhnliches feststellen. Gaspards Eltern besuchten ihren Sohn von Zeit zu Zeit und zogen wieder fort, offenbar glücklich, ihr mühseliges Leben weiterführen zu können, wenn es nur Gaspard erspart blieb. Die beiden Schwestern Gaspards tollten und lärmten einen Tag lang durch den Gasthof, aber sobald sie dann mit ihren Eltern aufgebrochen waren, sank alles wieder in Lominvals große Stille zurück. Von neuem drang der ruhige Frieden der Wiesen bis in die hinterste Ecke der Küche, und man hörte den Wald aufseufzen unter den Höhen des Himmels. Die Mauern hallten lange nach von den Schritten der Vorübergehenden, die sich an ihr ewig gleiches Tagwerk machten.

Als Gaspard in die Schule und also ins öffentliche Leben eintrat, ereigneten sich neue Zwischenfälle. Gaspard war sieben Jahre alt, als er in die Schule kam. Es wäre besser gewesen, er hätte ein wenig früher lesen und schreiben gelernt, aber die Tante ließ ihn – nicht ohne Grund – nur zögernd in die Welt hinaus. Noch nicht zwei Wochen hatte er den Unterricht bei Monsieur Dumeron genossen, als es ihm eines Abends auf dem Heimweg von der Schule einfiel, in den Lieferwagen des Gasthofs zu klettern, der vor der Tür parkte. Der Fahrer ging wohl im Ort Geschäften nach und hatte den Wagen an der Auffahrt stehenlassen. Kaum war Gaspard hinten eingestiegen, als sich auch der Wagen schon in Bewegung setzte. Vor dem Gasthof ist der Boden ganz leicht geneigt, man konnte nicht umhin, dies bei solcher Gelegenheit festzustellen. Der Fahrer hatte es versäumt, die Bremsen anzuziehen, und ganz unmerklich war der Wagen ins Rollen gekommen und auf die Straße geraten, die an einer Stelle zur Kirche hin abfällt. Man sah also bald, wie der Lieferwagen über den Marktplatz fuhr, während Gaspard verblüfft sitzenblieb und die Beine hinten herausbaumeln ließ. Der Wagen kam immer mehr in Fahrt, fuhr ins Dorf hinab, rollte dann von der Straße herunter über eine Wiese und kam schließlich auf eine Allee, die in den Wald führte. Die Leute stürzten aufgeschreckt hinterdrein, Gabrielle Berlicaut aber rief allen zu, man solle sich nicht aufregen.

In der Tat machte sich niemand ernstlich Sorgen um Gaspard – man gestand es sich nach dem Abenteuer ein. Der Lieferwagen war wie ein Pfeil auf das Gelände des Sägewerks zugeschossen. Der Wächter und seine Frau, die gerade in ihrer Hütte Kaffee tranken, sahen ihn herankommen. Sie konnten im letzten Augenblick noch aufstehen und zur Seite springen, da durchbohrte der Lieferwagen auch schon die Holzwand, als wäre sie aus Papier, und entführte den Tisch samt Kaffeekanne und Tassen und einer Vase mit Blumen. Nachdem er auch durch die Rückwand gestoßen war, fuhr er schließlich mit der Nase in einen Bretterstapel, und die Motorhaube ging in Trümmer. Der Wächter und seine Frau eilten entsetzt herbei, doch noch größer war ihre Erschütterung, als sie zwei bemerkenswerte Tatsachen feststellten. Zum ersten kam Gaspard aus dem Wagen gestiegen und wünschte ihnen höflich einen guten Abend. Sodann deutete die Frau des Wächters wie von einer Vision geblendet auf die obere Kante des Bretterstapels. Dort thronte die Vase, auf dem höchsten Brett, mit allen Rosen darin schön angeordnet, während Kaffeekanne, Tassen und Tisch zerschmettert über den Stapel geschleudert worden waren. Als die Starre gewichen war, holte der Wächter zunächst die Vase herunter, um zu sehen, ob er auch nicht träumte. Dann erst wandte er sich Gaspard zu und fragte ihn, ob ihm etwas weh tue und wie das alles passiert sei. Schon kamen auf der Allee die Dorfleute in Sicht. Sie konnten nur mehr die Trümmer in Augenschein nehmen und sich über den Wächter wundern, der Rosen in der Hand hielt und angelegentlich mit Gaspard plauderte.

Gewiß – wenn der Fahrer die Bremse angezogen hätte, wäre nichts geschehen, aber warum hatte Gaspard sich auch gerade diesen Augenblick ausgesucht, um in den Wagen zu klettern! Nur Gabrielle Berlicaut mochte wissen, bei wie vielen heimlichen Mißgeschicken ihr Neffe die erste Ursache gewesen war: zerbrochenes Geschirr, angebrannte Braten, umgeworfene Suppenschüsseln, zugeschmetterte Türen, deren Erschütterung die Wanduhren aus dem Takt brachte, Kaninchen, die Gaspard durch die Beine entwischten, wenn er ihnen Gras reichte, Weinfässer, deren Zapfen durch seine Schuld nicht zugedreht wurden und den kostbaren Inhalt ausrinnen ließen. Immer mußte Gaspard ausgerechnet in dem Augenblick hinzutreten, da alles verquer ging. Nach dem Abenteuer mit dem Lieferwagen machte Gabrielle Berlicaut ihrem Herzen Luft und erzählte jedem, der es hören wollte, von ihren Sorgen und Ängsten.

Als Gaspard zehn Jahre alt war, wurde er erneut zum Mittelpunkt eines verhinderten Dramas. Es war an einem Herbsttag, als er, den häuslichen Pflichten entronnen, im nahen Wald Pilze sammelte. Über seine Schulter hatte er einen Beutel aus Rehfell geschwungen. Die Blätter waren noch nicht gefallen, und so kam es, daß ihn in der Wirrnis des Unterholzes ein Jäger tatsächlich für ein Reh hielt. Der Jäger war Monsieur Steille, ein Rechtsanwalt, der beim Notar zu Gast weilte. Er hatte ein mit Kugeln geladenes Repetiergewehr bei sich und pirschte sich zusammen mit dem Notar und zwei Freunden an ein großes, abgesperrtes Revier heran. Man hatte die Hunde losgelassen, da man ja nicht ahnen konnte, daß Gaspard in die Absperrung eingedrungen war, und als der Anwalt auf einmal Gaspards Beutel sah, legte er an und schoß.

Zum Glück hatte der Jäger, von einem plötzlichen Zweifel gepackt, im gleichen Augenblick die Waffe hochgerissen. Noch im Abdrücken wollte es ihn seltsam dünken, daß ein Reh sich nicht von der Stelle rührte, während es die Hunde schon verbellten, und diese dunkle Ahnung ließ ihn gerade so viel zittern, daß der Schuß vorbeiging. Die Kugel streifte Gaspard nur am Kopf, hinterließ eine flache, blutige Furche, flog geradewegs ins Dorf, durch das offene Fenster in die kleine Bürgermeisterei hinein und wider die Gipsbüste der Republik, die dort auf einem Wandgestell stand und nun in Scherben ging. Man fand die Kugel im Mauerwerk, und der Wagner, der auf dem Wege zum Unterdorf war, behauptete später, er habe sie an seinem Ohr vorbeipfeifen hören.

Es kommt vor, daß ein Jäger beim leisesten Verdacht in die Richtung schießt, in der er das Wild vermutet, wenn der Wald sich noch nicht gelichtet hat. Der Anwalt hätte nicht an dieser Stelle in Anschlag gehen dürfen, denn das Waldrevier lag in nächster Nähe einer Ansiedlung, und zumal mit einer Waffe, die eine zu große Reichweite hatte. Man redete darüber hin und her, doch wie bei der Sache mit dem Lieferwagen hielt man sich über den lächerlich-harmlosen Ausgang des Abenteuers nicht weniger auf als über die Gefahr, in der Gaspard geschwebt hatte. Eine zerschmetterte Gipsbüste – fürwahr eine schöne Jagdtrophäe! Und wieder konnte man nicht umhin, festzustellen, daß Gaspard an diesem Ort sich nicht hätte aufhalten dürfen und daß es einfach nicht zu fassen war, wie er mit jenem Ausdruck der Sorglosigkeit – ja gar des Spotts, wollte man wissen – die ärgsten Gefahren durchstand.

In den beiden darauffolgenden Jahren ereigneten sich weitere Zwischenfälle, von denen ich nicht berichten will, da sie weniger bedeutungsvoll sind. Das letzte Abenteuer, von dem man viel redete, be-

stand Gaspard, als er zwölf Jahre alt war, und es erschütterte die Gemüter auf außerordentliche Weise.
Als Gaspard eines Abends nach der Schule vor dem Dorf umherschlenderte, wurde er von einem Gewitter überrascht, das niemand hatte kommen sehen, wie das manchmal geschieht. Er flüchtete unter einen großen Birnbaum, an dem zwei der Hauptäste morsch waren. Der Blitz fuhr in den Baum, und einer der Äste, der selbst schon den Umfang eines mittleren Baumes hatte, fing Feuer, und ein mächtiger Windstoß trug ihn fünfzig Schritt weit fort, daß er ausgerechnet auf den Schuppen fiel, der die Feuerwehrpumpe barg.
Man fand Gaspard ohnmächtig am Fuß des Baumes liegen. Seine blonden Haare waren rot versengt – das war der einzige Schaden, den er davongetragen hatte. Er kam bald zu sich, und eine Stunde später schon war er wieder völlig wohlauf. Neuerlich paarte sich die Angst, die man gehabt haben mochte, mit Entrüstung. Es war in der Tat unmöglich, des Feuers Herr zu werden, das das Spritzenhaus erfaßt hatte, und man mußte sich wohl oder übel damit abfinden, daß von der Pumpe nur noch ein Haufen Schrott übrigblieb.
Hätte man Gaspard verantwortlich machen sollen? Und wenn, was konnte man ihm vorwerfen? Man dachte auch gar nicht daran. Gleich am nächsten Morgen wurde eine neue Pumpe bestellt, und man begann mit einem gewissem Zorn zu verkünden, Gaspard habe keine Tugend und seine liebenswürdige Miene sei nur Blendwerk. Es gibt Kinder, denen eine äußerst wirkungsvolle Kraft innewohnt. In der Gegenwart der einen lösen sich alle Schwierigkeiten in nichts auf, während die anderen die unmöglichsten Komplikationen herbeiführen, ohne daß sie auch nur einen Finger gerührt hätten.
War er also ein Tolpatsch, ein Unglücksrabe, dieser Gaspard? Noch viel schlimmer, behauptete man bald, obwohl man Genaues nicht zu sagen wußte. Es wurde gemunkelt, bei solchen Zwischenfällen treibe eine Art verborgener Bosheit ihr Spiel, die von Gaspard selbst zwar nicht gewollt sei, die aber in ihm stecke.
Gaspard war ein hübscher, blonder Junge. Er verrichtete jede Arbeit mit Sorgfalt und strebte einzig danach, seinen Spielgefährten wie seiner Tante zu Gefallen zu sein. Doch man wußte nur zu gut, wie

leicht man in seinem Beisein ein Tintenfaß umwarf, einen Bücherstapel anstieß oder eine Feder zerbrach. Nie war er selbst unmittelbar schuld, aber man ging ihm besser aus dem Wege.
Gaspard begegnete allseits wachsendem Mißtrauen. Man ließ ihn nicht mehr aus den Augen, und was das Schönste im Leben des Kindes und im Leben überhaupt ist, wurde ihm eigentlich nicht zuteil: das beglückende Erlebnis, daß Menschen einander offenen Herzens begegnen und Vertrauen schenken. Seine Eltern glaubten, es mangele ihm an nichts, und machten sich bei ihren flüchtigen Besuchen wenig Gedanken um die Verfehlungen, die man ihm vorwarf. Es war, als ziehe sich die Welt von ihm zurück. In der Schule wurde Gaspard nur selten aufgerufen. Mehr und mehr bemächtigte sich seiner die Gewißheit, daß nichts ihn angehe und daß alles, was er tat, fehlgetan sei.
Ich sagte schon, daß Lominval in strenger Abgeschlossenheit lebte und daß alles Tun und Treiben in ewig gleichem Rhythmus verlief. Man sorgte sich kaum um die Geschehnisse der Außenwelt, der Lande jenseits des Waldes, die doch so reich an Reiz und Schönheit sind. Gaspard aber übertraf bald noch alle Einwohner von Lominval in der Unkenntnis der Vorgänge in der weiten Welt. Als er mit vierzehn Jahren aus der Schule kam, hatte er auf Gabrielle Berlicauts Geheiß die Fußböden zu wachsen und den Hof zu kehren. Obgleich er von stets wacher Intelligenz war, kümmerte sich die Tante nicht mehr um seine Zukunft. Wenn sie ihn noch bei sich behielt – um ihrer Pflicht zu genügen, wie sie sagte –, so hatte sie doch all ihre Träume und Pläne aufgegeben. Gaspard seinerseits kam nicht einmal der Gedanke, daß man irgendwelche Hoffnungen mit seiner Person verbinden könnte. Er hatte nur einen Wunsch: nicht aufzufallen, still seinen Weg zu gehen. Im übrigen schloß er sich immer mehr an Haus und Hof an, und was das Dorf an unbedeutendstem Geschehen bot, war Teil von ihm wie seine Hände oder seine Augen auch. Seine Eltern kamen immer seltener zu Besuch. Die Schwestern waren jetzt etwa zwanzig Jahre alt, hatten Jahrmarktsleute geheiratet und dachten wenig an ihren Bruder, dessen Leben sich von dem ihren zu sehr unterschied.

Viele Kinder nehmen sich sehr wichtig, wenn sie ein Abenteuer auch nur von fern erleben. Gaspards Maß an außergewöhnlichen Fährnissen, in denen er der Held gewesen, war voll; aber da man ihm bei solchen Gelegenheiten stets die Anerkennung versagte, hatte sich seiner schließlich eine scheue Zurückhaltung bemächtigt.

Er arbeitete von morgens bis abends und manchmal bis spät in die Nacht. In einem Gasthof ist immer etwas zu tun und zu besorgen. Während der schönen Jahreszeit jedoch bedingte sich Gaspard gegen Tagesende oder nach dem Abendessen stets eine freie Stunde aus, um allein umherzustreifen. Seine Tante hatte nichts dagegen einzuwenden, denn sie mußte sich gestehen, daß er einer Arbeit nachkam, die vielleicht sogar einem Erwachsenen zuviel gewesen wäre. Er legte seinen Ausgang immer auf die Stunden, da er nur selten jemandem begegnete, und folgte meistens einem Pfad, der außerhalb des Dorfes an den Gärten entlangführte.

Er ging zunächst zum Kirchplatz hinunter, den er umschritt, bog dann in ein Gäßchen zwischen alten Häusern ein, das niemand mehr benutzte, da es von Brennesseln und Kletten überwuchert war. Am Ende des Gäßchens begann ein Pfad, der sich zwischen den Gartenzäunen und den Einfriedungen der Parks dahinzog. Dieser Pfad war kaum begangen. Dornensträucher wuchsen darauf, die den Weg versperrten. Gaspard wand sich durch das Gesträuch und blieb so den Blicken verborgen.

Anfangs, als ihm diese Spaziergänge noch kaum zur Gewohnheit geworden waren, setzte er sich an irgendeiner Stelle nieder und schaute über die Felder. Tälerdurchfurchte Wiesen taten sich seinem Blick auf, und diese Täler liefen auf die Wipfellinie des Waldes zu. Im Sommer sah er die Distelsamen auf den Launen des Windes davonfliegen, zum Himmel emporsteigen oder über die Gräser entfliehen. Vögel ließen sich auf den Gittern der Parks nieder. Er kannte nicht ihre Namen.

In der Folge begann er seine Aufmerksamkeit den Gärten zuzuwenden. Im Schutze der windenverflochtenen Zäune hatte er Muße, die Frauen zu beobachten, die dort ihr Gemüse ernteten, oder er lauschte den Gesprächen, die durch die geöffneten Fenster aus den Häusern an sein Ohr drangen. Das geschah nicht aus Neugierde. Wenn zufällig von privaten Dingen gesprochen wurde, entfernte er sich sogleich, denn es widerstrebte ihm, in die eigensten Angelegenheiten anderer einzudringen. Was ihn anrührte, war der Klang der Stimmen, der sanft im Abend verhallte, die Baßstimme des Küsters, die einem frohen Lied vergleichbare Stimme der jungen Bäckersfrau und viele andere mehr, melancholische und heitere.

Indes nahm diese friedliche, kindliche Versenkung immer mehr die Gestalt eines Gebetes an, und gelegentlich geschah es, daß Gaspard in seiner Einsamkeit wirklich betete. Dann fühlte er sich rings von einer wilden Kraft umgeben. So tief war die Stille Lominvals, daß ein einzelnes Wort schon unvermutete Bedeutung erlangen und die seltsamsten Folgen haben konnte.

Ein Wort, ein Kranz von Worten, solche, die man hier nur selten zu sagen pflegte und die doch von Zeit zu Zeit fielen, wie man wohl glauben darf. Das Wort ‹Kanal›, das Wort ‹Turm› und das Wort ‹Meer› zum Beispiel. Die Bäckersfrau hatte einen Vetter in Belgien. Der Bruder des Küsters war Zöllner in einem Hafen. Gaspard bewegten die Worte um ihrer selbst willen. Er malte sich die Kanäle aus, die er nie gesehen, Städte mit ihren Türmen und Zinnen und das weite Meer. Er hatte nie den Wunsch, Lominval zu verlassen, um diese Stätten aufzusuchen, mit denen der Vetter der Bäckerin und der Bruder des Küsters auf solch vertrautem Fuße verkehrten. Aber da es ihm an Erfahrung mangelte, stellte er sich vor, Ereignisse könnten von ich weiß nicht welchen außergewöhnlichen Landen auf ihn zukommen, über die man schwieg und von denen eigentlich niemand Genaues zu berichten vermocht hätte. Er kam nicht von dem Gedanken los, es gebe Menschen und wohl gar Völkerschaften, die nichts gemein hatten mit der Menschheit, wie sie sich ihm in den Leuten von Lominval darbot.

Sein arbeitserfüllter Tag beschäftigte ihn zu sehr, als daß er diesen Träumen Bedeutung beigemessen hätte; sie entschwanden, wie sie ihn angefallen hatten. Immer tiefer wurzelte jedoch in ihm die Überzeugung, er werde eines Tages, im Verlauf eines Spaziergangs, jenes Wort erhaschen, das ihm alles auftue, was er jetzt nur ahnte, und ihn selbst Dinge schauen ließe, von denen niemand zu träumen gewagt hätte. Eines Abends nun geschah es, daß er Worte vernahm, die sein Leben ändern sollten.

Es war an einem Abend im Mai. Die Kastanien vor dem Rathaus waren erblüht, und in den Gärten wartete man von Stunde zu Stunde auf den Spargel. Der große Frühjahrsputz im ‹Hirschen› war vorüber, und Gaspard machte einen seiner ersten Ausflüge des Jahres. Er war in den Pfad längs der Gärten eingebogen und hatte sich hinter einer Wand aufsprießender Gräser niedergesetzt, ganz in der Nähe des Hauses des Bürgermeisters. Er verweilte nur selten in dieser vornehmen Nachbarschaft. Kaum hatte er seinen Gang zu kurzem Nachdenken unterbrochen, als er Musik aus einem Lautsprecher hörte. Fast unmittelbar darauf verklang die Musik, da das Programm zu Ende war, und dann sagte eine Stimme: «Wir geben nun eine Durchsage ...»

Die Durchsage brach plötzlich ab. Man hatte ausgeschaltet. Hinter dem Fenster folgte ein kurzer, heftiger Wortstreit, offenbar zwischen dem Bürgermeister und seiner Frau, dann ertönte von neuem die Stimme:

«... von fünfzehn Jahren, das von Antwerpen aus zu Fuß durch ganz Belgien geflohen ist und sich immer dem Zugriff der Polizei entziehen konnte. Das Kind trägt eine graue Samthose und ein blaues Leinentrikot. Es hat dichtes, blondes Haar, das bis auf die Schultern fällt. Es wird vermutet, daß es sich in den Wäldern zwischen Revin und Laifour verirrt hat, wo es zum letzten Male gesehen wurde.»

Der Radioapparat schwieg. «Sie suchen noch immer», sagte der Bürgermeister.

«Laifour, das ist keine zwanzig Kilometer von hier», sagte seine Frau.

Es erstaunte Gaspard keineswegs, daß die Jagd auf das entflohene Kind die Gegend von Lominval berührte. Er kannte Laifour genausowenig wie Antwerpen oder Revin. Ein Gesicht voller Schönheit erschien ihm plötzlich wie im Traum. Blaue Augen, schimmerndes Haar, anmutige Kleider. Das verwunderte ihn kaum, aber er ahnte, daß in diesen unbekannten Kinderaugen eine rätselhafte heiße Flamme brennen müsse. Ein Kind, das ganz Belgien durchziehen kann,

um zu den großen Wäldern zu gelangen, muß von einem außerordentlichen Entschluß beseelt sein. Was es hinaustrieb – Gaspard sorgte sich nicht darum. Er sah nur im Geist jene blauen Augen, in denen ein schmaler Spalt blendenden Glanzes wohnte.
Gaspard zuckte mit den Schultern. Er stand auf und trat den Heimweg zum Gasthof an, wo das Abendessen auf ihn wartete. Er brauchte nie bei der Vorbereitung des Essens zu helfen. Man mißtraute seinen Fähigkeiten allzusehr, als daß man ihm aufgegeben hätte, eine Soße umzurühren oder den Tisch zu decken. Er dachte gerade über diesen Umstand nach und schritt dabei wie üblich an der Kirche entlang heimwärts, als hinter einer Strebemauer plötzlich ein Kind von vielleicht fünfzehn Jahren auf ihn zustürzte, das in allem der durchgegebenen Beschreibung entsprach. Graue Hosen, Leinentrikot. In dem abgemagerten, von Dornen zerkratzten Gesicht, das wirres, staubbedecktes Haar von wunderbarem Glanz umgab, leuchteten Augen, aus denen ein Licht von engelhafter Helle brach. Gaspard stand wie erstarrt. Das Kind musterte ihn aufmerksam und schien sogar, so schnell alles ging, von ihm angezogen. Es wollte gerade etwas sagen, da ertönte zehn Schritte weiter eine andere Stimme. Es war die Stimme des Feldhüters.
«Eine Viertelstunde sehe ich dich jetzt schon um die Kirche herumstreichen. Diesmal kriege ich dich!»
Feldhüter und viele andere Beamte der öffentlichen Gewalt halten es für notwendig, ihr weiteres Handeln in einer Rede anzukündigen, und so ist es nicht unmöglich, ihnen zu entkommen. Bei den ersten Worten schon war das Kind losgesprungen, so daß Gaspard zurücktaumelte, aber sogleich erwischte es der Wagner, der hinter der Kirche hervortrat und dem Feldhüter zu Hilfe eilte. Der Wagner bekam das Kind am Arm zu fassen. Es wehrte sich zuerst noch wie wild, ergab sich aber dann seinem Schicksal, als der Feldhüter hinzukam, um dem Wagner beizustehen.
Gaspard sah das alles wortlos mit an, ohne sich von der Stelle zu rühren. Es war aussichtslos, den Kampf aufzunehmen oder mit dem Feldhüter und dem Wagner zu verhandeln. Schon schritt das Kind zwischen den beiden Männern von ihm fort über den Kirchplatz.

Sicher gingen sie zum Bürgermeister, der über das weitere Schicksal des Herumtreibers entscheiden würde. Frauen traten aus den Häusern, und es entstand ein Auflauf. Gaspard schaute dem Kind nach, das jetzt den Kopf wandte und ihn ansah. Niemals mehr sollte Gaspard Fontarelle diesen Blick vergessen. Als die ganze Menschengruppe um die Straßenecke verschwunden war und der Platz wieder verlassen dalag, kehrte er zum ‹Großen Hirschen› zurück. Die Magd war gerade dabei, im Gastzimmer für die wenigen Reisenden die Gedekke aufzulegen. Er betrat das zwischen dem großen Saal und der Küche gelegene kleine Zimmer, in dem Gabrielle Berlicaut dem Hausgesinde bereits die Abendsuppe ausschöpfte. Noch wußte niemand, daß vorhin bei der Kirche ein fremdes Kind festgenommen worden war. Während des Essens gab Gabrielle Berlicaut, die wie gewöhnlich nur auf der Kante ihres Stuhles saß, der Küche ihre Anweisungen. Sie erhob sich von Zeit zu Zeit wie von einer Feder hochgeschnellt. Man war noch immer beim Omelett, als Monsieur Berrèque, der Bürgermeister, das Gastzimmer betrat und nach Gabrielle Berlicaut rief, die wie der Blitz hinausstürzte.

Der Ausreißer

Gabrielle Berlicaut hatte die Glastür hinter sich geschlossen, die das Hinterzimmer vom Speisesaal der Gastwirtschaft trennte. Weder die Magd noch der Gehilfe noch Gaspard verstanden ein Wort von dem, was gesprochen wurde. In den Mattglasscheiben sahen sie gegen das Licht die Umrisse des Bürgermeisters und der Tante. Gabrielle Berlicaut gestikulierte heftig, breitete die Arme aus, hob sie empor und stemmte schließlich die Fäuste in die Hüften, was stets darauf hindeutete, daß sie einen unabänderlichen Entschluß gefaßt hatte. Zwei Minuten später öffnete die Tante, während der Bürgermeister sich entfernte, aufs neue die Tür, und noch ehe sie sich setzte, sagte sie:

«Fernande, richte Zimmer 25 her!»

«Zimmer 25? Das kann doch wohl nicht Ihr Ernst sein, Mademoiselle», entgegnete Fernande. «Da ist ja seit zwei Jahren niemand mehr drin gewesen!»

«Ich werde dich lehren, mit mir über meine Anordnungen zu streiten!» rief Gabrielle Berlicaut. «Du ißt dein Omelett später. Tu jetzt, was ich gesagt habe.»

«Aber wer soll dann im Gastzimmer bedienen?»

«Bedienen wird Gaspard», schnitt Gabrielle Berlicaut jede weitere Widerrede ab.

Diese letzte Bemerkung übte eine wundersame Wirkung aus. Die Magd erhob sich in plötzlicher Eile und verschwand, sich mit dem Ärmel über den Mund wischend, durch die Tür zur Treppe. Der Gehilfe, der auch etwas hatte sagen wollen, verschluckte sich dabei. Als Gabrielle Berlicaut sich wieder hinsetzte, warf sie dem Koch, der in der Küchentür erschienen war, nur einen Blick zu, daß er sich schleunigst wieder in sein Reich zurückzog. Gaspard neigte den Kopf über seinen Teller.

„Zimmer 25 –», konnte sich der Gehilfe nun doch nicht enthalten, verwundert zu bemerken.
«Hast du gehört, Gaspard?» fuhr Gabrielle Berlicaut fort. «In fünf Minuten bist du drüben. Und zieh die weiße Weste an, die draußen im Wandschrank hängt.»
Gaspard hatte noch nie im Gastzimmer bedient, doch es wäre ein Irrtum gewesen anzunehmen, Gabrielle Berlicaut habe plötzlich den Verstand verloren.
Zimmer 25 war eine über der Wohnung Gabrielle Berlicauts auf dem Speicher gelegene Mansarde, die als einzige Fensteröffnung eine Dachluke besaß. Gaspard bewohnte am anderen Ende des Speichers eine etwas geräumigere Mansarde. Zimmer 25 wurde nur gelegentlich am Vorabend gewisser Waldjagden benutzt, wenn nicht für alle Jagdgäste im Dorf Raum war. Selbst im Sommer vermietete Gabrielle Berlicaut Zimmer 25 nicht. Fand sich noch ein unvorhergesehener Gast ein, so stellte sie lieber das Badezimmer zur Verfügung.
Gaspard vermutete, daß in diesem Gemach der Ausreißer untergebracht werden sollte, zumindest vorläufig jedenfalls. Das Eintreffen des Bürgermeisters und die Herrichtung der Mansarde konnten auf gar nichts anderes hindeuten als die Ankunft eines solch außergewöhnlichen Hausgenossen. Dort oben eingesperrt und einen Stock tiefer von Gabrielle Berlicaut bewacht, hatte das Kind keinerlei Aussicht, abermals zu entkommen. Gaspard schlang sein Omelett hinunter, zog die weiße Weste an und harrte dienstbereit der ersten abendlichen Gäste des ‹Großen Hirschen›. Er hoffte, den jungen Flüchtling durch eines der Fenster zu erspähen, die auf die Auffahrt hinausgingen. Schaute er zwischen den Spindelbäumchen hindurch, konnte er die zur Kirche abfallende Straße überblicken. Wenig später sah er zwei Handelsreisende näherkommen, die das Gastzimmer betraten und Platz nahmen. Gaspard stürzte in die Küche, um die Suppe aufzutragen.
Ganz gewiß hatte ihm die Tante diese Aufgabe zugewiesen, weil sie verhindern wollte, daß er das Kind sähe. Sie blieb ihrem Grundsatz treu, Gaspard jedesmal dann vom Schauplatz der Ereignisse fernzuhalten, wenn sich ein Geschehen von einiger Bedeutung ankündigte.

Ihn ins Gastzimmer zu verbannen, war dann für sie noch das kleinere Übel. Wieder einmal konnte er also nun nicht dabei sein, wenn sich etwas tat, und er würde nie erfahren, wo das Kind herkam und wer es war. Während er ohne Zwischenfälle einem halben Dutzend Gäste das Abendessen auftrug, sah er immer wieder auf die Straße hinaus, die jedoch verlassen dalag. Gabrielle zeigte sich erst, als der Salat schon an der Reihe war. Sie trug eine zufriedene Miene zur Schau, daß man glauben mochte, sie habe schier unüberwindliche Schwierigkeiten aus dem Wege geräumt. Sicher hatte man das Kind durch einsame Hintergäßchen in den ‹Großen Hirschen› gebracht, um jedes Aufsehen zu vermeiden. Sie mußten über den Hof in das Haus gelangt sein. Während die beiden Herren, die zuerst eingetreten waren, den Nachtisch verzehrten, lauschte Gaspard ihrem Gespräch. Der eine vertrat eine Fabrik landwirtschaftlicher Maschinen, der andere hatte ein neuartiges Düngemittel anzubieten.
«So etwas kommt alle Tage vor», sagte der eine.
«Der Vater scheint ziemlich gut gestellt zu sein», warf der andere ein.
«Kinder, denen kein Wunsch abgeschlagen wird, sind die allerschlimmsten.»
«Der Bürgermeister hat mir gesagt, es habe ihn einige Mühe gekostet, den Ausreißer zum Sprechen zu bringen. Er sei scheu und störrisch und ungebärdig.»
«Kein Wunder, wenn er immer solche Streiche macht.»
«Er behauptet, er suche seine Angehörigen und sein Land.»
«Sein Land? Welches Land? Seine Heimat, wo er her ist, oder was sonst?»
«Das ist eben die Frage.»
Gaspard lauschte, als handele es sich um sein eigenes Schicksal. Die Männer schwiegen. Gaspard stand regungslos neben der großen Palme mit dem kupfernen Zierkübel. Im Geist wiederholte er die Frage: Welches Land? Was er gehört hatte, klang so völlig widerspruchsvoll. Gewiß konnte sich das Gespräch nur auf das Kind beziehen, das er gesehen hatte und das so verstört gewesen war und doch so seltsam anziehend. Wie war es zu verstehen, daß es seinen Vater verlassen hatte, um seine Angehörigen zu suchen? Lebte seine Mutter vielleicht

aus irgendwelchen Gründen fern von zu Hause? Aber daß der Ausreißer zudem noch vorgab, er suche sein Land – das reimte sich doch nicht zusammen! Auf den Wink des einen der beiden Gäste beeilte sich Gaspard, den Kaffee zu bringen. Der andere bestellte Tee.
«Ich kann mir das einfach nicht erklären», fing der Düngemittelhändler wieder an, der den Tee verlangt hatte. «Sein Land suchen! Was soll das heißen?»
«Kinder bilden sich manches ein», entgegnete der andere.
«Ja, man glaubt immer, sie hätten keine eigenen Pläne», schloß der erste die Unterhaltung ab.
Mehr erfuhr Gaspard nicht. Er versuchte vergeblich, mit Fernande und dem Gehilfen ins Gespräch zu kommen. Sie hatten ihre Anweisungen und antworteten ausweichend. Übrigens verstand es Gaspard nicht, Fragen zu stellen, er hatte einfach kein Geschick darin. Als er die Treppe hinaufstieg zu seinem Zimmer, stand auf dem Flur des zweiten Stocks plötzlich Gabrielle vor ihm.
«Du schläfst heute nacht im Badezimmer, Fernande hat dir schon ein Bett aufgeschlagen.»
«Warum?»
Dieses Wort hatte er ganz gewiß noch nie in den Mund genommen.
«Darum!» verfügte die Tante in einem Ton, der keinen Widerspruch duldete.
Gaspard suchte das Badezimmer auf, kleidete sich aus und legte sich nieder, nachdem er das Licht gelöscht hatte. Aber er konnte nicht einschlafen. Als er sich wohl zwanzigmal auf dem Feldbett hin und her gewälzt hatte, erhob er sich, schlüpfte in die Hose und öffnete leise die Tür.
Gaspards einziger Lebensinhalt war, wie wir erfahren haben, von fern dem zu lauschen, was um ihn her in der Welt vor sich ging. Das Gasthaus ruhte im Dunkel. Zuerst hörte Gaspard nur den Wind, der in den Bäumen sang und den Wetterhahn auf dem Taubenschlag quietschen machte. Doch dann vernahm er leises Stimmengeräusch. Er tastete sich zur Treppe vor und stellte fest, daß die Stimmen aus dem Erdgeschoß kamen. Stufe um Stufe stieg er hinab. Als er am Treppenabsatz die dicke Kugel des Geländers unter den Händen

fühlte, sah er, daß ein Lichtschein durch die nur angelehnte Küchentür fiel. Fernande unterhielt sich mit dem Koch.
«Ich habe sie hereinkommen sehen», sagte der Koch. «Wie einen Verbrecher haben sie das arme Kind angebracht!»
«Dann hast du sicher auch gesehen, wie gut es angezogen war», entgegnete die Magd. «Ich wette, es kommt aus einer reichen Familie. Und ich sage dir jetzt zum hundertsten Mal: Der Vater wollte haben, daß man das Kind einsperrt und zweimal den Schlüssel herumdreht. Und wir sollen ja aufpassen, daß es nicht noch einmal ausreißt. Monsieur Berrèque hat mit ihm telefoniert, mit dem Vater, und der hat das so verlangt. Das gäbe etwas, wenn er morgen früh sein Kind nicht mehr vorfindet! Er will doch so zwischen sechs und sieben hier sein, hat er gesagt. Mademoiselle Berlicaut hat mir genaue Anweisungen gegeben. Wenn sich im Haus etwas rührt, hat sie gesagt, dann sieh sofort nach, und bleib vor allem bis Mitternacht wach und paß auf. Ganz ausführlich hat sie mir das alles erklärt.»
Die Stufe knarrte. Gaspard hielt den Atem an. Der Koch fuhr fort:
«Aber so geht man doch nicht mit Kindern um! Zu Kindern muß man gut sein und ihnen vernünftig zureden!»
«Red du dem Ausreißer da mal vernünftig zu!» seufzte die Magd. «Als man ihn auf Zimmer 25 bringen wollte, stell dir vor, da hat er doch Mademoiselle Berlicaut zur Seite gestoßen, daß sie zu Boden gefallen ist! Er hat noch einmal ausreißen wollen, und erst der Feldhüter ist mit ihm fertig geworden, und auch nur mit Gewalt.»
«Also, meiner Ansicht nach muß das Kind etwas ganz Bestimmtes im Sinn haben, daß es so wild ist und immer wieder fort will.»
«Gar nichts hat es im Sinn! Höchstens Dummheiten!»
«Ich habe gehört, es suche sein Land.»
«Sein Land! Was für ein Land denn? Seine Heimat?»
«Ja, das müßte man eben wissen, Fernande. Wenn das Kind seine Heimat sucht, dann ist es da, wo es jetzt ist, nicht zu Hause. Überhaupt ist das ganze eine ziemlich merkwürdige Geschichte.»
«Also weißt du, Aurélien, wenn man ein Land sucht, dann findet man es auch», erwiderte die Magd schnippisch, «oder man weiß

wenigstens, um welches Land es sich handelt. Ich zum Beispiel stamme aus Saint-Omer –»

«So! Sieh mal an! Und wenn du jetzt mit fünf Jahren fortgezogen wärst aus Saint-Omer – würdest du sie dann vielleicht wiedererkennen, deine Heimat, was?»

«Wenn ich sie nicht mehr wiedererkennen würde, dann wäre das genausogut, als ob ich gar keine hätte!»

Es mag unglaublich klingen, aber Gaspard hörte ganz deutlich, wie sich der Koch am Kopf kratzte, so tief war die Stille, und solche Hingabe wandte der Koch an diese Tätigkeit.

«Das wäre ja dann fast so, als suche man das Paradies », flüsterte er schließlich völlig ratlos.

«Bonsoir!» sagte da unvermittelt Fernande. «Ich mache jetzt meine Runde.»

Gaspard eilte leise wieder die Stufen empor und schloß sich in sein Badezimmer ein. Die Magd kam ihm jedoch nicht hinterdrein, sondern ging hinaus auf den Hof. Vielleicht sah sie von unten nach, ob auf Zimmer 25 hinter dem Dachschiebefenster Licht brannte. Gaspard wäre schon zufrieden gewesen, wenn er nur dieses Licht erblickt hätte. Aber er konnte nicht auf den Hof gehen, denn Fernande hatte ihr Zimmer in dem kleinen Anbau neben dem Taubenschlag.

Er legte sich wieder hin, und da sah er abermals die blauen Augen vor sich, die ihn so forschend und klug angeblickt hatten, und ihm war, als würden sie ihn nie mehr loslassen. Was wollte dieser Blick von ihm, der solch plötzliche Zuneigung in ihm erweckte? Gaspard erhob sich von neuem, als zwei Stunden verstrichen waren, ohne daß er Schlaf hatte finden können.

Er trat auf den Flur hinaus und folgte jetzt der Treppe nach oben. Kaum war er mit dem Kopf auf der Höhe des zweiten Stocks, als eine Stimme rief: «Wer ist da?» Es war Gabrielle Berlicaut. Sie mußte ihr Bett quer über den Flur geschoben haben und versperrte so die schmale Treppe, die zu dem Dachgeschoß hinaufführte, in dem der Speicher lag und die zwei Mansarden. Gaspard tastete sich vor. Da fiel ihm der Schein einer Taschenlampe mitten ins Gesicht.

«Was treibst du dich hier herum, Gaspard?»

«Ich wollte auf mein Zimmer gehen, meine Seife holen für morgen früh.»
«Gleich gehst du wieder dahin, wo du hergekommen bist!» flüsterte die Tante in gebieterischem Ton. «Du machst noch das ganze Haus wach!»
«Ich bin auch gleich wieder da», versuchte es Gaspard noch einmal.
«Geh sofort wieder hinunter, du Nichtsnutz!»
Gaspard konnte unmöglich über das Bett der Tante steigen, ohne einen Aufruhr zu verursachen. Als er abermals in seinem Badezimmer war, stand für ihn fest, daß er unter gar keinen Umständen mehr mit dem Kind Verbindung aufnehmen konnte. Er legte sich jedoch nicht nieder, sondern setzte sich auf sein Feldbett, die Ellenbogen auf die Knie und den Kopf in die Hände gestützt. Er brachte es nicht über sich einzuschlafen, obgleich er bestimmt wußte, daß nichts geschehen würde. Gaspard lauschte vergeblich den leisen Geräuschen des Hauses, er vernahm kein Anzeichen, das die Anwesenheit des Kindes verriet. Es war genauso, als hätte er das Rauschen des Meeres hören wollen oder ein Lied, das jemand ganz am anderen Ende der Erde sang. Nur ein Stockwerk trennte ihn von dem Kind, doch es hätte ebensogut die halbe Welt sein können, und die Wände und Decken standen starr und unbeweglich.
Nach einer Stunde übermannte ihn der Schlaf, wie das so oft geschieht, wenn man sich ganz fest vorgenommen hat, wach zu bleiben. Sein Kopf fiel gegen das dicke Heizungsrohr, das an der Wand hinabführte. Er richtete sich wieder auf, aber alle Augenblicke stieß er mit dem Kopf heftig an das Rohr, und schließlich wußte er, um nicht einzuschlafen, kein anderes Mittel mehr, als die Zeit im Stehen zu verbringen.
Wie Gaspard sich auf das Rohr gestützt aufrichtete, fühlte er unter der Hand ein leises Beben, das an der Leitung entlanglief. Er drückte das Ohr an das Metall und hörte regelmäßig wiederkehrende Schläge. Ob *er* das ist?! durchzuckte es ihn. Als die Schläge aussetzten, klopfte er seinerseits mit einem Schlüssel, den er bei sich hatte, und nach einer Weile vernahm er die Antwort. Aus einer solchen Mitteilung konnte man natürlich noch nichts entnehmen, aber eine Ant-

wort war es doch. Gaspard vollführte mit dem Schlüssel auf dem Rohr einen leisen Wirbel und hörte kurze Zeit darauf von oben ein ähnliches Geräusch. Da wußte er auf einmal, was er zu tun hatte.
Er stieg wiederum in das Erdgeschoß hinab. Koch und Magd hatten sich schlafen gelegt, von dieser Seite drohte also keine Gefahr mehr. Gaspard kramte ganz unten in einem Wandgefach und ging bald darauf mit einem großen Engländer in der Hand wieder nach oben. Das Leitungssystem verlief von Zimmer 25 aus, wo der Wasserbehälter angebracht war, in die unteren Geschosse. Zufällig waren nun im Badezimmer aus technischen Gründen, die zu erläutern zu weit führen würde, zwei Rohre miteinander verschraubt. Nach fünf Minuten schon hatte Gaspard die Mutter entfernt und das obere Rohr von dem unteren getrennt; dann vermochte er es nach einigem Drücken und Zerren gerade so weit von der Mauer abzubiegen, daß er abwechselnd sein Ohr und seinen Mund vor die runde Öffnung halten konnte.
«Kannst du mich hören?» flüsterte er in das Rohr hinein. Gaspard mußte seinen Ruf mehrmals wiederholen, denn er wagte zuerst nicht, lauter zu sprechen. Gabrielle Berlicaut, die sich oben auf dem Flur eingerichtet hatte, würde zwar sicher nichts merken, doch Gaspard hatte solche Angst, die einmal hergestellte Verbindung mit dem Kind könnte unterbrochen werden, daß er seine Worte nur hauchte. Schließlich fand er heraus, wie laut er sprechen mußte, und als er sein Ohr an die Leitung hielt, vernahm er nach einigem Warten die Antwort: «Ja, ich kann dich hören.»
Diese geflüsterten Worte erregten ihn derart, daß er minutenlang tatenlos verharrte und nur lauschte. Die Stimme wiederholte mehrmals: «Ja, ich kann dich hören ...» Sie klang so weich und zart und erinnerte keineswegs an die fast störrische Wildheit, die das Kind an den Tag gelegt hatte. Sicher war es jetzt niedergeschlagen und hatte sich in sein Schicksal ergeben. «Wo kommst du her?» fragte Gaspard.
«Wer bist du?» fragte die Stimme dagegen.
«Ich habe dich auf dem Kirchplatz gesehen, als sie dich festgenommen haben. Wo kommst du her?»
«Ich komme aus Antwerpen.»

Gaspard schwieg. Er hatte eigentlich gar nicht den Wunsch, etwas zu erfahren, wollte auch nicht für neugierig gehalten werden. Nach einer langen Weile erst fragte er weiter.
«Warum schläfst du nicht? Es ist schon drei Uhr in der Früh.»
«Ich kann nicht einschlafen. Und du?»
«Ich habe die ganze Zeit an dich denken müssen.»
Wieder ein langes Schweigen.
«Warum bist du davongelaufen?»
«Ich suche mein Land.»
«Welches Land? Dein Heimatland? Wo liegt das denn?»
«Ich weiß nicht. Ich suche noch.»
«Erzähl mir doch etwas davon.»
«Das würde zu lang dauern.»
«Willst du immer noch fort?»
«Ich möchte schon.»
«Ich will dir helfen ... Bleib heute nacht wach.»
Gaspard wußte noch gar nicht, wie er dem anderen helfen sollte, doch es verlangte ihn mit solcher Macht danach, daß er plötzlich ganz gewiß war, er würde das Unmögliche vollbringen können.
«Wie heißt du?» fragte er weiter.
«Ich heiße Drapeur.»
Nach jeder Antwort hielt Gaspard noch lange das Ohr an die Leitung gepreßt, und erst wenn er ganz sicher war, daß der andere nichts mehr sagen würde, wandte er den Kopf, um seinerseits hineinzusprechen. Nur ein einziges Mal stellte auch das Kind eine Frage.
«Du bist wohl der Sohn der Gastwirtin?»
Gaspard sagte, er sei ihr Neffe, und seine Eltern verdienten sich ihr Brot auf den Jahrmärkten, er selbst aber wohne bei seiner Tante und verrichte im Gasthaus die groben Arbeiten. Doch soviel er auch erzählte – der junge Ausreißer schien sich seinerseits nicht dem Freund anvertrauen zu wollen. Eine lange Stunde verrann, angefüllt mit großen Pausen und dem Hin und Her knapper Fragen und Antworten, aus denen Gaspard nur wenig Neues erfuhr. Er gewann jedoch den Eindruck, daß Monsieur Drapeur nicht der Vater des Kindes war, sondern sein Vormund. Der andere schien allein von

dem Wunsch beseelt, ein Land wiederzufinden, in dem er, wie er behauptete, als ganz junges Kind gelebt hatte und das nach seinen Worten schöner war als alle übrigen Länder der Welt. Aber es war, als spreche er nicht gern davon, und er wollte auch nichts Näheres darüber sagen.

«Du hattest versprochen, mir zu helfen», fing das Kind wieder an.

«Ich helfe dir auch», versicherte Gaspard.

Er war fest entschlossen, irgend etwas zu unternehmen, ganz gleich was. Ohne auch nur im geringsten zu wissen, was er tun sollte, und uneingedenk der Hindernisse, die sich ihm auf jeden Fall in den Weg stellen mußten, ging Gaspard zur Tür. Er öffnete sie ganz vorsichtig. Dann flüsterte er: «Lieber Gott, hilf mir!» und wandelte wie im Traum zur Treppe. Vielleicht wollte er im ersten Augenblick hinaufgehen zu dem Kind, in der Hoffnung, daß die Tante inzwischen eingeschlafen wäre. Er legte die Hand auf das Geländer und flüsterte noch einmal: «Lieber Gott!» Aber dann stieg er die Treppe nicht hinauf, sondern hinunter. In der Hand hielt er einen Schlüssel umklammert, der für sein Zimmer paßte und gleichzeitig auch für Zimmer 25, und da wußte er mit einemmal, was zu tun war, damit dieser Schlüssel in die Hände seines Freundes gelangte.

Er schlüpfte in die Küche, wo lange Drähte gespannt waren für Wäschestücke, Tischdecken und Bettücher, die schnell trocknen sollten. Trotz der Dunkelheit gelang es ihm, zwei dieser Drähte abzuhängen. Er rollte sie zusammen und schlich sich wieder ins Badezimmer. Nun begann eine mühevolle Arbeit, die mehr als eine Stunde in Anspruch nahm. Der Draht ließ sich ganz leicht in das Rohr schieben, aber die Leitung hatte an zwei Stellen einen leichten Knick. Als der andere hörte, was Gaspard vorhatte, sagte er, er habe ein Stück Bindfaden bei sich, doch es war nicht lang genug, und Gaspard versuchte es abermals mit seinem Draht. Endlich hatte er ihn richtig zugebogen, und als er dann noch ein wenig drehte, konnte er ihn ganz hinaufschieben. Jetzt mußte das zweite Stück Draht um das erste geschlungen werden, und Gaspard verrenkte sich fast die Glieder, damit das Ganze auch ja starr genug blieb. Gegen fünf Uhr schließlich, als im Fenster schon der Morgen sacht heraufdämmerte,

spürte Gaspard, daß der andere den Anfang des Drahtes in den Händen hielt. Er brauchte nur noch den Schlüssel daran zu befestigen. Kurz darauf teilte ihm der Freund mit, daß er ihn habe, und ließ dann die Drahtstücke wieder hinab. Als alles geglückt war, flüsterte Gaspard zu ihm hinauf:
«Warte noch ein wenig. Meine Tante ist im zweiten Stock auf dem Flur.»
«Ja und? Was machen wir denn da?»
Lieber Gott, ja, was machen wir da bloß? fragte sich auch Gaspard in einem leisen Stoßseufzer. Sicher war nun alle Mühe umsonst gewesen. Doch nach einigem Überlegen hatte er einen Plan gefaßt:
«Ich sehe dich vielleicht nicht mehr wieder. Auf jeden Fall hör jetzt gut zu. Ich schraube gleich die Leitungen wieder zusammen, und dann klopfe ich auf das Rohr. Wenn du das hörst, zählst du ganz langsam bis tausend. Ganz langsam, ja? Sonst kümmerst du dich um gar nichts. Bei tausend machst du die Tür auf und gehst zum ersten Stock hinunter. Dort öffnest du ein Fenster und springst in den Hof. Dann wirst du schon sehen, wie du weiterkommst. Ich verspreche dir, daß niemand oben auf dem Flur ist, und auch nicht unten im Hof.»
«Und deine Tante?»
«Die wird auch nicht da sein», versicherte Gaspard. «Jetzt wiederhole, was ich gesagt habe.»
Der andere wiederholte die Anweisungen.
«Adieu!» sagte dann Gaspard.
«Adieu!» sagte das Kind.
Gaspard schloß die Leitung wieder an. Als er fertig war, klopfte er wie verabredet an das Rohr und begann in Gedanken zu zählen. Er schob zunächst die Drähte und den Engländer unter die Badewanne. *Fünfzehn, sechzehn* … Bei fünfundzwanzig war er die Treppe hinuntergestiegen. Es war halb sechs. Um diese Zeit begann gewöhnlich Gaspards Arbeitstag. Oben auf dem Flur regte sich schon Gabrielle Berlicaut. Die Magd war gerade durch die Hoftür hereingekommen, und der Koch würde nicht lange auf sich warten lassen. Gaspard holte aus dem Wandverschlag einen Besen, seine Scheuertücher und

was er sonst noch alles zum Putzen der Kupfersachen und der Spiegel brauchte. Er fegte zunächst das Gastzimmer aus. Der Tag hellte den Fußboden langsam auf, die Decke, die Wände. Über den Dächern sah man schon das Himmelsblau. *Vierhundertachtzig, vierhunderteinundachtzig, vierhundertzweiundachtzig* ... Gaspard hörte einen Wagen kommen und geriet in solche Aufregung, daß er zu zählen vergaß, denn er glaubte, es sei Monsieur Drapeur. Zur ersten Tagesstunde hatte er ja eintreffen wollen. Doch es war nur der Wagen von der Molkerei. Gaspard fing aufs Geratewohl bei fünfhundertzwölf wieder an. Dann ließ er seinen Besen stehen, zog einen Tisch heran und stieg hinauf, um den großen Spiegel an der Rückwand der Gaststube zu putzen. Während er sorgfältig mit dem Lappen darüber hinfuhr, nahm er die Haken in Augenschein, die den Spiegel an der Wand festhielten. *Sechshundertzwei, sechshundertdrei* ... Er wandte sich um und betrachtete mit leiser Trauer seinen Besen, der an einer Bank lehnte. Da kam Fernande herein.
«Bist du aber fleißig heute morgen!» sagte sie in spöttischem Ton. «Ich gehe jetzt auf den Hof. Wenn ein Gast kommt, bedienst du ihn. Ich muß draußen auf dem Hof bleiben. Deine Tante hält oben im zweiten Stock Wache. Wir werden ja sehen!»
Diese Gans schien sich zu freuen, daß das Kind nicht entkommen konnte.
«Wir werden ja sehen! Ja, wir werden schon sehen, ob du auf dem Hof bleibst oder auch nicht!» murmelte Gaspard vor sich hin.
«Hast du etwas gesagt?»
«Ich? Nein.»
Sie ging. Gaspard begann wieder zu zählen, dann sprang er vom Tisch herunter, holte seinen Besen und kletterte von neuem hinauf. Er hatte festgestellt, daß der obere Rand des Spiegels ein Stück weit von der Wand abstand. In diesen Zwischenraum steckte er nun den Besenstiel hinein, so weit es gehen wollte. Dann hängte er sich an den Besen und zerrte daran aus Leibeskräften, um den Spiegel von der Wand zu lösen. Obwohl die Haken alt und verrostet waren, mühte er sich zunächst vergebens. Er ließ sich jedoch nicht entmutigen und setzte seine Anstrengungen fort. Langsam gab der Spiegel

nach, aber erst als vier, fünf Minuten vergangen waren, brach die Katastrophe herein. Gaspard hatte gerade noch verzweifelt «neunhundertzweiundfünfzig» gemurmelt.
Es gab einen höllischen Lärm. Gaspard wußte selbst nicht, wie er vom Tisch heruntergekommenen war. Er fand sich am Boden liegend wieder, fast in der Mitte der Gaststube. Der Spiegel war zersplittert, und die Scherben lagen um ihn herum. Er mußte für kurze Zeit die Besinnung verloren haben. In seine linke Schulter war ein Glassplitter eingedrungen, und die Wunde blutete stark. Tante, Magd, Koch und Gehilfe beugten sich über ihn.
«Was ist dir denn jetzt schon wieder passiert? Hast du Schmerzen?» fragte die Tante.
«Tausend!» sagte Gaspard.
«Er hat den Verstand verloren ! Legt ihn da auf die Bank.»
Man legte ihn auf die Bank, man brachte Wasser, Tücher, Alkohol. Gaspard wurde rasch verbunden. Während sie sich um ihn mühten, lauschte er vergeblich nach Anzeichen von der Flucht des Freundes. Aber schließlich war es besser, man hörte nichts.
«Die Haken waren ja alt», meinte die Tante, «aber trotzdem: erst mußte Gaspard wieder dabei sein!»
Sie fragte ihn noch einmal, wie er sich fühle.
«Bitte nicht allein lassen!» bat Gaspard. «Dann geht es mir gleich besser.»
«Wir holen am besten den Arzt», sagte die Magd.
«Nein, bitte keinen Arzt!» flehte Gaspard. «Es geht mir bestimmt schon gleich wieder besser.»
Man brachte ihm ein Glas Rum. Der Gehilfe kehrte die Scherben zusammen und schüttete sie mit der Schaufel in den Eimer. Da brummte ein Auto in der Nähe der Kirche und hielt kurz darauf vor dem ‹Großen Hirschen›. Es war ein ganz vornehmer Wagen.
«Wer kann denn das sein, so früh?» rief der Koch.
«Das fragen Sie noch!» stöhnte die Tante. «Das ist Monsieur Drapeur, wenn Sie es ganz genau wissen wollen! Gehen Sie in Ihre Küche. Du, Fernande, du deckst den Tisch zum Frühstück. Und Gaspard? – Ach, der Gehilfe soll ihn hinauf ins Bett bringen.»

«Es geht mir schon besser», sagte Gaspard, «ich kann allein hinaufgehen.»
«Keine Widerrede! Geh mit ihm, Gustave!» befahl die Tante barsch.
Im Nu waren alle verschwunden, sogar Gaspard und der Gehilfe. Gleich darauf traten zwei Herren ein, ihnen voran Monsieur Berrèque, der Bürgermeister. Gabrielle Berlicaut stand, trotz der aufregenden Szene, der sie beigewohnt hatte, ruhig und würdevoll in der Mitte des Gastzimmers. Sie neigte höflich den Kopf, als ihr der Bürgermeister Monsieur Emile Drapeur vorstellte und Monsieur Jacques Parpoil, seinen Sekretär. Der erste der beiden Herren war von hagerer Gestalt und hatte ein vornehmes, verschlossenes Gesicht, das glatte, weiße Haare noch abweisender erscheinen ließen. Monsieur Parpoil war ungewöhnlich dick und hatte einen roten Bart. Erfaßte Mademoiselle Berlicaut sogleich eine Abneigung gegen den Sekretär, so beeindruckten sie die klugen Augen Monsieur Drapeurs, die eine Weile auf ihr ruhten.
«Wir haben das Kind so untergebracht, daß es nicht entkommen konnte, genau nach Ihrer Anweisung», nahm der Bürgermeister das Gespräch auf. «Mademoiselle Berlicaut hat es im obersten Stock ihres Hauses einquartiert.»
«Ich mußte ihm leider ein schlechtes Zimmer geben, Monsieur», sagte Mademoiselle Berlicaut, «aber ich wollte keine Vorsicht außer acht lassen. Ich selbst wohne im zweiten Stock und habe heute nacht draußen auf dem Flur Wache gehalten.»
«Sie brauchen sich nicht zu entschuldigen», wehrte Monsieur Drapeur ab, «ich bin Ihnen im Gegenteil sehr zu Dank verpflichtet.»
Die Magd hatte auf dem großen Tisch das Frühstück angerichtet.
«Sie werden sicher Hunger haben», sagte Mademoiselle Berlicaut. «Vielleicht dürfen wir Ihnen eine kleine Stärkung anbieten. Soll ich das Kind jetzt herunterholen?»
«Ich möchte zunächst oben auf seinem Zimmer mit ihm sprechen», entgegnete Monsieur Drapeur. «Würden Sie mich bitte hinaufbegleiten? Monsieur Parpoil, kommen Sie mit.»
Monsieur Drapeur, Monsieur Parpoil und Mademoiselle Berlicaut gingen zum dritten Stock hinauf, während der Bürgermeister unten

im Gastzimmer wartete. Gaspard hatte sich noch im Beisein des Gehilfen niedergelegt, war aber gleich danach wieder aufgestanden. Durch den Blutverlust fühlte er sich ein wenig benommen. Es gelang ihm jedoch, seine Weste über den Verband zu streifen, und dann öffnete er die Tür einen Spalt breit, um dem erhofften Ausgang des Abenteuers beizuwohnen. Er fragte sich, ob der andere wohl Zeit gehabt hatte, den Waldrand zu erreichen.

Mademoiselle Berlicaut stieß einen schrillen Schrei aus, als sie die Tür zu Zimmer 25 öffnete. Der Raum war leer, und es sah ganz so aus, als habe überhaupt niemand hier gewohnt.Das Bett war unbenutzt.

«Und ich schwöre Ihnen, ich habe das Kind noch rumoren hören, ehe ich hinuntergegangen bin, als Gaspard, dieser Unglücksrabe … Ich habe sogar noch mit ihm gesprochen und ihn gefragt, ob er gut geschlafen habe, und er hat gesagt ‹Oui, Madame›, hat er gesagt. Und er schien ganz ruhig zu sein. Also das ist einfach unglaublich!»

«Wie lange ist das jetzt her?» fragte Monsieur Drapeur in völlig sachlichem Ton.

«Knapp eine Viertelstunde, zehn Minuten vielleicht. Wie hat er nur die Tür aufbekommen!?»

«Das interessiert mich im Augenblick nicht», antwortete Monsieur Drapeur. «Weit kann das Kind jedenfalls noch nicht sein.»

Er winkte seinem Sekretär, und dann stiegen sie eilends hinunter. Im Gastzimmer bat er Monsieur Berrèque, die Gendarmerie zu benachrichtigen und ihm einige Leute zur Verfügung zu stellen, die das Dorf und die Umgebung absuchen sollten.

«Mein Sekretär und ich, wir übernehmen den Waldrand. Vielleicht kommt jemand mit uns, der ortskundig ist. Ich glaube, wir können dem Ausreißer noch rechtzeitig den Weg abschneiden, denn ich wette, er versucht in den Wald zu entkommen.»

Monsieur Berrèque versprach, das Nötige zu veranlassen. Der Gehilfe sprang in den Wagen auf den Sitz neben Monsieur Parpoil, der am Steuer saß, und dann fuhren sie davon in Richtung des Sägewerks. Sobald sie verschwunden waren, schloß Gaspard wieder die Tür und spähte zum Fenster hinaus.

Er konnte den Weg nach dem Sägewerk nicht überblicken, er sah nur die hügeligen Wiesen, die sich zum fernen Waldrand dahinwellten. Wenn das Kind nicht dem Weg gefolgt war, mußte es querfeldein über diese Wiesen geflohen sein. Gaspard suchte mit den Augen jede einzelne Bodenfalte ab, jeden Busch auf der weiten Fläche. Nach einigen Minuten sah er eine Gestalt, die über einen Wiesenhang auf das Dorf zulief. Er erkannte das Kind an seinen blonden Haaren, als es unten an der Böschung angelangt war. Gewiß hatte der Ausreißer den Wagen bemerkt und es aufgegeben, den Waldrand zu erreichen. Gaspard warf schnell einen Blick nach links und rechts auf die weiten Wiesenflächen, über die im langen Winter mächtige Stürme dahinbrausen. Dort konnte man sich nirgends verstecken, und der andere hatte das wohl eingesehen und erkannt, daß er alles auf eine Karte setzen und sich in einer Scheune verbergen mußte. Da sah Gaspard, wie er sich in einem kleinen Graben niederduckte. Er mochte jetzt vielleicht dreihundert Schritt von den ersten Häusern entfernt sein. Gaspard glaubte im hohen Gras das blaue Trikot und die blonden Haare aufleuchten zu sehen. Man mußte ihn früher oder später entdecken. Heftige Aufregung überkam Gaspard und schnürte ihm die Kehle zu. Mit der nächsten Bewegung schon konnte sich das Kind verraten, und da es sich hier nicht auskannte, gleich dem ersten Verfolger in die Arme laufen.
Gaspard öffnete die Tür. Da hörte er, wie Fernande dem Koch mitteilte, daß Leute vor dem Dorf die Runde machten, während Monsieur Drapeur und sein Sekretär alle Wege in der Umgebung abfuhren, so daß das Kind nicht aus dem Dorf hinausgelangen konnte, wenn es nicht schon den Wald erreicht hatte. Die Gendarmen und die Waldhüter hätten gleichwohl den Auftrag bekommen, den Wald zu durchsuchen. Mademoiselle Berlicaut ihrerseits hatte schon das ganze Haus auf den Kopf gestellt. Die durch das Gerenne und Getue aufgescheuchten Gäste kamen übelgelaunt aus ihren Zimmern herunter zum Frühstück.
Gaspard faßte den Entschluß, das Kind zu einem Versteck zu führen, wo es bleiben konnte, bis die Nacht hereinbrach Alle Bewohner des ‹Großen Hirschen› waren im Gastzimmer versammelt, und Gabrielle

Berlicaut klagte ihnen ihr Leid. Gaspard verließ unbemerkt das Haus. Er schlüpfte in eine Gasse, und sobald er außerhalb des Dorfes war, huschte er, an einer Brennesselhecke entlang, in einen Entwässerungsgraben, der parallel zu dem verlief, in dessen Schutz das Kind sich verbarg. Auf Ellenbogen und Knien kroch er in dem Graben weiter. Als er mit dem Ausreißer auf gleicher Höhe war, lief er hinüber und kauerte sich neben ihm nieder. Der andere schreckte auf, weil er sich entdeckt glaubte. Dann sagte er:
«Kümmere dich nicht mehr um mich. Es hat halt nicht geklappt. Ein andermal habe ich vielleicht mehr Glück.»
«Ich will dir helfen«, sagte Gaspard.
Ihre blonden Haare wehten ineinander.
«Du springst jetzt mit mir in den nächsten Graben», fuhr Gaspard fort, «und dann folgst du mir nach. Die anderen müssen jetzt unten am Bach sein. Sie werden später hierher kommen, und dann versuchen wir, den Bach zu erreichen.»
Gesagt, getan. Als sie bei der Brennesselhecke waren, sprangen sie über einen Reisighaufen und gelangten dann zu dem strauchverwachsenen Pfad hinter den Gärten. Gaspard führte seinen Freund in ein Gäßchen hinein, wo sie über eine Mauer kletterten. Darauf schlichen sie durch einen Schuppen und fanden in der Rückwand eine Lücke, die so eng war, daß sie sich kaum hinauszwängen konnten. Schließlich mußten sie eine Straße überqueren. Es war niemand zu sehen. Sie stürzten los, gelangten in eine andere Gasse und standen vor dem Feuerwehrhaus. Da hörten sie hinter sich Stimmen. Man rief ihnen nach. Sicher hatte man sie gesehen, als sie über die Straße gesprungen waren.
«Los ! Auf den Baum da!»
Sie liefen zu dem alten Birnbaum, unter dem Gaspard den Blitzschlag abbekommen hatte. Das mußte er nachher seinem Freund erzählen. Er verschränkte die Hände, der andere kletterte ihm auf die Schulter, erfaßte einen der unteren Äste, zog sich hoch und half auch Gaspard hinauf, der schon geglaubt hatte, er könne ihm wegen seiner Verletzung nicht folgen. Doch den alten Baum durchzog eine tiefe Spalte, die seinen Knien als Stütze diente.

Dann kletterten sie bis fast oben in die Krone. Das dichte Laub erbebte kaum, als sie über die starken Äste rutschten. Sie hörten Schritte. Leute gingen um das Feuerwehrhaus herum und kamen näher. Einer sagte: «Hier können sie nicht sein.» Ein anderer erwiderte: «Wir müssen noch einmal am Bach suchen.» Dann entfernten sie sich. Minutenlang herrschte ringsum tiefes Schweigen. Kein Lüftchen regte sich. Über den hohen Blättern ahnte man den blauen Himmel.

«Wir müssen hierbleiben, bis es Nacht wird», sagte Gaspard. «Sie wissen jetzt, daß ich bei dir bin, sonst hätte ich dir etwas zu essen geholt.»

«Am besten, du verrätst mich», schlug der andere vor.

Gaspard sah ihn an und gab keine Antwort. Die Augen seines Freundes hatten ihre wilde, scheue, trotzige Helle bewahrt, den reinen, klaren Glanz, der wie ein Licht strahlte.

«Du hast doch nichts Böses getan?» fragte Gaspard dann schließlich.

«Nein, ich habe nichts Böses getan.»

«Und warum bist du davongelaufen?»

«Ach, das ist eine lange Geschichte, und du würdest mich sicher nicht verstehen.»

Man hörte ein Auto über die Dorfstraße brummen. Es fuhr noch um mehrere Häuser herum und hielt dann kurz vor dem Feuerwehrschuppen. «Das ist ihr Wagen!» flüsterte Gaspards Freund. Sein blondes Haar, das ihm bis in den Nacken hing, erglänzte im Dämmer des Laubdachs. Wer mag er wohl sein? fragte sich Gaspard. Zwei Männer stiegen aus dem Auto. Es waren Monsieur Drapeur und Jacques Parpoil.

«Wir müssen an allen Straßenecken Leute aufstellen oder einfach Jungen aus dem Dorf», sagte Parpoil. «Von hier aus zum Beispiel sieht man nach verschiedenen Richtungen.»

«Meiner Ansicht nach ist das Kind in den Wald entkommen», hielt ihm Monsieur Drapeur entgegen.

«Es hat den Wald nicht erreichen können, das steht für mich fest.»

Das Kind erbleichte, als es die Stimme von Monsieur Drapeur hörte, und Tränen stiegen ihm in die Augen.

«Du kannst wohl Monsieur Drapeur nicht leiden», flüsterte Gaspard.
«Doch, aber …»
Die beiden Männer hatten sich entfernt. Bald trat an ihre Stelle ein zerlumpter Bursche mit einer Herde Gänse.
«Das ist Sosthène», sagte Gaspard. «Er soll sicher aufpassen.»
Gaspard und sein Freund hockten ziemlich bequem in den Gabeln zweier benachbarter Äste.
«Wirst du mich auch nicht vergessen?» fragte der Blonde aus Antwerpen.
Gaspard vermochte nicht zu antworten. So schwiegen sie eine lange Zeit. Eine Stunde verstrich, vielleicht auch zwei, Gaspard hatte kein Zeitgefühl mehr. Durch die Blätter sah er, daß die Sonne hoch am Himmel stand. Warum sprach er nicht mit seinem Freund, und warum sprach dieser nicht mit ihm? Auf einmal fühlte er, daß seine Hand ganz feucht war. Er schaute den anderen an, und dieser starrte auf seine Hand, und als Gaspard seinem Blick folgte, sah er, daß Blut an ihr herunterlief. Die Wunde war wieder aufgebrochen.
«Es ist nicht schlimm», meinte Gaspard.
«Doch, ich werde dich verbinden», sagte der andere, «komm, wir steigen hinunter.»
«Nein –»
Da fühlte Gaspard, daß er plötzlich sehr schwach wurde. Er biß sich auf die Lippen, sah noch einmal wie im Traum die blauen Augen seines Freundes und dann nichts mehr. Er verlor die Besinnung und fiel zu Boden. Da begann Sosthène laut zu rufen, und die Gänse schnatterten und die Leute eilten aus den Häusern. Der Ausreißer war vom Baum herabgestiegen, um Gaspard nicht allein zu lassen. Er beugte sich über ihn, aber Gaspard erwachte nicht aus seiner Ohnmacht.

Der Schecke und der Friseur

Gaspard mußte lange das Bett hüten. Er hatte sich zwei Rippen gebrochen und war durch den Blutverlust so geschwächt, daß ihm sein Zimmer vor den Augen wie im Nebel verschwamm und er nur mit Mühe erkennen konnte, wer um ihn war. Auf Anordnung des Arztes durfte niemand mit ihm sprechen.

In seinen Fieberträumen sah Gaspard einen Wald mit sehr hohen Bäumen. Er ging tief in diesen Wald hinein und erblickte von fern eine Wiese. Zwischen den Stämmen leuchtete ein helles Licht. Er trat näher, ließ den Waldrand hinter sich, und da breitete sich auf einmal vor ihm im Grund der Felder eine Landkarte aus, so groß wie die ganze Welt, mit Straßen und richtigen Städten. Als er dicht davorstand, sah er, daß das Gras aus Pferdehaar war, und die Straßen waren aus Pappe und das Wasser aus Zellophan. Nirgendwo entdeckte er einen Menschen. Ein Stück Wegs weiter klebte ein Steckbrief an einer Mauer mit dem Bild des Kindes aus Antwerpen, und seine papiernen Augen leuchteten. Ein neues Licht brach aus ihnen hervor wie aus einer Quelle, und in diesem Licht spiegelten sich wiederum Städte, aber auch Schiffe, die auf das Meer hinauseilten. Und die papiernen Lippen bewegten sich und sagten: «Ich suche mein Land.»

Als Gabrielle sah, daß ihr Neffe endgültig auf dem Wege der Besserung war, sparte sie nicht mit Vorwürfen und ellenlangen Ermahnungen.

«Daß du dich auch immer in Dinge einmischen mußt, die dich nichts angehen! Dein Namensvetter Meister Gaspard war zwar ein fahrender Ritter, aber du bist nicht für Abenteuer geschaffen, Kind. Dieser Monsieur Drapeur ist übrigens auch kein gebildeter Mensch, trotz seines Geldes. Er ist einfach abgereist, ohne sich bei irgend jemandem zu bedanken. Ja, er hat sich nicht einmal um die Leute gekümmert, die draußen auf der Suche waren und noch gar nicht wußten, daß er seinen Ausreißer wiedergefunden hatte. Am nächsten Morgen habe ich eine internationale Postanweisung bekommen für die Übernachtung. Aber keine einzige Zeile dabei. Der arme Kerl tut mir eigentlich leid. Er ist bestimmt noch keine fünfzehn Jahre alt, genau wie du, und er glaubt halt, es müsse alles nach seinem Willen gehen.»

«Er sucht doch seine Angehörigen und seine Heimat», ließ sich Gaspard da vernehmen.

«Na, bist du endlich munter geworden! Aber was ist denn das nun schon wieder für eine Geschichte?»

«Drapeur ist nicht sein Vater», fuhr Gaspard fort.

«Was hängst du dich da wieder hinein! Ob er sein Großonkel ist oder sein Vetter, geht uns das etwas an? Heutzutage werden keine Kinder mehr geraubt, und dieser Monsieur Drapeur mag sein, wer er will, er hat ihn sicher nicht mit Gewalt seinen Eltern fortgenommen.»

«Das glaube ich auch nicht», sagte Gaspard. «Aber wie soll man sich das sonst erklären?»

«Wir brauchen überhaupt keine Erklärungen. Diese Leute leben halt in einer ganz anderen Welt als wir. Sonderlinge sind sie, jawohl, et voilà tout. Und damit basta.»

Mademoiselle Berlicaut ließ sich keinen Finger breit von ihrer Meinung abbringen.

«Und du, Gaspard, du hältst es bald wieder mit deinem Besen, und dann wird über die ganze Geschichte kein Wort mehr gesprochen!»

Und so kam es. Drei Wochen nach dem Abenteuer griff Gaspard, als ob nichts geschehen wäre, wieder zu seinem Besen. Man übertrug ihm nur wenig Arbeit, und so hatte er Muße genug, im Dorf umherzustreifen. Er versuchte vergeblich, Erkundigungen einzuziehen, zu hören, was die Leute sagten. Niemand wußte etwas über das Kind, man machte einfach nicht mehr viel Aufhebens von der ganzen Geschichte. Ein Kind war eben mal davongelaufen, und man hatte es wieder eingefangen, so etwas kam doch vor; also sprach man auch nicht mehr davon. Und Gaspard? Ja, Gaspard war halt noch ein dummer Junge, aber daß er so einfältig sei, hätte man nun doch nicht gedacht, sagten die Leute.

Jedoch – es hatte sich etwas verändert. Mademoiselle Berlicaut, die früher ihre Gäste mit stets gleichbleibender Höflichkeit empfangen hatte, sah sich jetzt jeden Unbekannten nicht ohne Mißtrauen vorher genau an. Sie war zu der Überzeugung gelangt, daß die Sonderlinge das Hauptübel der Menschheit darstellten und daß es besser wäre, wenn es sie gar nicht gäbe.
«Du kannst dich glücklich schätzen, Gaspard», sagte sie, «daß du hier vor solchen exzentrischen Menschen sicher bist. Du wirst es in Lominval, wo Ruhe und Frieden herrscht, schon zu etwas bringen. Und wenn du keine Dummheiten machst, hinterlasse ich dir den ‹Großen Hirschen›.»
Die Tante fühlte sich bemüßigt, dieses nicht unansehnliche Versprechen gelegentlich zu wiederholen, um sicher zu gehen, daß ihre Zukunft wie auch die Gaspards keinen Überraschungen ausgesetzt wäre. Gaspard pflichtete diesen Verfügungen zwar von Herzen bei, doch er konnte seinen Freund in Antwerpen nicht vergessen.
Er hatte seine Gänge durch die Gärten und Wiesen vor dem Dorf aufgegeben. Seine Tante jedoch meinte, frische Luft könne ihm nicht schaden, und schickte ihn in den ersten Junitagen Walderdbeeren suchen für den Nachtisch der Gäste. «Das bringt ihn wieder auf die Beine», behauptete sie. Gaspard ging also nun jeden Nachmittag in den Wald.
Bei diesen Ausflügen war er einzig und allein bestrebt, möglichst rasch sein Körbchen zu füllen, und er hatte wenig acht auf das Lied der Turteltaube und auf die dunkle Majestät des Waldes, der sich meilenweit nach Osten und Norden ausdehnte. Wenn er wirklich einmal den Kopf hob, überraschte ihn immer wieder das Spiel der Lichter und Schatten zwischen den Stämmen ringsum, und es war ihm, als müsse aus den Bäumen plötzlich jemand auf ihn zutreten. Manchmal befiel ihn gar eine leise Angst. Der Hochwald, der sich die Hänge hinabzog, übte einen besonderen Reiz auf ihn aus, und oftmals wartete er förmlich darauf, unvermutet seinen Freund aus Antwerpen vor sich auftauchen zu sehen. Ereignisse, die er früher nur ahnte, so weit waren sie weg, schienen ihm jetzt näherzurücken, ohne daß er zu ihrem Zustandekommen einen Finger zu rühren brauchte.

Ganz gewiß hatte sich etwas gewandelt, trotz des stillen Friedens von Lominval.
Als Gaspard zum vierten Mal in den Wald zog, Erdbeeren zu pflükken, hatte er schon das Gefühl, es schaue ihm heimlich jemand zu. Wenn man sich eine solche Vorstellung einmal in den Kopf gesetzt hat, hält es schwer, sie wieder loszuwerden. Alle Augenblicke drehte Gaspard sich um und lauschte in die Waldesstille hinein. Gegen Ende der Woche vernahm er seltsame Geräusche im Unterholz. Zuerst glaubte er, es sei ein Hase oder ein Fuchs oder auch ein Eichhörnchen. Indes – die Geräusche, die er da hörte, Blätterrascheln, Knakken trockener Zweige, mußten eigentlich von weniger scheuen Füßen herrühren. Am Samstag glaubte er Hufeklappern zu hören. Er lief bis zur Wegbiegung vor, aber nichts war zu sehen auf dem einsamen Weg, der sich ganz in der Ferne im Hochwald verlor.
Als er dann am Montag einen Holzschlag betrat, stand zwischen zwei Stapeln ganz plötzlich ein Schecke vor ihm, der ihn neugierig beäugte. Das Pferd hatte ein leuchtendes Fellkleid, eine dichte Mähne und einen buschigen Schwanz, die keinerlei Pflege verrieten. Gaspard blieb wie angenagelt stehen, doch da schüttelte das Pferd den Kopf und trabte davon.
«Genug Erdbeeren vorläufig», sagte die Tante am selben Abend zu Gaspard. «Es muß jetzt schon hier und da Eierschwämme geben. Sieh mal zu, ob du welche findest.»
Gaspard erwiderte, er wolle es versuchen, obwohl mitten im Juni Pilze in den Ardennen eigentlich eine Seltenheit seien. Aber wenn Mademoiselle Berlicaut sich etwas vorgenommen hatte, konnte nichts sie davon abbringen. Gaspard tat also, wie ihm geheißen, und wanderte aufs neue durch die Wälder. Er wollte gern den Schecken wiedersehen und hatte doch zugleich Angst vor dieser Begegnung. Er sagte sich zwar, es könne nur ein Pferd sein, das jemandem entlaufen war, aber es schien andererseits auch jener verrückten Welt anzugehören, jener Welt der Sonderlinge, die Gabrielles Unwillen hervorrief, jedoch seine, Gaspards, Neugierde aufs höchste erregte.
Gaspard fand keine Eierschwämme. Während er noch lustlos da und dort suchte, erblickte er abermals den Schecken. Das Pferd eilte

gerade an einem Dickicht vorüber. Ohne auch nur einen Augenblick zu überlegen, lief Gaspard ihm nach. Das Pferd entkam ganz gemächlich und war plötzlich wie vom Erdboden verschluckt. Doch bald tauchte es hinter Gaspard wieder auf, es wieherte lustig und trabte leichtfüßig zwischen den Baumstämmen hindurch, und Gaspard kam an diesem Abend ohne einen einzigen Pilz nach Hause.

«Es ist gar nicht zu früh für die Eierschwämme», meinte Gabrielle. Sie ließ sich nicht überzeugen. «Du weißt bloß nicht, wo die richtigen Stellen sind. Wir haben in diesem Jahr schönes Wetter, da muß man dort suchen, wo es sehr feucht ist. Morgen gehst du wieder in den Wald.»

Die Tante schimpft zwar auf die Sonderlinge, aber so sehr unähnlich ist sie ihnen eigentlich nicht, dachte Gaspard im stillen. Er gab ihr jedoch recht und zog wiederum in seine Wälder. Aufs Geratewohl gelangte er an die Stelle, an der die Straße, die von Lominval zur fernen Maas hinunterführt, zwei große Biegungen macht, weil dort mitten im Wald eine Schlucht ist, die sie überqueren muß. Links und rechts sind steile Böschungen, auf denen saftig-grünes Gras wächst. Hier fand Gaspard in einer Bodenwelle zu seiner großen Überraschung Eierschwämme, und während er sie abpflückte, kam ihm der Gedanke, es müsse doch möglich sein, das Pferd zu verfolgen und es an einem der Steilhänge über der Straße zu stellen. Dann würde er es mitnehmen, und wenn niemand nach ihm fragte und Gabrielle Berlicaut nichts dagegen hatte, wäre er der rechtmäßige Besitzer. Er gestand sich zwar selbst ein, daß sein Vorhaben reichlich kühn war, doch am nächsten Morgen versah er sich mit einem Halfter, und als er wider Erwarten einen neuen Pilzrasen gefunden und abgeerntet hatte, machte er sich auf die Suche nach dem Schecken.

Das Pferd trieb sich noch immer in derselben Gegend herum. Auch Leute aus Lominval hatten es gesehen, aber keiner kümmerte sich um das Tier. «Ein Zigeunerpferd», sagten sie und dachten nicht weiter darüber nach. Gaspard jedoch sah in dem Pferd etwas Besonderes, das er nicht hätte erklären können. In seinen Augen war das Tier vor allem schön, von einer gar wundersamen Schönheit, die er gerade in den bebenden Flanken ausgeprägt sah. An jenem Tag war er noch keine zweihundert Schritt auf einem Waldweg dahingegangen, als der Schecke auf einmal vor ihm stand und gleich darauf kehrtmachte. Gaspard lief hinterdrein, und nach einem Versteckspiel um ein dichtes Gebüsch herum, kam er an eine ganz kleine Wiese, deren Rand steil zur Straße abfiel. Und mitten auf dieser Wiese graste das Pferd.

Gaspard trat mit wohlberechneter Behutsamkeit näher. Das Pferd graste ruhig weiter und bewegte sich dabei ganz allmählich fort, so daß es bald an die Kante der Böschung kommen mußte, die zehn Meter über der Straße lag. Gaspards Unterfangen nahm also einen günstigen Verlauf, zumal das Tier jetzt zwischen zwei hohen Dornhecken stand. Vor der rechten Hecke reckte sich ein kleiner Wacholderbaum aus dem Gras. Gaspard brauchte nur noch ein paar Schritte vorzugehen, und dann konnte er das Pferd berühren. Alles schien so sehr nach Wunsch zu gehen, daß er eine lange Weile reglos stehenblieb. Schließlich entschloß er sich, dem Tier mit sanfter Stimme zuzureden. Der Schecke hob auch den Kopf und lauschte. Seine Flanken gingen ruhig auf und nieder, und es war, als fühle er sich schon allein durch Gaspards Geduld und Ausdauer bezwungen.

Gaspard kam näher. Er streckte eine Hand aus, um dem Tier über den Hals zu streicheln, während er mit der anderen Hand das Halfter unter seinem Hemd hervorholte. In diesem Augenblick zeigte der Schecke, was er wirklich konnte: Ganz urplötzlich machte er einen Satz, sprang über den Wacholderbaum hinweg und verschwand sogleich auf demselben Weg, den Gaspard gekommen war. Gaspard blieb verblüfft stehen und starrte wie benommen zu der in den Hang eingeschnittenen Straße hinunter über die Spitzen der Tannen, die ganz auf dem Grund der Schlucht standen. Er hörte das Hufetrampeln, das der weiche Waldboden dämpfte, doch da verlor es sich in der Ferne. Es blieb ihm nichts anderes übrig, als den Heimweg anzutreten.

Er ging schon über die Wiese davon, als er wiederum das Stampfen der Hufe vernahm, doch jetzt klang es laut und lustig. Das Pferd mußte unten die Straße entlangtraben. Gaspard machte kehrt, und

als er sich über den steilen Abhang beugte, sah er das schwarzweiße Fellkleid zwischen den Bäumen aufleuchten. Das Pferd folgte der Straße bergwärts, die hier die großen Schleifen machte, und kam auf Gaspard zu, von dem es noch zwei übereinanderliegende Böschungen trennten. Dieses Mal hielt Gaspard die Gelegenheit für gekommen, dem Pferd aufzulauern und es zu überraschen. Es mußte doch jetzt ermattet sein, nachdem es so lange umhergetollt war, und da brauchte er nur im rechten Augenblick von der Böschung herunterzuspringen und sich ihm in den Weg zu stellen.
Gaspard glitt den steilen Hang hinab und legte sich dicht oberhalb der Straße im hohen Gras auf die Lauer. Der Schecke trabte um die erste Schleife, dann um die zweite. Als er ganz nahe war, stürzte Gaspard los, aber da verfing sich sein Fuß in einer Wurzel.
Wieder einmal – und es sollte nicht das letzte Mal sein – erlebte Gaspard am eigenen Leib, wie sich eine Katastrophe abspielt. In dem Augenblick, als er vornüberfiel, sah er blitzartig den Himmel über dem weiten, grünen Gewoge des Waldes. Der Sturz wurde durch das Gras ein wenig gemildert, doch er schlug einen Purzelbaum, und wie sehr er auch versuchte, sich an Pflanzen und Gräsern festzuhalten – erst ganz unten endete seine Fahrt. Erde und Himmel wechselten vor seinen Augen ab. Der letzte Satz, den Gaspard an der Stelle machte, wo die Böschung senkrecht abfiel, beförderte ihn mitten auf die Straße.
Er sah sich schon mit zerschlagenen Gliedern auf dem Asphalt liegen, da faßten seine Hände in die Mähne des Schecken. Er fiel dem Pferd quer über den Rücken und hielt sich im letzten Augenblick noch mit einem Bein und beiden Armen an seinem Hals fest. Mit großer Mühe vermochte er sich hochzuziehen und verharrte nun in einer Stellung, die ganz bequem gewesen wäre, hätte er reiten können.
Das Pferd war unter der Last, die ihm da so plötzlich auf den Rücken fiel, nicht gestrauchelt und lief in der gleichen Gangart weiter. Herunterspringen kam nicht in Frage, so beschloß Gaspard, geduldig auf den Augenblick zu warten, da das Pferd ihn auf die Straße warf oder stehenblieb. Nach einigen Minuten indes war er schon der Hoffnung, daß er sich an den Galopp würde gewöhnen können. Ab und

zu wurden ihm zwar die Beine weggerissen, und er konnte eigentlich nicht begreifen, wieso er überhaupt noch oben saß, aber gerade weil er es nicht begriff, fühlte er sich von einem neuerwachten Vertrauen durchdrungen. Und selbst wenn er nachher auf die Straße geschmettert werden sollte, war es doch schön gewesen, daß er es so lange mitgemacht hatte.

Das Pferd lief geschwind dahin und schien gleich einem frischen Sommerwind nicht geneigt, seine Eile zu mäßigen. Als es die Straße bis zur letzten Kurve hinangaloppiert war, bog es in einen Waldweg ein und gelangte zu einer anderen Straße, die durch Hochwald abwärts führte. Dann eilte es einen breiten Pfad entlang, der in einem verlassenen Holzschlag endete. Aus diesem Holzschlag schien es keinen Ausweg zu geben, und das Pferd lief langsamer.

Gaspard fühlte das Ende seines Abenteuers herannahen. Der Zufall, der ihn dem Pferd auf den Rücken geworfen hatte, war zwar unglaublich, aber genau besehen nicht sehr verschieden von den seltsamen Geschehnissen, die ihm in seiner Kindheit widerfahren waren. Nach seiner Berechnung hatte ihn der Ritt nicht allzu weit von Lominval hinweggetragen, so daß er beizeiten wieder zu Hause sein konnte, ohne Rede und Antwort stehen zu müssen. Diesmal sollte niemand schelten und behaupten können, er hätte da oder dort nichts zu suchen gehabt. Vielleicht gelang es ihm sogar, dem Tier das Halfter umzulegen und es ins Dorf mitzunehmen.

Der Schecke trabte nun gemächlich am Rand des Holzschlags dahin. Wenn er am anderen Ende angelangt war, wollte Gaspard das geringste Zögern wahrnehmen und abspringen. Wie er es vorausgesehen, stutzte das Pferd, als es den äußersten Winkel des Schlags erreicht hatte. Gaspard beugte sich auf seinen Hals, um sich hinabrutschen zu lassen, da machte es plötzlich einen ganz tollen Satz. Gaspard, der den Hals noch umschlungen hielt, konnte sich gerade noch anklammern. Das Pferd sprang mitten durch den Hochwald, wo kein Weg und kein Steg war, und dort fiel es in einen solchen Galopp, daß Gaspard sich wirklich in eine andere Welt versetzt glaubte. Es war ein so erstaunlich leichter, fliegender Galopp, daß das Tier kaum die Erde zu berühren schien. Nur von Zeit zu Zeit, bei einer Bodenver-

änderung, bäumte es sich auf, und dann donnerten die Hufe, daß Gaspard richtig Angst bekam.
Jetzt hatte er aber gar nicht mehr das Verlangen, abzuspringen, denn ihm schien, er sei mit dem Pferd verbunden und dürfe unter gar keinen Umständen aufgeben. Nachdem sie einen schier endlosen Buchenhochwald durchquert hatten, gelangten sie auf einen von Eichen gesäumten Weg, und das Laubdach spannte sich unter einem Himmel, den allmählich Wolken überzogen. Nach den Eichen kamen dunkle Dickichte, dann Unterholz mit Lichtungen, wo es Ebereschen gab und Geißblatt. Dann flogen Ginsterbüsche und Birken vorüber. Weiter durcheilten sie einen Föhrenwald, und das Pferd sauste lautlos auf dem Nadelteppich eines Pfades dahin. Gaspard sah nun, daß es nicht *einen* Wald gab, sondern *tausend* Wälder, deren nicht einer dem von Lominval glich. Er kam durch sumpfiges Unterholz, wo bleiche Gräser und Glockenblumen dunklen Schatten entwuchsen. Ein anderer Wald bestand fast einzig aus toten Pappeln, dann entdeckten sie eine Lichtung voller roter Blumen und Vergißmeinnicht. Es läßt sich unmöglich schildern, was Gaspard alles sah. Als sie über steinigen, von Heidekraut bewachsenen Boden kamen, stoben die Hufeisen des Schecken Funken, und in diesem Augenblick brach das Gewitter los.
Ein Gewitter, das drei Viertel des Himmels erfüllte. Wind erhob sich. Die baumlose Heide gab den Blick auf die ferne Sonne frei, die zur gleichen Zeit über dem Waldhorizont in einem blauen Feld erstrahlte. Das fast waagrechte Licht ließ die Wolken tiefschwarz erscheinen, die bald von hundert anderen Lichtern zerrissen wurden, als die Blitze in sie hineinfuhren. Einige doppelte und dreifache Blitze gingen mitten über der Heide nieder, und schwerer Regen peitschte herab.
Das Pferd hielt einen Augenblick an. Es wieherte. Gaspard hätte jetzt absteigen können, doch er hatte keine Lust, denn er mochte nicht allein im Gewitter zurückbleiben. Er umschlang vielmehr zärtlich den Hals des Tieres, und das Pferd trabte ein wenig langsamer weiter, während der Sturm losbrach.
Die Sonne erstrahlte noch eine Weile am Horizont, Gaspard konnte

sie verschwommen hinter dem Regenschleier erkennen. Dann aber war aller Tagesschein dahingeschwunden. Jenseits der Heide ritten sie in einen Wald mächtiger Ulmen ein. Gaspard glaubte, jeden Augenblick müsse der Feuerstrahl in einen der Bäume fahren, aber der launische Blitz zuckte aufs Geratewohl hernieder. Gaspard sorgte sich wenig um den Regen, der ihm die Kleider an den Leib klebte, er verfolgte mit bewunderndem Entsetzen die Blitze, deren Feuerkugeln zwischen den Bäumen aufleuchteten. Hin und wieder sauste mit lang anhaltendem Krachen ein Ast zu Boden.
Am Rande des Hochwalds, wo der Boden langsam anstieg, erklomm das Pferd einen Hügel, und dann kam eine lange Kammlinie, auf der Zwergahornbäume standen. Das Pferd trabte um die Bäume herum. Wo will es mich wohl hinführen? sann Gaspard, und dann fragte er mit lauter Stimme: «Où veux-tu me conduire?» Der Schecke blieb stehen, wieherte sanft und fiel wieder in Trab. Der Gewittersturm ließ langsam nach. Da zerteilten sich die Regenschwaden und gaben dem Auge plötzlich einen Ausblick frei, doch nicht nach oben, auf den Himmel, sondern nach unten. Gaspard sah auf einmal eine riesige Talschlucht, die fast zu Füßen des Pferdes begann und in die Weite abfiel zu den Ufern eines großen Flusses. «Die Maas!» flüsterte er.
Er hatte die Maas noch nie gesehen und nicht gedacht, daß sie mitten im Wald dahinfloß. Er umfaßte den Pferdehals mit beiden Armen. Das Tier verstand Gaspards Wunsch und blieb still stehen, während er den Fluß bestaunte. Die Wolken eilten jetzt fort, es war ein schlimmes, aber kurzes Unwetter gewesen. Bald tauchte das Blau des Himmels empor, denn es war noch nicht ganz Nacht. Über den Hang stieg ein Hirsch zum Fluß hinab.
Das Pferd trabte wieder los, als die ersten Sterne aufblitzten. Es strebte auf einem sanft abfallenden Weg dem Talgrund zu und lief dann an der Mauer einer Fabrik entlang, die urplötzlich aus dem Wald aufragte. Doch es eilte gleich weiter und den nächsten Hang wieder hinauf. Von oben sah Gaspard nun die Lichter einer kleinen Stadt, die sich in der Maas spiegelten, da trabte das Pferd abermals in den Wald hinein.

«Wo werden wir bloß die Nacht zubringen?» flüsterte Gaspard. Er dachte nicht mehr an Lominval, es war ihm, als würde er das Dorf nie mehr wiedersehen. Was er in Zukunft treiben und wovon er leben wollte – das kümmerte ihn nicht, doch plagte ihn arg der Hunger.
Das Pferd galoppierte in sausendem Flug durch die Bäume, die man in der Dunkelheit kaum erkennen konnte. Gaspard spürte, daß sie unter mächtigen Ästen dahineilten, die im Vorübergleiten pfiffen. Er klammerte sich an die Mähne des Pferdes und verbarg darin sein Gesicht. Tränen standen ihm in den Augen. «Willst du mich denn umbringen?» flüsterte er. Nicht der Tod schreckte ihn, sondern der Gedanke, daß der Schecke, dem er seine Zuneigung geschenkt, ihn so grausam enttäuschen könnte. Nach etwa einer Stunde indes fiel das Pferd in langsameren Trab, und Gaspard erblickte hinter seinem Tränenschleier wiederum eine Heide. Und mitten auf dieser Heide stand ein ganz verfallenes Haus.
Es hatte einen ziemlich hohen Dachgiebel, der mit Schiefer bedeckt war. Hinter dem Giebel hielt sich jedoch in den Trümmern nur noch ein kleiner Anbau mit Mühe aufrecht, dessen Mauern einigermaßen heil zu sein schienen. Das Dach war an mehreren Stellen durchlöchert. Genau vor der Schwelle dieses Anbaus blieb der Schecke stehen. Die großen, aus den Angeln gerissenen Türflügel faulten sicher schon seit Jahren im Gras.
«Das ist aber ein seltsamer Ort», sagte Gaspard vor sich hin, während er absaß.
«Ja, Fremde kommen nur selten hier in diese Gegend», antwortete eine Stimme.
Gaspard erkannte ganz hinten in dem Anbau die Gestalt eines Mannes, der auf einem Stein saß und damit beschäftigt war, ein dürftiges Feuer zu unterhalten, dessen Rauch durch eine zwischen Mauer und Dach ausgesparte Lücke abzog.
«Darf ich hereinkommen?» fragte Gaspard.
«Freilich darfst du hereinkommen, du und dein Pferd. Du kannst dich hier am Feuer trocknen. Das war ein schönes Gewitter, was?»
«Ein sehr schönes Gewitter», bestätigte Gaspard höflich.

Der Mann war wie ein Landstreicher gekleidet. Gaspard setzte sich neben ihm auf einen Stein. Das Pferd hatte ein wenig Heu gefunden, das in einer Ecke des Raumes lag.

«Ich bin auch nur so im Vorbeigehen hier, genau wie du», erklärte der Landstreicher. «Ich mache schon seit langem einen großen Bogen um die Städte, wo die Gasthöfe so teuer sind. Ich liebe den Wald. Hier hast du ein Stück Brot.»

«Danke schön», sagte Gaspard, «aber ich möchte nicht, daß ...»

«Nimm ruhig», forderte ihn der andere auf.

Gaspard mußte sich in seinem Innern eingestehen, daß er nun ganz gewiß in die Welt der Sonderlinge geraten war, wie Tante Gabrielle sich auszudrücken pflegte. Er hatte heute schon so manches gesehen und erlebt, Dinge, von denen er nicht geahnt hatte, daß es sie überhaupt gab, und der Empfang, den ihm der Landstreicher jetzt bereitete, erfüllte ihn neuerlich mit Erstaunen. Den Mann schien es gar nicht zu kümmern, wer er, Gaspard, war, noch woher er kam. Gaspard beschloß, genausowenig neugierig zu sein.

«Ich liebe das Gewitter», fuhr der Mann fort. «Heute habe ich gesehen, wie der Blitz durch den Regenbogen gefahren ist. Da ist eigentlich gar nichts Ungewöhnliches dabei, trotzdem – wenn man so etwas erleben will, muß man die Welt schon ein schönes Stück durchwandert haben. Oft arbeite ich auch, aber noch öfter ziehe ich von einem Ort zum andern.»

«Lesen Sie auch Bücher?» fragte Gaspard.

«Ich lese auch Bücher, aber vor allem halte ich Augen und Ohren offen.»

Gaspard hatte das Gefühl, daß Lominval ganz weit weg war. Durch die Löcher im Dach erblickte man die Sterne. Lange Zeit fiel kein Wort. Gaspard aß sein Stück Brot zu Ende und fragte dann unvermittelt: «Haben Sie vielleicht etwas von einem Jungen gehört? Er ist in meinem Alter und hat auch so blonde Haare wie ich. Aber er ist reich, und sein Haar ist ganz wunderschön.»

«Wunderschönes Haar, ja doch«, sagte der Mann. «Das muß der gewesen sein, den ich vor einem Monat hier in der Gegend habe herumstreichen sehen. Ein Ausreißer, was?»

«Ja, er ist davongelaufen», bestätigte Gaspard, «aber er war auf der Suche nach seiner Heimat.»
«Ja, das ist schon möglich», fuhr der Landstreicher fort. «In Fumay hat man viel über ihn gesprochen. Er hat nur gelegentlich schnell etwas zu essen eingekauft, mal in dem einen Kolonialwarenladen, mal in dem andern, mal bei diesem Bäcker, mal bei jenem. Aber er ist immer gleich wieder im Wald verschwunden. Doch, die Leute haben viel von ihm gesprochen. Vor einiger Zeit ist er eines Morgens in einem ganz vornehmen Auto gesehen worden.»
«In Fumay?»
«Ja, in Fumay. Fumay ist nicht weit von hier. Wenn du dem Dachgiebel den Rücken zukehrst, dann siehst du einen Pfad, der schnurstracks zur Straße hinunterführt.»
«Aber das wird mir auch nicht weiterhelfen», sagte Gaspard traurig. «Sicher ist er schon wieder nach Antwerpen gefahren.»
«Na, wer weiß. Man lernt nie aus und erfährt immer wieder Neues», gab der Mann zu bedenken. «Er kann ein zweites Mal ausgerissen sein, oder vielleicht hat er mit jemandem gesprochen. Und wenn die Leute erzählen, soll man ruhig zuhören, wer weiß ...»
Der Landstreicher schien der Meinung zu sein, daß alles in der Ordnung der Dinge lag und daß die Welt mit ihren Geheimnissen sich einem eröffnete, wenn man nur richtig neugierig darauf war. Er wiederholte, man müsse immer dazulernen.
«Bonne nuit, mon fils, und schlaf gut», sagte er dann abschließend. Er stand auf und legte sich in eine Ecke, wo ein wenig Stroh aufgeschüttet war. Das Pferd hatte sich neben Gaspard ausgestreckt, und Gaspard, den die Müdigkeit jetzt übermannte, schmiegte sich an den warmen Leib des Tieres. Er barg den Kopf in seiner dichten Mähne, die auf den Hals herabfiel, und sank sogleich in tiefen Schlaf.
Als er am nächsten Morgen aufwachte, war der Landstreicher schon verschwunden. Auf einem Stein lag ein Stück Brot, das er ihm dagelassen hatte, und Gaspard schlang es mit Heißhunger hinunter. Da schnaubte das Pferd, erhob sich und trottete auf die Heide hinaus, um zu grasen. Gaspard blieb noch eine Weile in dem Anbau hocken, nachdem er sein Brot verzehrt hatte. In der Türöffnung sah er die

sonngetränkten Wiesen, auf der Heide standen Birken in Gruppen, und in zweihundert Schritt Entfernung ragte die grüne Mauer des großen Waldes auf. Gaspard betrachtete lange und voller Bewunderung den Schecken, dessen schwarzweiße Flecken im Morgenschein leuchteten. Ich muß aber doch wieder zurück nach Lominval, überlegte er im stillen.

Gaspard war so sehr aus seinem bisherigen Dasein herausgerissen worden, daß er immer stärker die Sehnsucht nach dem Unbekannten in sich spürte. Trotz seiner Ängste bereitete es ihm Freude, Dinge zu erleben und zu schauen, von denen er sich nicht hatte träumen lassen. Aber er mußte um alles in der Welt wieder zurückkehren nach Lominval. Sicher war sein Verschwinden ohnehin schon gemeldet worden, und da mußte man ihn früher oder später aufgreifen.

«Brechen wir auf!» rief er dem Pferd zu. «Gehen wir zuerst hinunter nach Fumay. Dort hören wir vielleicht etwas von meinem Freund aus Antwerpen. Wir wollen sehen, was wir über ihn erfahren, und dann kehre ich in den ‹Großen Hirschen› zurück, zu meiner Tante Gabrielle Berlicaut.»

Es war, als lausche der Schecke diesen Worten. Feuer loderte in seinen Augen, die ihn ein wenig heimtückisch anzublicken schienen.

«Nein, du wirst schön brav sein, nicht wahr?» sagte Gaspard. «Du kommst mit mir nach Lominval.»

Es gelang ihm, dem Pferd das Halfter umzulegen, das noch in seinem Hemd gesteckt hatte, und dann führte er es auf den Pfad, der nach Fumay hinabstieg.

Vielleicht täuschte sich Gaspard in der Richtung, als sie an eine Kreuzung von zwei Waldwegen kamen, jedenfalls trotteten sie immer weiter und weiter, und zwei Stunden verrannen, und sie sahen keine Straße nach Fumay noch fanden sie irgendeinen Hinweis, der sie an ihr Ziel gebracht hätte. Die Wälder waren einsam und verlassen und standen da wie eine unüberwindliche Mauer. Gaspard wurde müde und beschloß, auf das Pferd zu steigen, das ihm gehorsam gefolgt war.

Sobald er aber aufgesessen war und sich an der Mähne anklammerte und das Ende des Halfters nur noch spielerisch festhielt, stürzte der

Schecke in dem gleichen sausenden Galopp davon wie am Tage zuvor. Gaspard glaubte schon, er werde jetzt durch eigene Schuld einen weiteren Tag durch den Wald reiten müssen, da gelangten sie auf eine Straße, die das Pferd in erstaunlich sicherem Trab hinabeilte. Gaspard erblickte von neuem den Fluß inmitten des endlosen Gewoges bewaldeter Bergrücken, und bald sah er unter sich am Hang das Häusergewirr eines Städtchens. Am Ortseingang las er auf einem Schild den Namen: Fumay. Der Landstreicher hatte also doch nicht gelogen.

Kaum war das Pferd auf dem Straßenpflaster in langsameren Trab gefallen, als Gaspard versuchte, es zum Stehen zu bringen, indem er ein wenig am Halfter zog. Der Schecke schenkte diesem Hinweis überhaupt keine Beachtung. Gaspard zog kräftig an der Mähne, doch das Pferd schüttelte nur herrisch den Kopf und trabte weiter seines Wegs.

Es folgte zunächst einer ziemlich breiten Straße, geriet dann in enge Gassen und kam schließlich wieder zum Rathaus zurück. Es tummelte sich fröhlich herum, und die Leute liefen zusammen. Gaspard sagte sich, daß in wenigen Minuten ganz Fumay von seiner Ankunft erfahren haben und sein Abenteuer dann ein für ihn schimpfliches Ende nehmen mußte. Er hielt es zwar selbst für das beste, nach Lominval zurückzukehren, doch wollte er das ohne großes Aufsehen erledigen. Schließlich trabte das Pferd quer über einen Markt und verursachte Schrecken und Durcheinander. Männer beschimpften Gaspard, und einige schickten sich sogar an, seinem Pferd den Weg zu verlegen mit der ganz offensichtlichen Absicht, dem jungen Reiter eine ordentliche Lektion zu erteilen. Da überfiel Gaspard plötzlich ein großer Zorn, und er drückte dem Tier die Absätze in die Weichen. Das Pferd scheute nicht, es ging auf zwei Männer los, die entschlossen vor ihm auf die Straße gesprungen waren, und kam ihnen so nahe, daß es sie fast streifte. Doch da machte es auf einmal kehrt und setzte über einen Gemüsestand hinweg, während die Marktfrau sich wie wild im Kreise drehte. Dann bog es in eine Seitengasse ein, wo es abermals dahingaloppierte, so schnell wie der Wind.

Es eilte zur Maas hinab, am Ufer entlang, wieder zurück in die äußeren Stadtbezirke, durch mehrere Straßen, daß die Leute höchst erstaunt in die Türen traten und sich fragend anblickten. «Das kann nicht gut ausgehen!» murmelte Gaspard vor sich hin. «Lieber Freund, halt ein oder bring uns wieder in den Wald!» Plötzlich blieb das Pferd in einer einsamen Gasse vor einem Friseurladen stehen. Zur linken Seite des Ladens war ein Porzellanwarengeschäft, zur rechten ein kleiner Hof. Gaspard sprang herunter und gleich dem Friseur in die Arme, der aus seinem Laden herausgekommen war. Er sah furchterregend aus, hatte schwarzes Haar und ganz schrecklich dichte Augenbrauen. Gaspard blickte ihn nicht ohne Bangen an. Der Mann aber winkte, er solle eintreten, und wies auf die schmale Glastür, auf der mit Goldbuchstaben BAISEMAIN – COIFFEUR geschrieben stand. Gaspard wußte weder was er tun, noch was er sagen sollte. Der Schecke trottete in den kleinen Nachbarhof, wo er sogleich das Gras zu rupfen begann, das dort längs der Mauern wuchs.

«Ihr Pferd ist versorgt», sagte der Friseur. «Treten Sie nur ein. Wenn mich nicht alles täuscht, habe ich wohl die Ehre mit Monsieur Gaspard Fontarelle –?»

Gaspard trat völlig verwirrt ein. Er brachte kein Wort hervor. Der Friseur bot ihm einen Sessel an, und Gaspard ließ sich benommen nieder.

«Ich werde Ihnen die Haare schneiden, Monsieur Fontarelle», fuhr der Friseur fort, «und währenddessen können wir uns in aller Ruhe über dieses und jenes unterhalten, ohne daß jemand etwas dabei findet.»

«Sie kennen mich?» fragte Gaspard.

«Seit heute morgen, junger Mann. Sie werden gesucht, in Laifour, in Revin, in Fumay und in der ganzen Umgebung. Ihre Tante, Mademoiselle Berlicaut, hat der Gendarmerie des gesamten Bezirks der Ardennen Ihre Personalbeschreibung gegeben. Sogar die Zollbeamten dürften inzwischen benachrichtigt sein. Mit Ihrem Schecken fallen Sie ja überall sofort auf.»

«Ganz gleich, ich muß wieder nach Lominval zurückkehren», sagte

Gaspard, «und deshalb brauchen Sie mir nicht die Haare zu schneiden.»
«Abwarten, abwarten», erwiderte Monsieur Baisemain mit einem bezaubernden Lächeln, daß sein Gesicht noch gräßlicher aussah. «Wer weiß, vielleicht kehren Sie gar nicht mehr nach Lominval zurück, und ich unterhalte mich gern ein wenig. Außerdem interessiere ich mich für Sie. So eine Überraschung, daß Sie gerade zu mir kommen, um sich die Haare schneiden zu lassen!»
«Ich habe aber gar keine Lust … !» rief Gaspard unwillig und wollte aufspringen. Monsieur Baisemain drückte ihn jedoch sanft, aber sehr bestimmt wieder in seinen Sessel zurück und sagte dann im liebenswürdigsten Ton und mit völlig gleichgültigem Gesichtsausdruck:
«Genau heute vor einem Monat und fast zur gleichen Stunde habe ich einem Jungen den Kopf gewaschen, der gerade so blond war wie Sie, aber er hatte viel dichteres und längeres Haar. Seine Augen leuchteten durchdringend hell wie Stahl und rein und klar wie die Maas.»
«Hieß er vielleicht Drapeur?» fragte Gaspard aufgeregt.
«In der Tat, junger Mann: er hieß Drapeur.»

Théodule Residore

Gaspard Fontarelle versuchte erst gar nicht, hinter die Verkettung von Zufällen zu kommen, die ihn auf die Spur seines Freundes aus Antwerpen gebracht hatte. Er sagte vielmehr dreist:
«Wenn ich Sie recht verstehe, Monsieur Baisemain, sind Sie auch ein Sonderling.»
«Ich bin vielleicht ein Sonderling», antwortete Monsieur Baisemain, «aber lassen Sie mich Ihnen erst meine Geschichte erzählen.»
Er hatte Gaspard ein Frisiertuch umgelegt, und während er ihm die Haare schnitt, wobei er mit der Schere wahre Kunststücke vollführte, erzählte er, was an jenem Morgen geschehen war, als auf einmal ein herrschaftlicher Wagen vor seiner Tür gehalten hatte.
Zwei Herren und ein Kind waren ausgestiegen. Das Kind hatte zerzauste, staubbedeckte Haare, für die gewiß ein Kamm nicht ungelegen kam. Die beiden Herren hatten sich im Hintergrund des Salons niedergelassen, während Monsieur Baisemain das Kind im Sessel Platz nehmen ließ. Doch kaum hatte er seine Vorbereitungen getroffen, als es leise auf ihn einflüsterte:
«Hören Sie bitte, Monsieur! Lassen Sie sich bitte nichts anmerken, ich spreche nur so vor mich hin, als wäre nichts. Ich muß fort von hier. Machen Sie bitte die Tür auf, Sie werden schon einen Vorwand finden, und halten Sie mich dann nicht fest. Niemand will mich verstehen. Ich muß meine Angehörigen suchen und mein Land. Die Herren da sind nicht meine Angehörigen. Bitte, tun Sie mir den Gefallen! Es kann Ihnen gar nichts passieren, Sie vollbringen eine gute Tat. Wenn Sie nicht wollen, brauchen Sie die Tür auch nicht zu öffnen, ich mache sie dann selbst auf. Aber halten Sie mich bitte, bitte nicht fest!»
Monsieur Baisemain hatte sich über das Kind gebeugt und seifte ihm den Kopf ein. Er war so sehr verblüfft, daß er nichts erwidern

konnte. Die Stimme des Kindes klang so sanft und einschmeichelnd, daß er vielleicht einer solch ungewöhnlichen Bitte nachgegeben hätte; aber einer der Herren war auf ihn zugetreten und klopfte ihm auf die Schulter, daß er heftig zusammenfuhr.
«Ich muß Sie darauf aufmerksam machen, daß das Kind allen Leuten Lügen erzählt. Es versucht immer wieder auszureißen, und jedes Mittel ist ihm recht, müssen Sie wissen. Wenn wir hier auch fremd sind, wollen wir doch nicht, daß man schlecht von uns denkt.»
Der dies gesagt hatte, war Monsieur Parpoil. Monsieur Drapeur war sitzen geblieben. Er meinte, es sei nicht nötig, Erklärungen abzugeben, und außerdem werde das Kind schon zur Vernunft kommen und hübsch dableiben. Monsieur Parpoil wandte sich daraufhin an Monsieur Drapeur.
«Es ist schon einmal auf diese Weise ausgerissen, als wir in Antwerpen in einem Laden waren. Es ist ihm damals gelungen, sich für ein gestohlenes Kind auszugeben, und in der allgemeinen Verwirrung, die unter der Kundschaft entstand, ist es uns entwischt.»
«Hier ist ja außer uns niemand», entgegnete Monsieur Drapeur.
«Es können jeden Augenblick Kunden kommen, und deshalb wäre es gut, wenn Monsieur Baisemain sich davon überzeugen ließe, daß ...»
«Bitte, fahren Sie fort», sagte Monsieur Baisemain.
«Durchaus nicht nötig», fiel Monsieur Drapeur ein.
Dann hatte Monsieur Parpoil sich vorgestellt. Er hatte ihm erzählt, daß er die Ehre habe, der Sekretär von Monsieur Drapeur zu sein, der mit Diamanten handele, aber auch weithin als Kunstliebhaber bekannt sei. Monsieur Drapeur besitze ein Schloß in der Nähe von Antwerpen und wolle demnächst auf seiner Jacht eine Seereise antreten.
«Ich sage dies nur», schloß Monsieur Parpoil, «damit Sie wissen, mit wem Sie es zu tun haben. Ich würde Ihnen nicht raten, es mit Monsieur Drapeur zu verderben.»
Monsieur Drapeur war aufgestanden.
«Es tut mir leid, dies sagen zu müssen, Jacques, aber Ihre Worte kommen mir etwas anzüglich vor. Es ist einfach so, Monsieur Baisemain, daß ich mein Kind liebe und sehr bestürzt darüber bin, daß es

davonlaufen wollte. Man sagt, gewisse Kinder hätten einen Hang zum Ausreißen. Mein Kind versucht es nun schon seit einem Jahr immer und immer wieder. Zuletzt ist es durch ganz Belgien bis hierher nach Frankreich geflohen.»
«Es behauptet, es sucht seine Familie und sein Land», konnte Monsieur Baisemain sich nicht enthalten einzuwerfen.
«Es hat keine anderen Angehörigen als mich, seinen Onkel, und keine andere Heimat als Antwerpen.»
Monsieur Baisemain konnte nicht umhin, den Worten der beiden Herren Glauben zu schenken. Das große Auto draußen vor dem Laden mußte wohlhabenden Leuten gehören. Wie Monsieur Baisemain Gaspard versicherte, hätte er das Kind wohl anfangs nicht zurückgehalten, aber als er die beiden Herren angehört hatte, fürchtete er sich doch vor der Verantwortung, die er damit übernahm.
«Verstehen *Sie* vielleicht, warum es immer davonlaufen will?» fragte Gaspard.
«Nein, ich kann mir das gar nicht erklären», erwiderte der Friseur. «Mir ist es ein Rätsel. Es hat alles, was sich ein Kind nur wünschen kann, aber es hat bestimmt einen guten Grund, daß es so hartnäckig immer wieder versucht wegzulaufen, darauf möchte ich schwören. Nun ja, lassen wir das. Ich habe Ihnen noch nichts von dem berichtet, was Sie speziell betrifft.»
Als Monsieur Baisemain fast fertig war, hatte ihm das Kind noch einige Worte zugeflüstert, ganz leise, als handele es sich um eine geheime Botschaft: «Hören Sie bitte ... In Lominval ... Gaspard Fontarelle ... mein Freund...»
Es hatte nicht weitersprechen können, denn Monsieur Parpoil war hinzugekommen und hatte ihm Schweigen geboten.
«Ich habe nicht verstehen können, was es Ihnen mitteilen wollte», sagte Monsieur Baisemain. «Die beiden Herren sind gleich darauf mit dem Kind weggefahren, aber als ich heute morgen erfuhr, daß Mademoiselle Berlicaut in Lominval ihren Neffen Gaspard Fontarelle als vermißt gemeldet hat, vermutete ich gleich, daß Sie zu Ihrem Freund wollten. Und als ich Sie vorhin sah, dachte ich, ich könnte Ihnen vielleicht helfen.»

«Ich bin nicht absichtlich aus Lominval fortgegangen», gestand Gaspard, «und ich muß wieder zurückkehren. Meine Tante sagte immer, ich sei nicht für Abenteuer geschaffen, und da hat sie nur zu sehr recht. Aber ich danke Ihnen von ganzem Herzen, Monsieur. Ich habe nicht einmal Geld bei mir und muß Ihnen das Haarschneiden schuldig bleiben.»
«Das macht nichts», beruhigte ihn der Friseur und zog seine schrecklichen Augenbrauen zusammen. «Ich bin fest davon überzeugt, daß Sie nicht mehr nach Lominval zurückkehren.»
«Da! Sehen Sie nur!» sagte Gaspard, als er vom Sessel aufstand.
Durch die Schaufensterscheibe, zwischen Parfümflaschen und Perükken, spähten zwei Gesichter herein.
«Das ist die Nachbarin aus dem Porzellanladen und ihr Mann», sagte Monsieur Baisemain. «Die werden Sie sicher anzeigen, wenn sie es nicht schon getan haben. Das sind kleinliche Leute.»
«Wenn Sie mich durch den Hof hinauslassen könnten», meinte Gaspard, «würden Sie mir wenigstens diese Schande ersparen.»
«Seien Sie sicher, jeune homme, ich werde Ihnen keine Schande ersparen», entgegnete der Friseur.
Er musterte Gaspard mit gräßlich verzerrtem Gesicht. Seine Haare und seine Augenbrauen waren so seltsam anzusehen, daß es Gaspard kalt überlief. In seinem Blick jedoch lag noch ein klein wenig Sanftmut.
«Sie haben mir einen Streich gespielt», rief Gaspard, «Sie haben mich so lange hier festgehalten, bis man mich holen kommt!»
Aus Monsieur Baisemains Blick verflog der Rest Sanftmut. «Ich bin überzeugt, daß Sie nicht nach Lominval zurückkehren werden. Es wird etwas geschehen, ich weiß nur noch nicht was. Ihr Schecke, durch den Sie hier so aufgefallen sind, ist kein gewöhnliches Pferd. Er ist imstand, Sie bis ans Ende der Welt zu tragen.»
Die Gesichter hatten sich von der Scheibe entfernt, doch man sah, daß der Mann und die Frau vom Porzellanladen miteinander stritten. Der Schecke war auf die Straße hinausgetrottet.
«Auf dieses Pferd steige ich nicht mehr», sagte Gaspard, «und wie könnte ich jemals nach Antwerpen kommen, ohne unterwegs festge-

nommen zu werden! Aber selbst wenn ich ans Ziel käme, was sollte ich dann dort machen?»
«Hören Sie gut zu!» flüsterte Monsieur Baisemain. «Ich will Ihnen helfen. Also passen Sie auf: Wenn Sie Schwierigkeiten haben, versuchen Sie, in die Gegend von Vireux zu gelangen. Auf der Straße von Fumay nach Vireux fragen Sie einfach jemanden nach Théodule Residore. Der eine oder andere kann Ihnen bestimmt sagen, wo er wohnt. Wiederholen Sie den Namen! Théodule Residore wird Ihnen helfen, worum Sie ihn auch immer bitten. Und jetzt au revoir, mon ami, versuchen Sie ruhig, nach Lominval zurückzukehren!»
In den Augen des Friseurs funkelte es seltsam. Seine Brauen zogen sich zusammen. Gaspard bedankte sich und sagte zitternd Lebewohl. Dann öffnete er die Ladentür.
Gaspard hatte noch nicht den Fuß auf den Bürgersteig gesetzt, als er ein lautes Klirren hörte. Da sah er auch schon das Pferd, das in das Schaufenster des Porzellanladens ausschlug. Die Scheibe ging in Trümmer, und die Tellerpyramiden sprühten in Scherbengarben auseinander wie Feuerwerk. Der Besitzer und seine Frau versuchten vergeblich, das Tier zu besänftigen. Der Mann schrie: «Das muß uns dieser Schlingel aus Lominval alles bezahlen! Ihm gehört das verflixte Pferd, da gibt es gar nichts!» Gaspard stand auf der Schwelle des Friseurladens wie festgebannt und wußte nicht, ob er umkehren oder auf die Straße treten sollte, als er in seinem Rücken das behäbige Lachen Monsieur Baisemains hörte. Es klang zugleich freundlich und schadenfroh. Gaspard wurde neuerlich von tiefer Scham gepackt und lief entsetzt davon, zumal schon von allen Seiten Neugierige herbeieilten. Er stürzte in den benachbarten Hof, sprang über die Mauer und stand am Ende einer Gasse.
«Noch eine Katastrophe!» murmelte er vor sich hin. «Was mache ich jetzt nur? Wenn ich nach Lominval zurückkehre, kann ich mich auf einen schönen Empfang gefaßt machen!»
Da hörte er ungestümes, lustiges Hufeklappern, und dann schrien die herbeigeeilten Leute laut auf, und schließlich sagten mehrere Stimmen etwas von Gendarmerie. In solch unentwirrbarer Lage vermochte Gaspard nur noch an Flucht zu denken. Er verspürte den

unwiderstehlichen Drang, in den Wald zu laufen, wenn er auch nicht zu hoffen wagte, dadurch den Folgen seines Abenteuers entrinnen zu können. Es war nicht nur Angst, er mußte einfach, und sei es nur für Augenblicke, im tiefen Frieden des Waldes Ruhe finden.

Er befand sich jetzt fast am Stadtrand. Die Gasse lief in einen Pfad aus, der durch Gärten und über eine Wiese führte und dann auf die Straße stieß. Jenseits der Straße begann der Wald. In dieser Gegend liegen die Städte in der Mitte großer Lichtungen, doch hier und da reicht der Wald bis an die Häuser heran. Von den Gassen aus hört man schon die Turteltauben und nachts die Wildschweine, wenn sie durch die Laubmauer brechen, um zu den Kornfeldern und Kartoffeläckern zu gelangen. Ja, man hört sogar die Füchse bellen. An jener Stelle nun zog sich das Dickicht über eine Böschung hinunter. Gaspard stürzte durch das hohe Kreuzkraut und das Dorngestrüpp auf den Waldrand zu. Er kletterte in dem Dickicht den Hang hinan und stand bald danach außer Atem auf einer von Bodenwellen zerfurchten Anhöhe, wo der Dämmer des Hochwalds sich bis ins Unendliche dahinzog. Nachdem er durch einen lichten Akazienschlag geschritten war, gelangte er in einen sehr düsteren Wald. Er konnte kaum etwas sehen, so heftig klopfte sein Herz und jagte ihm das Blut in den Kopf.

Trotz seiner Erschöpfung kämpfte er sich mitten durch das Gebüsch. Die Sträucher wuchsen so dicht nebeneinander, daß er einmal glaubte, es gehe weder vor noch zurück. Es war ihm selbst ein Rätsel, wie er dennoch vorwärtskam, und auf einmal stand er unter einem niedrigen Laubgewölbe wie in einer richtigen Höhle. Efeu überwucherte den Boden und kletterte an jungen Hagebuchen empor und an anderen Bäumchen, die zur Familie der Weiden zählen mochten. Gaspard geriet in eine Schlucht, auf deren unterstem Grund zwischen vereinzelten Hirsehalmen eine Wildfährte verlief. Dort ließ er sich erschöpft der Länge nach zu Boden fallen. Er hätte auch keinen einzigen Schritt mehr tun können.

Mit fünfzehn Jahren mag ein Kind schon die Verantwortung eines Erwachsenen auf sich nehmen, es ist jedoch immer noch gewissen Vorstellungen verhaftet, um die niemand weiß, auch das Kind selbst nicht. Es verlangte Gaspard danach, in Ruhe über seinen Freund aus Antwerpen nachzusinnen, den zu finden es nun wirklich kein Mittel mehr gab, und ganz gewiß glaubte er in diesem Augenblick auch, er müsse bald sterben. Er sprach ein Gebet, das niemand aufgeschrieben hat, und während er noch betete, schlief er ein, und sein Kopf sank auf das Moos.

Als er erwachte, hatte er jegliches Zeitgefühl verloren. Der Dämmerschein des Dickichts hatte sich nicht verändert. Er stand auf und beschloß, zu dem lichten Akazienschlag zurückzukehren; dort fand er vielleicht am Hochwald entlang einen Weg, und dann wollte er versuchen, zu einem Weiler zu gelangen, wo er etwas zu essen bekommen konnte. Später wollte er wieder durch den Wald wandern. Er fragte sich nicht, wie es weitergehen würde, er hatte nur den Wunsch, so lange wie möglich im Wald zu bleiben und die Stunde der Fragen nach dem Woher und die Vorhaltungen hinauszuzögern. Der Klang des zerklirrenden Geschirrs, das sein Unglück vollgemacht hatte, war ihm noch in den Ohren.

Der Zufall machte seine Pläne zunichte. Er fand nicht zu dem Akazienwald zurück, sondern ging in dem dunklen Dickicht im Kreise und entdeckte erst nach einer Stunde einen Ausgang. Nun befand er sich in einem Eichenwald, und auf einer Lichtung versuchte er, sich zu orientieren. Die Sonne stand noch hoch am Himmel. Er schlug einen Pfad ein, der nach Norden über Höhenrücken führte. Bald sah er zwischen den Bäumen wieder die Fahrstraße. Jenseits der Fahrstraße waren die Bahnlinie und die Maas, und dahinter begann aufs neue der Wald.

Eine Stunde lang ging er so über die Höhen dahin, und der Hunger quälte ihn immer stärker. Plötzlich bekam er einen fürchterlichen Magenkrampf. Er legte sich einen Augenblick auf den Rücken und setzte dann seinen Weg wieder fort, doch nach kaum zweihundert Schritten überfiel ihn der Krampf von neuem. Abermals legte er sich hin und ruhte sich eine Weile aus. Es stand fest, daß er nicht mehr lange durchhalten konnte, wenn er nicht bald etwas zu essen fand. Er stieg zur Straße hinab.

Auf dem Asphalt fühlte er sich ein wenig wohler. Autos fuhren vorbei, dann Radfahrer. Ein Straßenarbeiter kam mit der Schaufel über der Schulter von seiner Baustelle daher. Gaspard schritt mit halb geschlossenen Augen weiter. Ich bilde mir einfach ein, dachte er, ich mache für den ‹Großen Hirschen› einen Gang ins Nachbardorf. Da hörte er hinter sich das Grollen eines Gewitters, das ihn an seinen abenteuerlichen Ritt vom Vortage gemahnte. Er drehte sich um und erblickte am südlichen Horizont zwischen den Waldschluchten ferne, dunkle Wolken. Als er wieder vor sich sah, kamen ihm zwei Gendarmen auf Fahrrädern entgegen.

Die Gendarmen fuhren vorbei, ohne Gaspard Beachtung zu schenken. Als sie schon ein Stück hinter ihm waren, hielten sie plötzlich an; Gaspard hörte, wie sie bremsten. Von Flucht konnte keine Rede sein. Anstatt in der alten Richtung weiterzugehen, machte Gaspard kehrt und schritt auf sie zu. Das Gewitter grollte immer noch in der Ferne; den Rand einer Wolke überstrahlte ein Blitz, der sich seltsam in der Helle des blauen Himmels verlor. Fast ohne zu überlegen sagte Gaspard:

«Bonsoir, Messieurs. Können Sie mir vielleicht sagen, wie ich am besten zu Monsieur Théodule Residore komme?»

«Théodule Residore? Aber natürlich! Gehen Sie gleich den ersten Weg nach links. Das ist viel näher als über Vireux.»

«Aber Sie müssen aufpassen», fügte der zweite Gendarm hinzu. «Wenn Sie diesen Weg den Berg hinaufgegangen sind, kommen Sie an eine Gabelung, wo der Weg nach rechts abbiegt. Sie biegen aber nicht ab, sondern gehen geradeaus den Pfad entlang, der den Weg in der alten Richtung fortsetzt. Also merken Sie sich: an der Gabelung den Pfad, der geradeaus weiterführt.»

«Ich danke Ihnen vielmals, Messieurs», sagte Gaspard.

«Oh, bitte, keine Ursache. Monsieur Théodule Residore ...»

Der Gendarm murmelte einige Worte, die Gaspard nicht verstand, doch schien sich in ihnen das hohe Ansehen auszudrücken, das Théodule Residore in der Gegend von Vireux genoß. Es war, als sei allein das Aussprechen dieses Namens mehr wert als ordnungsgemäße Papiere oder ein polizeiliches Leumundszeugnis. Gaspard grüßte und schritt davon. Nach einer Viertelstunde hatte er den Weg gefunden, und bald darauf gelangte er zu der Gabelung, wo er sich dem Pfad anvertraute, der mitten durch den Wald führte. Wieder fielen ihn die Magenkrämpfe an, und er mußte sich mehr als einmal hinlegen. Der Pfad mündete in einen fest mit Steinen angelegten Weg. Gaspard war noch im Zweifel, nach welcher Seite er nun weitergehen sollte, als er zur Linken eine weite Lichtung erblickte und ganz hinten auf dieser Lichtung ein Häuschen mit einer Garage. Er schritt auf das Häuschen zu.

Es war ein kleiner Bauernhof, den man neu hergerichtet hatte. Er sah fast wie eine kleine Villa aus. Selbst die grüngestrichene Garagentür hatte etwas Anmutiges. Den Hof bevölkerte eine große Geflügelschar. Links waren die Hühnerställe mit ihren fast kunstvoll angeordneten Drahtgittern; zur Rechten standen ein Schuppen und ein Pferdestall, deren gepflegte Sauberkeit das Auge erfreute. Ein ganz gebückter alter Mann trat aus dem Schuppen und kam auf Gaspard zu.

«Ach, bitteschön, ich möchte Monsieur Théodule Residore sprechen.»

«Da kommt er gerade aus dem Haus.»

Die Tür hatte sich geöffnet, und auf der Schwelle stand ein Junge von ungefähr fünfzehn Jahren. Gaspard fiel von einem Erstaunen ins andere.

«Ist das wirklich Monsieur Théodule Residore?»

«Höchstpersönlich!» versicherte der Mann.

Gaspard trat auf die Eingangsstufen zu und musterte mit der größten Neugierde diesen Jungen, der von schwächlicher Gestalt war und ein wenig anziehendes, ernstes Gesicht hatte. Wirre, schwarze Haare, leidenschaftslose, aber wache, flinke Augen. Gaspard fragte ihn, ob er das Vergnügen habe, mit Monsieur Théodule Residore zu sprechen. Der Junge neigte den Kopf und bat ihn ins Haus. Gaspard kam in eine Küche, wo ein großer Kamin aus der alten Zeit stand und ein riesiger Tisch. Théodule Residore wies auf einen Platz am Fenster vor einer kleinen Anrichte.

«Ich nehme an, Sie haben Hunger», sagte er zu Gaspard. Er nahm eine Schelle vom Kamin herunter und schüttelte sie aus Leibeskräften. Warum schellt er bloß so laut? fragte sich Gaspard. Fast gleich darauf kam durch eine Tür in der Rückwand der Küche eine ziemlich alte, sehr lebhafte, wie eine Bäuerin gekleidete Frau herein. Sie sah ihren jungen Herrn an, und als ihr Blick dann auf die Anrichte fiel, holte sie sogleich mit erstaunlicher Behendigkeit Eier aus einem Schrank, zündete einen kleinen Kocher an und bereitete ein Omelett, das in wenigen Augenblicken fertig war.

«Essen Sie!» sagte Théodule.

Gaspard verschlang den Eierkuchen. Dann gab es noch Käse, Kirschen, Eingemachtes. Darauf fragte ihn die Magd, ob er satt sei.

«Danke, ja», antwortete er.

Ehe die Frau noch durch die Hintertür verschwunden war, erläuterte der junge Théodule Residore:

«Hier wird niemand nach seinem Woher und Wohin gefragt, und ich will auch nicht wissen, wer Sie hergeschickt hat; aber wenn Sie Hilfe brauchen, können Sie auf uns zählen. Damit Sie sich ganz unbeschwert fühlen, will ich Ihnen zunächst erklären, in welchem Haus Sie sich befinden.»

Der Junge hatte eine seltsam durchdringende Stimme, und Gaspard verwunderte sich über seinen fast feierlichen Gesichtsausdruck.

«Mein Vater hat ungeheure Besitztümer», fuhr Théodule Residore mit der gleichen Falsettstimme fort. «Ihm gehören zahlreiche Unternehmen, und er sammelt Katzenschnurrbarthaare, Zigarrenbauchbinden und viele andere Kuriositäten. Ich verdanke es seinem exzentrischen Charakter, daß ich diesen Hof hier besitze. Ich habe einen Hauslehrer, der mir jeden Morgen Unterricht erteilt, und die übrige Zeit des Tages mache ich, was mir gefällt.»

Er erzählte Gaspard, es bereite ihm Freude, das Feld um das Haus herum zu bebauen und allen Arbeiten nachzugehen. Ein Angestellter und eine Magd seien ihm dabei behilflich.

«Der alte Marval kümmert sich um die Bewirtschaftung», sagte er. «Aber ich verschenke den größten Teil der Erzeugnisse an Leute aus der Umgebung, und ich stelle ihnen auch Waldstücke zur Verfügung, damit sie dort nach Bedarf Holz schlagen können. Auf einer Lichtung habe ich dieses Jahr Holzhäuschen bauen lassen, in die ich Kinder aufnehme, die hier ihre Ferien verbringen wollen. Jeder kann

einen Monat bleiben. Wenn Sie Lust haben, können Sie morgen sehen, wie viele jetzt da sind. Es sind auch einige mit Zelten dabei. Wollen Sie auch eine Zeitlang hierbleiben?»
Gaspard, den diese Worte und die Selbstsicherheit Théodules eingeschüchtert hatten, begann ohne zu überlegen seine ziemlich wirre Geschichte zu erzählen. Er sagte:
«Ich wollte in Fumay etwas über einen Freund erfahren, der nach Antwerpen zurückgereist ist …»
«Sie sind auf dem Weg nach Antwerpen?» unterbrach ihn Théodule.
«Nein, ich kann nicht nach Antwerpen gehen.»
«Das heißt, Sie wissen nicht, wie Sie hinkommen sollen?»
«Nein, nein, ich bin gar nicht auf dem Weg nach Antwerpen», sagte Gaspard, «ich bin nur ganz zufällig …»
«Ich kann Ihnen zu einer Fahrt nach Antwerpen verhelfen», fuhr Théodule unbeirrt fort.
«Eigentlich muß ich wieder nach Lominval zurück», erklärte Gaspard. «Ich weiß nicht einmal, wo mein Freund in Antwerpen wohnt.»
«Ich kenne dort Leute, die Sie sehr gern aufnehmen werden. Ich gebe Ihnen morgen die Adresse.»
«Ich kann aber nicht nach Antwerpen reisen!» seufzte Gaspard.
«Es freut mich, daß Sie Vertrauen zu mir haben», entgegnete der andere. «In zwei Tagen schon werden Sie dort sein.»
Gaspard sah seinen Gastgeber so verwundert an, daß dieser sich zu einer Erklärung veranlaßt sah.
«Sie wundern sich wahrscheinlich über meine hohe Stimme. Man hat mir schon verschiedentlich zu verstehen gegeben, daß ich eine zu schrille Stimme hätte. Ich kann aber nichts dazu, denn ich bin taub. Was gesprochen wird, verstehe ich, indem ich die Lippen lese und mich nach einigen Lauten richte, die ich trotz allem noch hören kann. Niemand merkt, daß ich taub bin, und deshalb muß ich es sagen, damit die Leute sich nicht wundern, warum meine Stimme so schrill klingt. Ehe Sie nach Antwerpen fahren, spielen wir zusammen noch eine Partie Dame. Ich habe gern ein wenig Unterhaltung.»
Théodule holte aus einem großen Schrank ein Spielbrett, legte es auf

den Tisch und blickte Gaspard freundlich an. Schließlich setzte er seine Steine, und Gaspard, der seinen Gastgeber nicht verärgern wollte, setzte die seinen ebenfalls.

In welch seltsame Welt bin ich geraten! sann Gaspard. Da wollte mir meine Tante ein ruhiges, friedliches Leben sichern, und schon werde ich von einem Schecken davongetragen, von einem wunderlichen Friseur hierhergeschickt, und jetzt spiele ich Dame mit dem Sohn eines Katzenschnurrbarthaarsammlers, der ungeheuer reich ist. Und obendrein will mich der Junge noch nach Antwerpen bringen! Wie wird er das bloß anstellen, mon Dieu?

«WennSienicht spielen können, das macht nichts», meinte Théodule. «Ich gewinne ganz gern.»

Wozu sollte er antworten, wo der andere trotz seiner Versicherungen doch fast nichts verstand? Der Abend senkte sich herab. Théodule Residore war offenbar bei all seiner Freigebigkeit ziemlich geizig, denn er schaltete kein Licht ein, und Gaspard mußte schließlich eine zweite und noch eine dritte Partie Dame über sich ergehen lassen, das Gesicht dicht über das Spielbrett gebeugt, um die schwarzen Steine erkennen zu können. Höchst zufrieden, weil er gewonnen hatte, erzählte ihm Théodule sodann von den Bekannten, an die er sich in Antwerpen wenden sollte.

«Ich habe dort zwei Freunde. Mein Vater hat mich in den Ferien einmal nach Temschen mitgenommen. Das liegt bei Antwerpen. Und dort habe ich eines Tages zwei Jungen kennengelernt. Wir sind in einem Boot herumgefahren, und wir waren gerade mitten auf der Schelde, da ist ein Schleppkahn explodiert, der Benzin geladen hatte. Ich weiß nicht, wie wir gerettet worden sind. Man hat uns halbtot herausgefischt. Seit der Explosion bin ich taub, und auch meine beiden Freunde haben etwas zurückbehalten. Aber wir waren damals wie Brüder. Wir waren fast immer beisammen. Die besuchen Sie, wenn Sie nach Antwerpen kommen, und Sie werden sehen, meine Freunde sind auch zu Ihnen wie zu einem Bruder.»

So gab es also in der für Gaspard neuen Welt gewiß schreckliche und sonderbare Dinge, aber auch eine ungekannte brüderliche Hilfsbereitschaft. Théodule erhob sich, um das Licht anzuknipsen.

«Sie müssen jetzt müde sein», sagte er. «Ich zeige Ihnen Ihr Zimmer, und dann werde ich auch noch etwas essen. Wie heißt du?»
Dieses plötzliche «Du» erfüllte Gaspard mit Freude und Entzücken.
«Ich heiße Gaspard Fontarelle und komme aus Lominval», antwortete er.
Er mußte seinen Namen mehrmals laut hinausschreien.
«Eh bien! Gaspard, ich habe dir noch etwas mitzuteilen. Ein Junge aus Antwerpen hat sich einige Tage hier in der Gegend herumgetrieben.»
Als Gaspard das hörte, überlief es ihn von Kopf bis Fuß. Wie kam das Wunder zustande, daß ihm auf Schritt und Tritt Zeichen und Worte begegneten, die auf seinen neuen Freund hindeuteten? Diese hellen, leuchtenden Augen …
«Ich habe erfahren, daß er Drapeur heißt», erklärte Théodule. «Er hat mich um Brot gebeten. Sonst wollte er nichts haben. Dann ist er wieder im Tal herumgeirrt und im Wald, wo er wohl auch nachts geschlafen hat. Alle zwei Tage habe ich ihn wiedergesehen, wenn ihm das Brot ausgegangen war. Er hat auf keine einzige Frage geantwortet. Eines Abends hat er sich vor der Tür auf einen Stein gesetzt, um sein Brot zu essen, und da hat er in den Staub geschrieben: ‹Ich suche mein Land›. Ich habe nicht verstanden, was das heißen sollte. Gaspard, wenn du ihm in Antwerpen begegnest, schreibst du mir, was er macht und wie es ihm geht.»
«Aber wie soll ich denn nach Antwerpen kommen?» fragte Gaspard.
Den tauben Théodule kümmerte wenig, was Gaspard sagte. Er fuhr fort:
«Bei uns hier geht alles viel einfacher zu, als du vielleicht denkst. Gewiß, mein Vater ist reich, er hat seine Marotten und hat mir einen verrückten Namen gegeben, aber das ist auch alles. Was ich in diesem Haus treibe, ist nichts Besonderes. Da ich nichts höre und nicht klüger bin als andere auch, versuche ich ein guter Landwirt zu werden, und wenn ich Holz verteile und Häuschen baue, so tue ich das, weil es mir Spaß macht. Das ist alles nichts von Bedeutung. Mit Drapeur dagegen ist das etwas ganz anderes.»
Noch oft sollte Gaspard im stillen diese Worte wiederholen: Drapeur

dagegen… Freilich, Drapeur war kein Engel, doch er suchte etwas, und seine Augen sagten, daß es etwas sehr Schönes sein mußte.
«Ich kenne ihn», sagte Gaspard.
«Du kennst ihn?»
Endlich einmal hatte ihn Théodule sogleich verstanden. Gaspard erzählte ihm, was er wußte, und mußte fast bei jedem Wort brüllen.
«Du fährst nach Antwerpen!» bestimmte Théodule abschließend. «Und du wirst ihn finden.»
«Ich fahre nach Antwerpen…», wiederholte Gaspard benommen.
Keiner von beiden fragte sich, was sie eigentlich von der Suche nach Drapeur erhofften, und Gaspard bereute im übrigen schon seine unüberlegten Worte. Er faßte den Entschluß, so unauffällig wie möglich nach Lominval zurückzukehren, was ihn auch immer an Vorhaltungen und Mißhelligkeiten im Dorf erwarten mochte.
Der junge Residore führte Gaspard in ein kleines Zimmer im ersten Stock. Bevor Gaspard sich niederlegte, stützte er sich auf die Fensterbank und sah über die weiten mondbeschienenen Wälder und auf den Weg, den der junge Drapeur vor noch gar nicht langer Zeit gekommen war.
Am nächsten Morgen stand er sehr früh auf. Er ging die Treppe hinunter, um sich zu verabschieden und nach Lominval zurückzukehren. Théodule Residore wartete schon auf ihn im großen Zimmer. Er hatte selbst den Kaffee bereitet.
«Bonjour, Gaspard. Du mußt frühstücken. In einer Viertelstunde fahren wir los.»
«Bonjour», sagte Gaspard. «Wohin fahren wir denn?»
«Marval hat gerade eine Botschaft ausgerichtet, und ich werde dich nachher guten Freunden vorstellen.»
«Was für Freunden?»
«Du wirst schon sehen.»
Gaspard versuchte Théodule zu erklären, daß er nach Lominval zurückkehren wolle. Es gelang ihm aber nicht, und so blieb ihm wohl nichts anderes übrig, als Théodule so bald wie möglich zu entwischen.

Gleich nach dem Frühstück zeigte ihm Théodule zwei Fahrräder, die vor dem Haus an der Mauer lehnten.
«Such dir das schönste aus», sagte er.
«Wir fahren doch nicht mit dem Rad nach Antwerpen?» fragte Gaspard erstaunt.
Der andere hörte nichts. Gaspard mußte sich wohl oder übel aufs Rad schwingen. Sie fuhren los, und bald schon sausten sie auf einem holprigen Weg mitten durch den Wald. Gaspard sagte kein Wort. Er überlegte unverwandt, wie er seinem Gastgeber am besten entrinnen konnte. Jedenfalls wollte er sich durch nichts von seinem Vorhaben abbringen lassen. Sie bogen in einen Pfad ein, folgten dann einem schmalen Steig, den sonst Jäger benutzen mochten und der sich zwei Kilometer lang schnurgerade dahinzog. Der Steig mündete in eine Lichtung ein. Nachdem sie abermals ein Dickicht durchfahren hatten, kamen sie auf freies Land mit Hügeln und verstreuten Dörfern in der weiten Runde. Sie überquerten ein Feld, auf dem der Steig sich verlor, und gelangten dann auf eine kleine Straße.
Gaspard hielt den richtigen Augenblick für gekommen. Er legte das Rad auf den Straßenrand und gab Théodule durch Zeichen zu verstehen, daß er allein weiterziehen wolle.
«Unmöglich, mein Freund», sagte Théodule. «Du bist jetzt in Belgien, wir sind im Wald über die Grenze gefahren. Die Grenzer kennen meinen Vater, und da war das nicht schlimm. Wenn du aber jetzt allein zurückgehst, halten sie dich bestimmt an.»
Gaspard war so verblüfft wie damals, als er dem Schecken auf den Rücken gefallen war. Er mochte tun und sagen, was er wollte – die Ereignisse zogen ihn wider seinen Willen von Lominval fort. Er konnte keinen einzigen Gedanken fassen und starrte Théodule lange an. Théodule hatte jetzt denselben Blick wie der Friseur von Fumay, denselben Blick wie die Gendarmen, die ihm den Weg gewiesen hatten, der zu Théodules Bauernhof führte. Ein forschender und auch wiederum gleichgültiger Blick, gleichgültig gegenüber den Launen des Schicksals, das ihn treffen mochte. Doch da überkam Gaspard auf einmal wieder die gleiche große Sorglosigkeit, die ihm schon geholfen hatte, als er wie ein Pfannkuchen auf dem Pferderücken

auf- und niedergehopst war. Das Leben ist nun einmal so, mit seinen unerforschlichen Wegen, dachte er bei sich. Er gab Théodule keine Antwort. Die Jungen schwangen sich abermals auf ihre Räder, und Théodule führte seinen Freund lustig daherschwatzend durch das belgische Land.

Gaspard blickte sich neugierig um. Die kleinsten Anzeichen, an denen man ein anderes Land erkennt, Kilometersteine, Richtungsschilder, Auslagen kleiner Dorfläden, fremdartiges Gebaren der Leute – alles das entzückte ihn aufs höchste.

Théodule führte ihn abwechslungsreiche Wege. Sie überquerten eine große Straße, fuhren durch einen Wald und kamen dann plötzlich hinab zur Maas. Der Fluß sah hier ganz anders aus als in Frankreich. Er glich einem Kanal mit festvermauerten, geraden Ufern. Sie fuhren eine halbe Stunde neben ihm her, bis sie zu einem Kai kamen, an dem Schleppkähne anlegen konnten. Théodule sprang vom Rad und setzte sich auf die Uferböschung, Gaspard hockte sich zu ihm.

Lange sahen sie so die Schiffe vorüberziehen. Gaspard schwieg. Schließlich stand Théodule auf, winkte mit den Armen und begann laute Rufe auszustoßen, als wiederum ein Kahn in der Mitte des Flusses heranglitt. Ein Mann auf dem Kahn gab ihm Antwort, und das Schiff näherte sich langsam der Böschung.

«Der Schleppkahn gehört meinem Vater», erklärte Théodule. «Er hat ein Dutzend davon. Ich wußte, daß er heute morgen die Grenze passieren würde. Die Leute nehmen dich nach Antwerpen mit.»

Gaspard erhob keinen Einwand, er ließ sich ohne Widerspruch von den Ereignissen treiben. Théodule stellte Gaspard einem Mann vor, der ihn höflich als Schützling der Residores begrüßte.

«Mein Freund Gaspard Fontarelle fährt nach Antwerpen, um einen Bekannten aufzusuchen», sagte Théodule. «Nehmen Sie sich bitte seiner an.»

Er wandte sich Gaspard zu und reichte ihm einen Zettel. «Hier habe ich dir den Namen der Freunde aufgeschrieben, die dir helfen werden wie einem Bruder, wenn du ihnen von mir erzählst: Ludovic und Jérôme Cramer, die Söhne von Niklaas Cramer. Sie wohnen auf einem Schiff, das Ausflügler herumfährt, und liegen fast immer dicht

bei der Landungsbrücke am Steen vor Anker. Der Steen ist ein Schloß am Ufer der Schelde. Aber zuerst siehst du den Turm der Kathedrale, der ist höher als alle anderen Türme.»
‹Turm› war eines jener Worte, von denen Gaspard in Lominval geträumt hatte. Er nahm den Zettel und drückte Théodule die Hand.
«Au revoir», sagte Théodule. «Du erzählst mir dann später von Drapeur.»
Zwei, drei Tage brauchte der Kahn bis Antwerpen. Es war keine sehr große Reise, doch Gaspard war von den Wassern des Flusses und den glanzvollen Bildern der einzelnen Landschaften, die sie durchfuhren, wie geblendet. Die Natur schien sich vervielfacht zu haben, und es war Gaspard, als seien mehrere Welten hier dicht nebeneinander vereint.
Hinter Waulsort erblickte Gaspard Schlösser auf waldumsäumten Hügeln. Gärten und Balustraden wechselten mit der freien Natur ab. Weiter flußabwärts tauchten ungeheure Felsen in die Maas. Zitadellen, Kirchen und Fabriken folgten einander in buntem Reigen. Städte zogen vorüber, Dinant, Namur, Andenne, Huy und dann Lüttich. In Namur sah Gaspard den ersten mächtigen Wartturm. Von Zeit zu Zeit kam der Mann zu ihm, der ihn in seine Obhut genommen hatte, erzählte von den Orten, an denen sie vorüberfuhren, und sagte ihm, wie sie hießen: Dort hinter den Hügeln, im Osten, wellte sich der weite Wald dahin, und da war auch die Fagne, das große Heideland der Ardennen. Durch Geländeeinschnitte erblickte man alte Ruinen in einer Landschaft, in der moderne Formen und ursprüngliche Schroffheit der Natur zusammenstießen. Dächerwerk, Wiesen und Getreidefelder bildeten eine anmutige Harmonie. Von solcher Schönheit hätte sich Gaspard nie träumen lassen.
An diesem Tag lag er stundenlang im Bug des Schleppkahns auf dem Bauch und schaute nur. Die Wasser erschienen ihm ungeheuer weit. Blau und grün glitten die Fluten beiderseits des Schiffes vorüber. Die zwei Bootsleute fragten Gaspard nicht, wer er sei und woher er komme, sie ließen ihn an ihrem Mahl teilhaben, und am Abend richteten sie ihm in einer Kabine ein Bett her.
Sie fuhren durch Lüttich. Der Kahn blieb über Nacht unterhalb der

großen Stadt liegen, und am nächsten Morgen verließen sie vor dem Leuchtturm die Maas und fuhren in den Albertkanal ein. Dort glitten sie wie in einem tiefen Graben dahin, der in den Berg eingehauen war. Hinter Hasselt begann die Ebene. Die lange Zeit eintönige Landschaft nahm neuerlich lebhafte Gestalt an, als sie sich im Verlauf des anderen Morgens der Stadt Antwerpen näherten. Der Kanal mündete inmitten der Vorstadt in die Schelde.

«Wir setzen dich ein Stück vor der Schelde ab», sagte der eine der Männer. «Wir sind hier in Merksem. Du folgst dem Kanal bis zu einer Brücke. Dort triffst du auf die große Straße von Rotterdam nach Antwerpen. Über diese Brücke gehst du, und dann immer geradeaus.»

Niklaas und seine Musikanten

Gaspard tat, wie man ihn geheißen. Bald darauf schon schritt er durch die Straßen Antwerpens, doch es kam ihm nicht in den Sinn, nach dem Weg zu fragen. Er wanderte aufs Geratewohl seinem Ziel entgegen. Niemand achtete seiner. Er ging um riesige Docks herum und erreichte die Schelde schneller, als er gedacht hatte. Eine lange Stunde verstrich, ehe er sich vom Anblick des Flusses losreißen konnte. Die Schelde war ein sehr breiter Wasserweg. Er sah ein Panzerschiff, das am Kai festgemacht hatte, Vergnügungsdampfer, Pinassen, die hin- und herfuhren, und wurde nicht müde, das weite Wasser zu schauen und sich den Meereswind ins Gesicht wehen zu lassen, der unter blauem Himmel über das Ödland des jenseitigen Ufers dahergebraust kam. Dann aber verspürte er Hunger. Er griff fast gedankenlos in die Tasche. «Und nicht einen roten Heller habe ich bei mir», murmelte er noch vor sich hin, da zog er auf einmal belgische Geldscheine hervor; Théodule Residore hatte aber auch an alles gedacht und sie ihm ohne sein Wissen zugesteckt.

In einer kleinen Bude aß er Pommes frites und Muscheln und ging dann wieder zur Schelde zurück. Er irrte lange umher und beeilte sich keineswegs, die Freunde aufzusuchen, an die Théodule ihn verwiesen hatte. Er war ganz einfach fest davon überzeugt, daß früher oder später eine Katastrophe eintreten werde, die ihn aus der neuen Welt vertrieb, in der er so zögernd und furchtsam seine ersten Schritte tat, und da wollte er wenigstens vorher noch so viel wie möglich gesehen haben. Dem Lauf der Schelde folgend gelangte er auf den Platz vor der Kathedrale, deren hohen Turm er gebührend bewunderte, und ging dann staunend durch breite, schier endlose Straßen. Erst als der Nachmittag schon fast vorüber war, entschloß er sich, zum Steen zurückzukehren und Niklaas und seine Söhne zu suchen.

An einem Schalter bei der Landungsbrücke, wo die Schiffe zur Hafenrundfahrt ablegten, erkundigte er sich nach dem Weg.
«Niklaas Cramer – ja, wissen Sie, die machen doch Musik auf dem Strand von Sainte-Anne.»
«Und wo ist dieser Strand?» fragte Gaspard.
«Am besten fahren Sie dort mit dem Aufzug, da vorn, sehen Sie? Dann gehen Sie durch den Scheldetunnel hinüber auf die andere Seite und immer dem Fluß nach.»
Gaspard fuhr mit dem Aufzug hinunter, ging durch den Tunnel, fuhr mit einem anderen Aufzug wieder nach oben und stand dann am jenseitigen Ufer auf einem unbebauten, freien Gelände mit kleinen Weidengruppen. Große, breite, einsame Straßen kreuzten sich in dieser Öde. Hinter einem Gladiolenfeld begann der Strand von Sainte-Anne. Häuschen, Cafés und Schaubuden zogen sich am Ufer hin, wo Gras wuchs zwischen Sand und Abfällen. Plötzlich nahm ihn der Anblick eines Passagierdampfers gefangen, der so groß war wie zwanzig Häuser und hinter schilfumsäumten Inseln aus dem gegenüberliegenden Hafenbecken herauskam. Er sah dem Schiff lange nach. Auf den Decks standen klein und winzig Menschen und winkten. «Drapeur!» flüsterte Gaspard. Als er sich vorstellte, daß unter den Leuten, die dort in die Ferne reisten, vielleicht auch sein Freund Drapeur war, brach er in Tränen aus.
Schließlich faßte er sich wieder. Er durfte seinem Schicksal nicht ausweichen, und so machte er sich auf die Suche nach Niklaas. Der Abend sank hernieder, und Häuser und Schiffe zündeten schon ihre Lichter an, als Gaspard nach langem Umherstreifen am Ende des Strandes ein kleines Schiff entdeckte, das halb auf Grund lag. Ein Mann, der ziemlich alt aussah, und zwei Kinder beendeten an Deck gerade ihr bescheidenes Mahl.
«Monsieur Cramer!» rief Gaspard.
«Der bin ich», antwortete der Mann. «Was willst du?»
«Théodule Residore schickt mich zu Ihnen», sagte Gaspard. «Ich suche Arbeit. Können Sie mir vielleicht dabei behilflich sein?»
«Théodule Residore!» rief Niklaas aus. «Schon seit Jahren haben wir nichts mehr von ihm gehört, aber so bald vergessen wir ihn nicht. Du

bleibst erst einmal bei uns, mon fils, wer du auch bist. Hier stelle ich dir Ludovic und Jérôme vor, meine jungen Musikanten. Komm zu uns herauf, dort hängt ein Tau.»

Gaspard zog sich an Deck. Man bot ihm sogleich zu essen an, und nachdem sie ihn über Théodule ausgefragt hatten, erzählten sie ihm des langen und breiten, was es von der Familie Cramer zu berichten gab.

Niklaas Cramer war ein Mann von ungefähr sechzig Jahren. Er hatte spät geheiratet. Seine Frau war gestorben und hatte ihn als Witwer mit zwei kleinen Kindern zurückgelassen. Er war nicht ganz mittellos, aber da seine Söhne den Schock jener Explosion, die Théodule das Gehör raubte, nie vollständig überwunden hatten, ging es ihm einzig und allein darum, ihnen ein ruhiges Leben an der frischen Luft zu ermöglichen. Er hatte sie zu Musikanten ausgebildet, und jetzt spielten sie mal hier, mal dort, und die Gebefreudigkeit der Ausflügler, die ihren Darbietungen lauschten, verschaffte ihnen eine kleine Nebeneinnahme.

Schon gleich am ersten Abend wurde vereinbart, daß Gaspard in der engen Kabine schlafen sollte, in die sich bisher Ludovic und Jérôme geteilt hatten, die ein wenig jünger waren als er. Er erzählte seinen Gefährten in kurzen Worten und ohne auf Einzelheiten einzugehen, daß er seinen Heimatort habe verlassen müssen und nun auf der Suche nach einem Freund sei, der in Antwerpen wohnen sollte. Gaspard hegte die schwache Hoffnung, daß Niklaas Cramer, obwohl Antwerpen eine sehr große Stadt war, den durch seine blonden Haare und leuchtenden Augen auffallenden Jungen schon einmal gesehen oder doch von ihm gehört hatte.

Niklaas zuckte mit den Schultern: Leider konnte er ihm da nicht helfen. Er bat Gaspard sodann, sich nicht über das seltsame Benehmen Ludovics und Jérômes zu verwundern. Seit jener Explosion hatte sich ihr Wesen verändert: Ludovic war jähzornig und streitsüchtig geworden und Jérôme schrecklich furchtsam.

Als Gaspard sich in der Kabine mit seinen neuen Freunden schlafen legte, hatte er Gelegenheit, ihre unangenehmen Eigenschaften kennenzulernen. Ludovic wollte Gaspard seine Lagerstätte überlassen, und Jérôme machte ihm das gleiche Angebot. Gaspard versicherte dem einen wie dem anderen, daß er lieber auf der Matratze schlafen wolle, die Niklaas für ihn auf dem Fußboden der Kabine bereitgelegt hatte. Daraus entstand ein Streit.

«Du hast Angst, so nahe beim Bullauge zu schlafen», sagte Ludovic zu Jérôme, «nur deshalb willst du deinen Platz hergeben !»

Gaspard glaubte nun, es sei das beste, einfach Ludovics Vorschlag anzunehmen, was dem Hin und Her ein Ende bereiten würde. Doch als er diesen Entschluß kundtat, flammte der Streit nur um so heftiger auf. Ludovic wollte seinen Bruder ärgern und rief:

«Stell dir vor, Jérôme hat Angst vor einem Mann mit einem roten Bart! Er behauptet, dieser Mann treibe sich nachts auf dem Fluß herum. Er soll sogar schon an den Schiffsrumpf geklopft haben!»

«Aber du weißt doch, er ist ein böser Mensch!» wehrte sich Jérôme.

«Er geht zu Fuß über das Wasser! So was!» schrie Ludovic.

«Er wohnt auf einer Jacht nicht weit von hier», behauptete Jérôme.

«Na, dann paß nur gut auf», fuhr Ludovic in seinem spöttischen Ton fort, «heute nacht kommt er bestimmt. Er streckt den Arm durch das Bullauge und erwürgt dich im Bett!»

Tränen liefen Jérôme über die Wangen, und Ludovic verstummte.

«Ich habe einen Teufel in mir», sagte er schließlich. «Ich kann mich noch so sehr zusammennehmen, ich muß immer gleich schreien und Dinge sagen, die sich nicht gehören.»

«Dann ist es vielleicht doch besser, wenn ich in Jérômes Bett schlafe», meinte Gaspard.

Ludovic war wütend, aber dennoch einverstanden, und Jérôme glücklich, daß er sich in einer Ecke der Kabine auf der Matratze ausstrecken konnte neben einem Haufen alten Tauwerks, in dessen Schutz er sich geborgen fühlte. Dann löschten sie die Lampe.

Gaspard konnte nicht sogleich einschlafen. Er hörte die Schiffe auf dem Fluß vorübergleiten. Es waren Kähne, deren Motoren leise puckerten. Auch große Schiffe und schnelle Motorboote waren dabei. Dieser nächtliche Verkehr auf dem ruhigen, schwarzen Wasser hatte etwas Geheimnisvolles, so als könnten einzelne Fahrzeuge nur im verschwiegenen Dunkel ihren Geschäften nachgehen. Gaspard

steckte den Kopf durch das Bullauge und sah die Leuchtfeuer des gegenüberliegenden Ufers und, gerade hinter der Strandspitze, den hohen Turm der Kathedrale, den Scheinwerfer unter dem Sternenhimmel anstrahlten. Als er dieses Bild geschaut, verkroch er sich in seine Decken und schlief ein.
Die Nacht war noch nicht weit vorgeschritten, da weckten Gaspard die Schreie Jérômes:
«Er ist wieder da! Er ist wieder da! Ich habe ihn ganz deutlich gehört!»
«Schlaf», sagte Ludovic. «Reg dich nicht auf, Gaspard, das hat er öfter.»
«Der Mann mit dem roten Bart ist ganz dicht beim Schiff, glaubt es mir doch!» jammerte Jérôme.
«Ich erkläre es dir morgen», wandte sich Ludovic an Gaspard. «Er hat vor jemand Angst gehabt, aber das ist nur so ein Vorwand. Er hat nachts einfach immer Angst.»
«Das ist schlimm für ihn», meinte Gaspard.
«Schlaf jetzt, Jérôme», sagte Ludovic, «sonst werde ich wieder zornig, und dann kriegen wir von Niklaas eine Tracht Prügel.»
Jérôme schwieg. Er klapperte einige Minuten lang mit den Zähnen und schlief dann wieder ein. Gaspard lauschte eine Weile den Geräuschen des Flusses und schaute noch einmal durch das Bullauge. Der Turm der Kathedrale war ins Dunkel zurückgesunken; es hing nur noch ein weites, verschwommenes Licht am Himmel über der Stadt. Da erklang plötzlich am Ende des Strandes Motorenlärm, und ein schnittiges, kleines Boot kam in Sicht. Sein Scheinwerfer suchte das Wasser ab. Hinter dem Heck entrollten sich Schaumfluten im Dämmer der Nacht. Im Vorderteil, in einer verglasten Kajüte, stand der Steuermann. Der Schein einer Bordlaterne fiel auf sein Gesicht: Es war ein Mann mit einem roten Bart. Das Motorboot verschwand schnell in der Finsternis, und Gaspard war schon nicht mehr so ganz sicher, ob der Mann tatsächlich ausgerechnet einen roten Bart gehabt hatte; und selbst wenn er wirklich rot gewesen wäre, brauchte man sich doch deshalb nicht zu ängstigen. Aber lange Zeit hielt ihn eine Furcht umfangen, die er sich nicht erklären konnte. Am anderen Morgen hütete er sich wohlweislich, von dem Mann zu erzählen.

Niklaas und seine Söhne musizierten also gewöhnlich auf dem Strand. Vormittags übten sie nur und wiederholten die Stücke zu ihrem eigenen Vergnügen. Manchmal machten sie auch Besorgungen oder kümmerten sich um das Schiff. An diesem Tag hatten sie beschlossen, das Deck zu scheuern, und Gaspard half ihnen dabei. Der Morgen war klar und von frohem Schein erfüllt. Weiße und schwarze Passagierschiffe glitten aus den Hafenbecken ins Freie und nahmen Kurs auf die hohe See.

Niklaas hatte bestimmt, daß Gaspard bei ihnen bleiben könne, wenigstens solange er in Antwerpen seinen Freund suchte. Er sollte sich um den Haushalt und die Küche kümmern, und man wollte ihn auch in die Musik einweihen, wenn er Lust hätte. Er konnte ja zunächst einmal den Konzerten beiwohnen, um sein Gehör zu schulen. Gaspard, der wirklich nicht wußte, was er mit sich anfangen sollte, nahm diese vorläufige Regelung an. Während sie das Deck abspülten, fragte er:

«Der Mann mit dem roten Bart da – wann seid ihr dem denn begegnet?»

Ludovic, der sich gerade wieder einen Wutanfall geleistet hatte, weil sein Schrubberstiel immer herausrutschte, ergriff die Gelegenheit, den ungünstigen Eindruck zu verwischen, und erzählte Gaspard bereitwillig die ganze Geschichte.

«Wir haben eines Tages vor einem Café gespielt, und da saß ganz in unserer Nähe der Mann mit dem roten Bart an einem Tisch. Aber plötzlich stand er auf und behauptete, unsere Musik ginge ihm auf die Nerven. Da hat Jérôme sein Piston hingeworfen und ist ausgerissen, und ich habe den Mann beschimpft, und dann hat mir mein Vater eine Ohrfeige gegeben.»

Am nächsten Tag hatte es der Zufall gewollt, daß der Mann dicht an ihnen vorbeiging, als sie vor einem der Strandhäuschen für die Ausflügler spielten. Der Mann hatte Jérôme fest angesehen in der Absicht, ihn zu erschrecken, und hatte zu ihm gesagt: «Heute nacht komme ich und drehe dir den Hals um, du Malefizmusikant!»

Gaspard mußte lachen, aber es war ihm nicht recht wohl dabei.

«Mes enfants», sagte da Niklaas, «heute nachmittag spielen wir im Café ‹Mondial› draußen auf der Terrasse.»
Zu der Terrasse hinauf führte eine kleine Treppe. Die Tische für die Gäste standen um diese Treppe herum und auch oben auf der Terrasse, von der aus man in den großen Saal des Cafés gelangen konnte, wenn es regnete. Ringsherum standen auf Betonsockeln Zierpflanzen in grünen Porzellanvasen. Gaspard blieb immer in der Nähe seiner Freunde und lehnte sich an einen der Sockel, um sich ein würdevolles Aussehen zu geben. Die Musikanten hatten noch keine zehn Minuten gespielt, als Gaspard unversehens an die Vase stieß, daß sie hinabstürzte und unten auf einer kleinen Gasse zerschellte.
«Das ist kein großes Unglück», sagte Niklaas, «den Schaden ersetzen wir natürlich.»
Aber sogleich tauchte am Fuß der Treppe der Mann mit dem roten Bart auf, der über die Köpfe der Gäste hinweg die Musikanten zu beschimpfen begann. Er war wie von Sinnen.
«Ich habe diese Vase auf die Fußspitzen bekommen! Wahrscheinlich hat man mich umbringen wollen! Wer ist hier der Geschäftsführer? Ich werde mich beschweren!»
Der Geschäftsführer erschien und besänftigte den Mann, der dann davonging, jedoch nicht ohne Niklaas und seinen Söhnen anzudrohen, er werde ihnen die Polizei auf den Hals schicken.
Man konnte den entsetzten Jérôme nur mit Mühe davon abhalten, auf die Gasse hinunterzuspringen. Schließlich aber hatte man sich allseits wieder beruhigt, und der Geschäftsführer bat die Musikanten, ihr Konzert fortzusetzen. Niklaas und seine Söhne spielten auch wirklich ausgezeichnet, trotz der seltsamen Zusammensetzung des Orchesters: ein Piston, eine Trompete und ein Akkordeon. Als sie am Abend zu ihrem Schiff zurückkehrten, konnte Gaspard ihnen mitteilen:
«Ich kenne den Mann mit dem roten Bart. Er heißt Jacques Parpoil. In der vergangenen Nacht habe ich ihn am Steuer eines Motorbootes gesehen, aber ich hatte ihn zuerst nicht erkannt.»
Während sie, auf dem Deck des Schiffes sitzend, ihr karges Mahl verzehrten, erzählte Gaspard die Geschichte von dem Ausreißer.

«Und er will nicht bei dem Manne bleiben, der sein Vormund ist oder so ähnlich. Er sucht sein Heimatland», schloß er seinen Bericht. Gleich seinen Söhnen lauschte auch Niklaas der Erzählung mit größter Aufmerksamkeit. Während Ludovic und Jérôme alle Augenblicke Fragen stellten, hörte er aber schweigend zu. Als er den letzten Bissen hinuntergeschluckt hatte, zündete er sich eine Pfeife an und rauchte sie fast ganz zu Ende, ehe er zu sprechen begann. Die Nacht war hereingebrochen.

«Mes enfants, ich glaube, wir müssen mit unserem Urteil stets sehr vorsichtig sein. Dieser Monsieur Drapeur ist sicher ein ehrenwerter Mann. Es mag sein, daß sein Sekretär, dieser Jacques Parpoil, ein schlechter Mensch ist, doch das Kind wird wohl nicht darunter zu leiden haben, denn es hat bestimmt alles, was es sich nur wünschen kann. Ich glaube auch nicht, daß es nur aus Mutwillen immer wieder ausreißt. Dann hätte es nämlich nicht solche Ausdauer. Aber wenn wir einmal annehmen, daß Monsieur Drapeur nicht sein Vater ist, wie kann das Kind dann auf den Gedanken kommen, zu seinen Angehörigen zurückzukehren, wo es sie doch nicht kennt und nicht einmal weiß, aus welcher Gegend es stammt?»

Da hörten sie, wie Jérôme mit den Zähnen schnatterte. «Was hast du, mein Junge?» fragte Niklaas.

«Ich bin ganz sicher», keuchte Jérôme, «daß der Mann mit dem roten Bart auf der Jacht wohnt, die ein Stück unterhalb von uns vor Anker liegt. Man kann von hier aus die Lichter sehen.»

Allein der Anblick dieser in der Ferne kaum sichtbaren Lichter machte Jérôme an allen Gliedern zittern.

«Dann wäre also der junge Drapeur ebenfalls auf der Jacht!» rief Gaspard.

«Warum nicht?» sagte Niklaas. «Aber das hilft dir nicht viel weiter. Die ganze Geschichte geht dich einfach nichts an.»

«Er ist aber doch mein Freund!» entfuhr es Gaspard.

«Weißt du das ganz bestimmt?»

«Ganz, ganz bestimmt», erwiderte Gaspard. «Ich möchte ihm so gern helfen, wenn ich nur könnte. Ich muß ihn unbedingt sehen.»

Niklaas zündete sich eine neue Pfeife an, ehe er in die Kabine

hinabstieg. Er ließ den Blick ernst und forschend auf Gaspard ruhen:
«Vielleicht verstehst du wirklich mehr davon als ich», sagte er.
Er ging schlafen, während die Jungen noch auf Deck weiterschwatzten. Schon hob die steigende Flut den Schiffsrumpf ein wenig an und wiegte ihn ganz sanft hin und her.
«Wo ist dein Paddelboot?» fragte Ludovic plötzlich seinen Bruder Jérôme.
«Ich habe es versteckt», entgegnete dieser.
«Warum hast du es versteckt?» Ludovic bekam wieder einen seiner Wutausbrüche, die er nicht unterdrücken konnte.
«Gib's zu, du hast es mitten im Schilf unter Wasser gesetzt. Aber warum? Warum bloß?»
«Ich will es aufheben, bis ich keine Angst mehr habe», sagte Jérôme.
«Wenn wir das Paddelboot hätten, könnten wir, wenn es dunkel ist, an die Jacht heranfahren und vielleicht mit dem jungen Drapeur sprechen.»
Das Paddelboot, von dem die Rede war, hatte sich Jérôme selbst zusammengeflickt. Er hatte es eines Tages weiter unten flußabwärts am Deich gefunden. Es war ein ziemlich breites, flaches Boot. Er hatte die Planken neu festgenagelt, die Spalten abgedichtet, und als es völlig hergerichtet war, hatte er es versenkt.
«Wenn du es nicht haben wolltest, hättest du es ja mir geben können!» schrie Ludovic.
«Ruhe jetzt!» rief die Stimme Niklaas' von unten aus dem Schiff.
«Ich werde es morgen holen», sagte Jérôme ganz leise, «und dann fahren wir, wenn es dunkel ist, zu der Jacht hinüber.»
«Du willst mitfahren zur Jacht?» fragte Ludovic ungläubig.
«Ja, ich fahre mit!»
«Nachts, wenn es dunkel ist?»
«Nachts, wenn es dunkel ist!»
Jérôme schien sich über seine eigene Kühnheit zu entsetzen. Ludovic schwieg. Am nächsten Tag im ersten Morgengrauen zogen die drei Jungen das Boot aus dem tiefen Schlamm, wo Jérôme es versenkt hatte. Sie machten es flott und zimmerten sich leichte Ruder aus

Planken. Dann banden sie es an Niklaas' Schiff fest. Der Alte verfolgte das Treiben der Kinder nicht ohne Mißtrauen.
«Gaspard müßte zuerst schwimmen lernen, wenn er mit euch in eurem Kahn fahren soll», sagte er nur.
Acht Tage vergingen. Sie übten mit ihm, bis er sich ganz gut über Wasser halten konnte. Indessen spähten sie, wenn gerade nicht musiziert wurde, vom Deich aus zu der Jacht hinüber; aber außer zwei Matrosen, die das Schiff zu bewachen schienen, bekamen sie eigentlich niemanden zu Gesicht; sie stellten lediglich fest, daß manchmal abends Jacques Parpoil auftauchte. Monsieur Drapeur ließ sich nicht blicken. Doch eines Tages, als es schon langsam dunkel wurde, sang auf der dem Ufer abgewandten Seite der Jacht eine helle Kinderstimme ein Lied.
«Das ist er!» rief Gaspard. «Er hat so eine hohe Mädchenstimme.»
Sie vermuteten, daß der andere in einer Kabine eingesperrt war und nur zu bestimmten Zeiten herauskam, um sich an Deck die Beine zu vertreten, und wohl gerade immer dann, wenn sie ihre Konzerte gaben.
«Aber du, Gaspard, du brauchst doch nicht jedesmal mit uns zu kommen, wenn wir spielen. Du bist sowieso nicht musikalisch. Du müßtest einmal einen ganzen Tag hier auf dem Deich bleiben.»
Gegen Ende der Woche hielt Gaspard von morgens bis abends den Ausguck besetzt. Er nahm etwas Brot und eine Flasche Bier mit und legte sich der Länge nach neben den Pfad, der oben auf dem Damm dahinführte.
Die Jacht war kein großes Schiff; sie hatte jedoch schöne Aufbauten, in denen geräumige Kabinen untergebracht waren, und darüber lag noch die Kommandobrücke. Um den Rumpf zog sich eine einzige Kette von Bullaugen herum. Gaspard war hingerissen von der schnittigen Form der Jacht. In den ersten Morgenstunden sah er zwei kleine Motorboote herankommen. Sie hatten Tonnen und Kisten geladen, die an Deck gehievt wurden. Schließlich näherte sich ein Schnellboot, das Jacques Parpoil steuerte. Neben dem Sekretär stand ein Mann in einer weißen Uniform mit einer betreßten Schirmmütze. Gaspard konnte hin und wieder ein Wort ihres Gespräches verste-

hen. Der Mann in Weiß war der Kapitän der Jacht. Er sagte, die Besatzung, die aus sechs Matrosen bestehen sollte, werde im Lauf des Abends an Bord kommen. Daraufhin teilte ihm Jacques Parpoil mit, Monsieur Drapeur werde erst am nächsten Morgen eintreffen; die Papiere seien noch nicht in Ordnung. Gaspard konnte jedoch nicht herausbekommen, wann die Reise losging und wohin sie führen sollte. Wollte man seinen Freund vielleicht in eine fremde Stadt bringen, aus der er dann nicht mehr würde entfliehen können?

Jacques Parpoil und der Kapitän blieben den ganzen Nachmittag auf der Jacht. Gegen vier Uhr erblickte Gaspard den jungen Drapeur, der gerade aus einem Gang hervortrat. Er war in Begleitung einer sehr jungen Frau, die freundlich auf ihn einsprach. Sie stiegen zum Oberdeck hinauf und lehnten sich gerade gegenüber der Stelle, an der Gaspard im hohen Gras des Dammes verborgen lag, an die Reling.

«Es ist nicht recht, daß Sie so widerspenstig sind. Monsieur Drapeur will doch nur Ihr Bestes. Sie werden ein Leben führen, um das viele Menschen Sie beneiden könnten.»

«Sie haben schon recht», erwiderte Drapeur, «aber ich kann einfach nicht anders.»

«Wenn Sie einsichtiger wären, würde man Sie auch nicht den ganzen Tag im Salon einsperren. Aber Sie machen ja jetzt eine schöne Reise, und wenn Sie erst drüben sind, werden Sie völlige Freiheit genießen.»

«Sie haben schon recht», wiederholte der Junge.

Er schien seine Fluchtpläne aufgegeben zu haben. Sicher bot sich ihm jetzt ohnehin keine Möglichkeit mehr zu entkommen. Von der Neugierde gepackt, die ihm das geheimnisumwitterte Schicksal des jungen Drapeur einflößte, war Gaspard bis an die Kante des Dammes gekrochen und hatte den Kopf aus dem Gras gestreckt, ohne daran zu denken, daß man ihn vielleicht bemerken könnte. Von ihm aus zu den beiden Gestalten an der Reling war es nämlich gar nicht mehr weit, da das Schiff dicht an der Uferböschung im Tiefwasser vor Anker lag. Drapeur und die Frau neben ihm waren verstummt. Der Junge starrte auf das dunkle Wasser, das an die Seitenwände der Jacht klatschte. Als er den Kopf hob, blickten seine Augen geradewegs in die Augen Gaspards, der nicht glaubte, daß der andere sich

um den kleinen Tagedieb kümmern würde, der da auf der Böschung lag. Der junge Drapeur sah ihn jedoch weiterhin unverwandt an, und in seine Augen schien ein härterer, hellerer Glanz zu treten. Er sagte zu der Frau:
«Machen Sie, was Sie wollen – ich reiße doch bald wieder aus, das weiß ich jetzt schon; und dieses Mal lasse ich mich nicht mehr erwischen wie neulich in Lominval!»
Ein wildes Feuer loderte in der hellen Stimme. Der Glanz seines Haares, das jetzt sorgfältig gekämmt war, drang Gaspard wie ein blendendes Licht in Augen und Herz. Sowie der Junge diese Worte gesprochen hatte, wandte er sich um und verschwand hinter dem Schornstein, der sich durch die Deckaufbauten bohrte. Die Frau folgte ihm, aber er kam gleich wieder zurück und gab Gaspard ein Zeichen, ehe er die Treppe hinabstieg. Die Frau lief hinter ihm her, als fürchtete sie, er könnte sich ins Wasser stürzen.
Gaspard wartete, bis es Abend wurde. Nichts weiter mehr geschah. Jacques Parpoil und der Kapitän, die sicher den ganzen Nachmittag im Rauchsalon geblieben waren, gingen gegen sechs Uhr von Bord. Gaspard entfernte sich erst, als es ganz dunkel war, und kehrte zurück zu Niklaas und seinen Söhnen, die ihm ein Stück Brot und Wurst und Bier anboten, ehe sie ihn fragten, was er ausgekundschaftet hatte.
«Ich habe ihn von weitem gesehen», sagte Gaspard. «Er will immer noch ausreißen, aber er wird überwacht, und morgen oder übermorgen sticht die Jacht in See, und dann werde ich meinen Freund nie mehr wiedersehen.» Er konnte kaum sprechen.
«Tröste dich, mein Junge, nimm es nicht so schwer», sagte Niklaas.
«Wir fahren in dem Paddelboot zur Jacht hinüber», schlug Jérôme vor.
«Dazu hast du ja viel zuviel Angst!» spottete Ludovic.
«Keine Dummheiten, das bitte ich mir aus!» warnte Niklaas.
«Es ist halt nichts mehr zu machen», sagte Gaspard.
«Ach! Es ist auch nie etwas zu machen!» rief Ludovic voller Zorn.
«Ich möchte euch gern helfen», meinte Niklaas, «aber es hat ja alles keinen Zweck.»

Der alte Mann widerstand selten den Wünschen seiner Kinder, wenn er ihnen auch immer Vorhaltungen machte und sie zur Vernunft ermahnte. Darin bestand ja sein Leben, und er schien in dieser Welt nichts anderes mehr zu erhoffen. Noch mehr als einmal sollte sich Gaspard das Seltsame dieses Charakters offenbaren.
Am Tage darauf stiegen die Jungen nach Einbruch der Dunkelheit in ihr flaches Boot und nahmen Kurs auf die Jacht. Niklaas hatte nichts dagegen eingewandt und sich damit begnügt, seinerseits das große Beiboot des Schiffes flott zu machen und dem Paddelboot in einigem Abstand zu folgen. Im Grunde glaubte er, sie würden lediglich an der Jacht entlangfahren in der Hoffnung, mit dem jungen Drapeur sprechen zu können, wenn dieser den Kopf aus seinem Bullauge streckte. Es bestand so gut wie keine Aussicht, daß dem Unternehmen auch nur der geringste Erfolg beschieden war. Niklaas wollte aber in der Nähe bleiben für den Fall, daß ihr Boot kenterte, was nicht ausgeschlossen schien. Doch er hatte nicht mit Gaspards außergewöhnlichem Talent für unvorhergesehene Heldentaten gerechnet.
Die drei Jungen erreichten die Jacht ohne Zwischenfälle und löschten ihre Laterne. Jérôme bebte an allen Gliedern, aber er verbarg seine Furcht, so gut es gehen wollte. Ludovic biß die Zähne zusammen, um seinen Zorn zu unterdrücken. Gaspard war nur von einem einzigen großen Glücksgefühl erfüllt, weil er sich seinem Freund näherte; an anderes vermochte er nicht zu denken. «Wir fahren rund herum», sagte Jérôme, «und dann halten wir vor jedem Bullauge.»
Sie gruben lautlos die Paddel ins Wasser, während sie den Schiffsrumpf abfuhren. Aber die Bullaugen waren alle geschlossen, und man konnte durch die Scheiben nichts erkennen. Nach dieser Erkundung ruderten sie ein Stück von der Jacht fort, und da sahen sie, daß auf dem oberen Deck drei Fenster erleuchtet waren. Vielleicht lag dort die Kabine des jungen Drapeur.
«Wir müssen hinaufklettern», schlug Jérôme mit Todesverachtung vor. «Eines der Fenster ist offen.»
«Und wie willst du das anstellen?» grollte Ludovic.
«Ich habe ein Seil mitgenommen», hauchte Jérôme.
«Dann los!» sagte Ludovic.

«Ich habe aber Angst!» flüsterte Jérôme.
«Da haben wir's!» höhnte Ludovic.
Die Strömung drückte das Boot jetzt ganz an das Schiff.
«Gib mir das Seil», flüsterte Gaspard, «und haltet euch, so gut es geht, an der Schiffswand fest!»
Es gelang den beiden, sich an der Außenkante der Bullaugen anzuklammern, während Gaspard mit Hilfe eines Ruders das Seil um einen Pfosten der Reling schlang. Das dauerte wohl eine Viertelstunde; alle Augenblicke fiel das Seil auf der falschen Seite herunter. Schließlich hatte Gaspard es geschafft, und er brauchte nur noch einen Zugknoten zu binden, den er an der Reling festknüpfte.
«Kommt, wir wollen lieber wieder heimfahren!» flehte Jérôme.
«Auch das noch!» knurrte Ludovic.
«Still! Da kommt jemand!» flüsterte Gaspard.
Sie drückten sich wie erstarrt an die Schiffswand. Gaspard hielt das Seil umfaßt. Sie hörten Schritte, die sich nach achtern entfernten; dann war wieder alles ruhig. Gaspard zog sich die Schuhe aus.
«Los!» sagte Ludovic.
«Bleib nicht zu lange!» bat Jérôme flehentlich.
«Ich komme gleich wieder herunter. Ich will nur da oben durch die Fensterscheiben gucken.»
Gaspard zog sich langsam hoch, während die anderen von unten schoben. Als er mit der Nase über das Deck lugte, hörten sie abermals Schritte. Gaspard hielt es für klüger, wieder herunterzurutschen; aber das Boot war ein wenig von der Schiffswand abgetrieben, und Ludovic und Jérôme hatten Gaspard schon losgelassen. Gaspards Füße traten heftig auf die Kante des kleinen Nachens, der schwankte und sich im Nu mit Wasser füllte. Ludovic und Jérôme versanken sogleich in den Fluten. Vater Niklaas, der ganz in der Nähe gewartet hatte, kam plötzlich herbeigerudert und ließ das Strahlenbündel einer Taschenlampe aufleuchten, und als er seine Kinder in zwanzig Schritt Entfernung im Wasser zappeln und Gaspard an seinem Seil hängen sah, hieß er sie auf sein Boot zuschwimmen. Jérôme und Ludovic hielten noch nach Gaspard Ausschau, um ihm notfalls hel-

fen zu können. Doch Gaspard, der seiner Schwimmkünste nicht allzu sicher war, mochte das Seil nicht loslassen.
«Kommt ihr nur erst her», sagte Niklaas, «Gaspard hole ich später.»
Da hörte man vom Heck des Schiffes ein Rumoren. Gaspard, dem nicht nach einem Bad im schwarzen Wasser zumute war, wurde durch diese neuerliche Störung aus der Fassung gebracht, und anstatt zum Fluß hinunterzugleiten, kletterte er an dem Seil vollends in die Höhe und schwang sich über die Reling. Kaum stand er an Deck, als sich Schritte näherten. Er rannte auf eine Leiter zu, die zum Oberdeck führte. Oben angelangt stieß er gegen ein Rettungsboot, das zu seiner Überraschung mit einem starken, an Schnüren befestigten Stoff überspannt war. Auf dem Vorderteil des Schiffes leuchtete ein Scheinwerfer auf, der das Wasser absuchte. Gaspard wurde immer mehr von der Angst gepackt. Wie an jenem Tag, als der Schecke die Schaufensterauslage des Porzellanladens zertrümmerte, war ihm, als müsse er sich um jeden Preis erst einmal verstecken. Mit seinem Taschenmesser zerschnitt er eine der Schnüre, hob die Bespannung hoch, glitt darunter und zog den Stoff sogleich wieder zurecht. Er befand sich jetzt auf dem Boden eines geräumigen Bootes, aus dem er jederzeit wieder heraussteigen konnte. Er wollte nur warten, bis der Alarm vorüber war und er neuen Mut gefaßt hatte, und dann versuchen, schwimmend das Ufer zu erreichen. An den jungen Drapeur dachte er mit keinem Gedanken mehr.
Tief in seinem Versteck verborgen hörte Gaspard auf dem Schiff, wie Männer einander etwas zuriefen. Er glaubte die Stimme Jacques Parpoils zu erkennen. Der Motor des kleinen Schnellbootes wurde angeworfen, das auf der Backbordseite nach dem Ufer hin festgemacht war. Das Boot fuhr bis auf die Mitte des Flusses hinaus und kehrte gleich wieder zurück. Ob sie wohl den alten Niklaas noch angetroffen hatten? Aber selbst wenn, sie konnten ihn unmöglich beschuldigen, er habe versucht, mit seinen Kindern an Bord zu gelangen. Das Seil, das Gaspard um die Reling geschlungen hatte, wurde erst lange Zeit nach der Rückkehr des Schnellbootes entdeckt, als die Matrosen mit Jacques Parpoil das ganze Schiff durchsuchten, um sich zu vergewissern, daß auch kein Eindringling an Deck gekommen war. Je-

mand versetzte der Leinwand des Rettungsboots, in dem Gaspard sich verborgen hielt, einen Faustschlag. Die Leinwand aber war straff gespannt wie ein Trommelfell. Als ein Matrose dann das Seil fand, konnte Gaspard einiges von dem verstehen, was gesprochen wurde.
«Ein Dieb also», sagte der Kapitän. «Aber es ist ihm nicht gelungen, und das ist die Hauptsache. Gehen wir schlafen!»
«Ich werde nicht schlafen!» entgegnete Jacques Parpoil. «Ich muß auf das Kind aufpassen.»
«Sie regen sich unnütz auf, mon cher Monsieur», erwiderte der Kapitän. «Der Zwischenfall hat gar nichts zu bedeuten, glauben Sie mir.»
«Hat nichts zu bedeuten?! Und wie erklären Sie sich das ganze?» fragte Jacques Parpoil ängstlich und aufgebracht zugleich.
«Ach, es werden wohl ein paar junge Taugenichtse gewesen sein. Ein ganz harmloser Streich, weiter nichts.»
«Mitten auf dem Fluß war aber ein Mann in einem Boot, mit zwei Kindern. Angeblich ist er von der Insel herübergekommen.»
«Na, wenn Sie schon vor Greisen und Kindern Angst haben –», murmelte der Kapitän vor sich hin.
Bald wurde es wieder still. Ein wenig später hörte Gaspard erneut Schritte und einen leisen Wortwechsel: die Wache wurde abgelöst. Er wartete noch eine lange Stunde, ehe er sein Versteck verließ. Er wollte sich nach vorn schleichen und an der Ankerkette hinunterlassen.
Sobald er aus dem Boot herausgeklettert war, schritt er auf den Schornstein zu, den ein großes Gitter umgab. Der Himmel war jetzt nicht mehr ganz so dunkel, ein verschwommenes Licht erhellte ihn ein wenig. Gaspard drückte sich dicht an das Drahtgitter und hielt Ausschau, ehe er die Leiter hinabstieg. Er lauschte angestrengt, und ihm war, als hörte er bei den Heckaufbauten ein Husten. Wenn dort also die Wache stand, konnte er seinen Plan ungehindert so durchführen, wie er es sich vorgestellt hatte. Er bereute jedoch bitter, daß er nicht ins Wasser gesprungen war und versucht hatte, Niklaas' Boot zu erreichen, denn jetzt mußte er ohne fremde Hilfe bis ans Ufer schwimmen. Im stillen hoffte er, daß Niklaas zurückgekommen war, um ihm beizustehen. Draußen auf dem Fluß hörte er ein leises Geräusch wie von einem Ruder. Gaspard beschloß, um den Schorn-

stein herumzugehen. Er trat ganz vorsichtig auf. Gerade wollte er sich davonmachen, da sah er auf der anderen Seite des Schornsteins die Umrisse eines Mannes. Das mußte Jacques Parpoil sein! Er hatte ja selbst gesagt, er wolle aufbleiben und Wache halten, und war wohl ausgerechnet auf diesen Platz verfallen, von dem aus er jederzeit mit dem Scheinwerfer alle Winkel an Deck absuchen konnte.

Scharfe Umrisse waren es. Der Mann mußte einen weißen Anzug tragen, doch sein Kopf schien sehr groß und schwarz zu sein. Kehrte er ihm vielleicht den Rücken zu? Gaspard verbarg sich hinter dem Schornstein. Als er neuen Mut gefaßt hatte und sich wieder heranwagte, sah er, daß der Mann immer noch an der gleichen Stelle stand. Diese starre Unbeweglichkeit beruhigte Gaspard aber nicht, sie erfüllte ihn im Gegenteil mit Furcht. Die Umrisse waren nichts anderes als ein großes Entlüftungsrohr, das den Maschinenraum mit frischer Luft versorgte, wie er später erfuhr. Gaspard vermutete schon, daß dieser Schatten kein Mensch war, aber er hatte Angst, näherzutreten und sich zu vergewissern. Sein Herz schlug zum Bersten. Ein furchtbarer Krampf schnürte ihm den Magen zusammen. Da zog er es vor, wieder das Boot aufzusuchen und sich ein wenig zu erholen, ehe er einen neuen Vorstoß wagte. Er konnte ja auch versuchen, auf einem anderen Weg als über die Leiter aufs Unterdeck zu gelangen. Er verschwand abermals unter der Plane. Doch kaum hatte er sich auf dem Boden des Bootes ausgestreckt, als er jemanden die Treppe heraufkommen hörte. Sicher machte die Wache ihre Runde. Gaspard bemerkte, daß der Mann mit dem Entlüftungsrohr kein Wort wechselte. Dieses Schweigen flößte ihm jedoch nur noch mehr Furcht ein, und er hatte das Gefühl, daß ihn Feinde mit ganz besonders ausgeklügelter Vorsicht umstellt hielten. Der Mann stieg die Leiter wieder hinunter. Gaspard wartete wohl eine gute halbe Stunde und hob dann die Plane ein wenig in die Höhe: Der Tag brach schon an, helles Licht überstrahlte den Schornstein und das Entlüftungsrohr.

Es war zu spät; jetzt konnte er nicht mehr entfliehen. Verzweifelt streckte sich Gaspard in seinem Boot aus und barg den Kopf in den Armen. Er dachte noch an das stille Gasthaus in Lominval, und dann überfiel ihn der Schlaf.

Eine nicht alltägliche Seefahrt

Es gibt nichts Beruhigenderes als das leise Summen der Maschinen eines Schiffes, das langsam aus dem Hafen ausläuft mit Kurs auf die hohe See. Nur der Lärm der Ankerkette hätte Gaspard wecken können, aber er wachte nicht auf, und als der Bug die Wasser des Flusses zerteilte, verband sich das Rauschen des Schaumes mit der dumpfen Baßstimme des Schiffes zu einem friedlichen, steten Sang, der die schönsten Träume hervorzauberte.

Von Zeit zu Zeit hörte man das metallische Knirschen der Ruderstange. Die ‹Beaumont› glitt an Lillo vorüber und fuhr in holländische Gewässer ein. Um fünf Uhr war sie ausgelaufen, gegen Mittmorgen befand sie sich auf der Höhe von Vlissingen, und als sie die Nordsee erreichte, erfaßte sie das Gewoge des freien Meeres, und sie begann zu schlingern.

Gaspard träumte von einer Stadt, die weite Wasser beherrschte. Breite, von hohen Häusern gesäumte Straßen führten zu lichtüberfluteten Kais. Plötzlich neigten sich die Häuser rückwärts, dann standen sie wieder gerade, um sich gleich darauf nach vorn zu beugen. Besonders ein Haus fiel Gaspard auf; das hatte vierzig Stockwerke, und ganz oben ging ein junges Mädchen mit einem Sonnenschirm auf und ab. Bei jedem Schwanken des Gebäudes drohte das Mädchen hinunterzustürzen. Auf einmal gab es einen ganz starken Ruck, und alle Mauern und Wände barsten. Das Mädchen verschwand unter den Steinen, die auf den Straßen umherpolterten und zu einem rollenden Berg wurden, der gerade auf Gaspard herabfallen wollte, als der Schläfer die Augen aufschlug.

Er merkte, daß er selbst in dem Boot hin- und herrollte, und hörte, wie sich eine große Gischtsäule an der Außenwand der Jacht brach. Neulich hatte ihn ein Pferd durch die Wälder getragen, jetzt fuhr ihn

ein Schiff aufs Meer hinaus. Wozu sollte er sich noch verwundern? Er kam in immer schlimmere Zwangslagen, und das würde wohl ohne Ende so weitergehen.
Gaspard wagte sich nicht zu rühren. Er dachte an die umzäunten Gärten von Lominval, wo ihm abends der Wind bisweilen Gesprächsfetzen ans Ohr geweht hatte. Damals bereitete es ihm Vergnügen, gewisse Worte aufzugreifen, und einmal hatte jemand auch vom Meer gesprochen. Hatte er nur dieses Wort zu vernehmen brauchen, um auch schon alsbald wider Willen aufs Meer verschlagen zu werden? Alle Ereignisse der vergangenen Nacht traten ihm wieder vor Augen, und er gestand sich ein, daß er eine große Dummheit begangen hatte, als er nicht ins Wasser gesprungen und zu Niklaas geschwommen war. Niklaas hatte doch gerufen. Aber da war er in seiner Angst und Verwirrung auf die Jacht geklettert. Ganz sicher trieb ein böser Geist mit ihm sein Spiel. Aber schließlich sagte sich Gaspard, daß er ja noch nie das Meer gesehen hatte, und da kam wieder ein großer Friede über ihn. Er hatte sich in seinem Boot aufgesetzt. Nachdem er ein kurzes Gebet gemurmelt hatte unter der Plane, die im Augenblick sein Himmel war, entknotete er vorsichtig die Schnur und hob die Bespannung hoch, um das Meer zu schauen. Bis in endlose Fernen, die ein Horizont einfaßte, der ebenso gerade wie gebogen war, erblickte er Tausende und aber Tausende von Schaumkronen, die heller leuchteten als das Licht des Tages. Hier und da unterbrachen sie grüne Tiefen. Doch dieses strahlende Bild dauerte nur einen unvorstellbar kurzen Augenblick, denn kaum hatte Gaspard das wunderbare Meer geschaut, als ihn eine Hand beim Schopf faßte und mit Ungestüm aus dem Boot herauszog. Er wurde wie ein Paket aufs Deck geschleudert, und vor ihm stand ein Matrose, der ihn drohenden Blickes musterte.
«Am besten schmeiß ich dich gleich über Bord, ehe dich noch jemand gesehen hat, du Stromer, sonst hab ich's nachher doch wieder auszubaden!»
Wüste Beschimpfungen schlossen sich an. Gaspard wollte sich aufrichten. Eine Ohrfeige warf ihn erneut auf die Planken, daß er halb bewußtlos liegenblieb.

«Was geht hier vor?» rief eine Stimme. Ein zweiter Matrose trat hinzu, und Jacques Parpoil kam ebenfalls über die Leiter an Deck geklettert.
«Ein kleiner blinder Passagier, sieh da!» sagte Parpoil mit honigsüßer Stimme. «Wir haben gestern wohl doch nicht alles richtig durchsucht. Darf man vielleicht erfahren, warum Sie sich auf der Jacht versteckt haben, junger Mann?»
Gaspard vermochte zunächst nicht zu antworten, aber auch als er seiner Sinne wieder mächtig war, schwieg er hartnäckig. Man durfte ihn vor allem nicht erkennen, doch wer würde schon vermuten, daß es der kleine Bauernjunge aus Lominval fertiggebracht hatte, nach Antwerpen zu kommen, und daß er auch noch so gewitzt und wagemutig gewesen war, die Jacht ausfindig zu machen und sich trotz der strengen Bewachung an Bord zu schmuggeln? Man schleppte ihn in den Salon, wo Monsieur Drapeur und der Kapitän gerade ihren Aperitif tranken. Gaspard vermerkte mit Erstaunen die vornehme Ausstattung dieses Raumes. Rote Sessel, vergoldete Täfelung. Er glaubte sich geradewegs in einen Palast versetzt. Ziemlich regelmäßig schwangen die Vorhänge, die die Bullaugen zierten, in die Waagerechte. Vom Schwindel erfaßt klammerte sich Gaspard an eine Kupferstange. Sogleich hieb ihm ein Matrose kräftig über die Finger: «Nimm deine dreckigen Pfoten da weg!»
Gaspard taumelte und stürzte auf den Teppich. Wirklich, er sah nicht gerade gesellschaftsfähig aus. Die Ereignisse, die ihn seit seinem Aufbruch von Lominval befallen hatten, waren an seinem Hemd und seiner Hose nicht spurlos vorübergegangen. Monsieur Drapeur und der Kapitän würdigten ihn kaum eines Blickes.
«Wir werden schon Beschäftigung für ihn finden», meinte der Kapitän.
«Geben Sie ihm zu essen», sagte Monsieur Drapeur.
«Zuerst soll er an die Arbeit gehen», entgegnete der Kapitän, «damit er sieht, daß Leuten wie ihn so eine Seereise teuer zu stehen kommt!»
«Wir haben aber doch genügend Personal», warf Monsieur Drapeur ein.
«Der Koch wird schon etwas für ihn zu tun haben. Dann kann

Joseph, der Taucher, Adrien helfen. Der beschwert sich schon, daß er ganz allein alles Kupferzeug an Bord putzen muß.»
«Na ja, davon verstehe ich nichts», gab Monsieur Drapeur zu.
«Lassen Sie das uns nur machen», sagte Jacques Parpoil abschließend.
So bekam Gaspard seinen ersten Eindruck vom Schicksal Monsieur Drapeurs. Ständig wurden seine Absichten und Pläne von Leuten durchkreuzt, die er dafür bezahlte, daß sie ihm alle materiellen Sorgen und Dinge abnahmen. Man brachte Gaspard also in die Kombüse, und sogleich wurde der Matrose namens Joseph, ein ungeschlachter Kerl von etwa zwanzig Jahren, zum Polieren der Treppe abkommandiert, die doch schon richtig glänzte vor lauter Wachs. Gaspard hieß man das Gemüse putzen.
Der Küchenchef war ein ungeduldiger, mürrischer Mensch. Er betrachtete Gaspard als seinen Sklaven und war sehr von sich eingenommen; schließlich hatte er ja auch bei zwei oder drei europäischen Prinzen in Dienst gestanden, und Monsieur Drapeur war es sich schuldig, einen der besten Köche des Kontinents zu beschäftigen. Der Koch schärfte Gaspard ein, das Gemüse dürfe nur ganz sauber in den Topf kommen. Ferner habe er stets das kochende Wasser wieder aufzufüllen, in dem Teller und Gläser gespült wurden, sowie von morgens bis abends alle Töpfe auf Hochglanz zu bringen und zweimal stündlich die Kombüse zu fegen. Alle diese Tätigkeiten waren dringlicher als das naturgegebene Geschäft des Atmens. Küchenchef Sedagne benötigte zur Zubereitung seiner einzelnen Gänge eine Unzahl von Geräten. Gaspard sollte erfahren, welche Plage es war, aus fünfzehn oder zwanzig verschiedenen Arten von Kartoffelpressen und Fleischmaschinen und Gemüsewölfen, die alle wie chirurgische Instrumente aussahen, den letzten, aber auch den allerletzten Rückstand zu entfernen. Küchenchef Sedagne verlangte nicht nur, daß sie sauber waren – sie mußten sogar keimfrei sein, wie er sich ausdrückte.
Gaspard war an diesem Tag zehn Stunden lang auf den Beinen und an den folgenden Tagen gar zwölf Stunden. Das Schlingern zwang ihn zu höchst anstrengenden turnerischen Übungen. Wenn er sich nicht gerade zwischen eine Kochplatte und eine Anrichte klemmen

konnte, mußte er sich ständig hier und dort festhalten. Der Koch hingegen spürte die Bewegungen des Schiffes gar nicht und machte sich über Gaspard lustig, der sich kochendes Wasser über die Füße goß. Gaspard hatte alte Schuhe bekommen, die ihn aber keineswegs vor Verbrennungen schützten, und er mußte den Schmerz ertragen und durfte sich nicht mucksen. Am Abend wies man ihm einen kleinen Abstellraum an, der wie die Küche im Zwischendeck gelegen war und in dem die großen Schiffsbesen und die Bürsten aufbewahrt wurden. Man führte ihn einen Gang entlang, stieß ihn in das kleine Gemach hinein und schloß die Tür hinter ihm ab. In der Dunkelheit fand er nur einen Sack, den er als Kopfkissen benutzte.

In der ersten Nacht konnte er lange nicht einschlafen. Er hatte ständig damit gerechnet, der junge Drapeur könne ihn zu Gesicht bekommen und verächtlich ansehen. Statt dessen war er einfach dazu verurteilt, seine Tage wie ein Gefangener hinzubringen, ohne daß er auch nur etwas von seinem Freund erfahren hätte. Er wollte durch das Bullauge schauen, aber das Glas war trüb und die Schrauben fest angezogen, so daß sich das Fenster nicht öffnen ließ. Gaspard preßte das Ohr an den Blechbeschlag der Schiffswand (denn in seiner Zelle gab es freilich keine Holztäfelung) und lauschte, ob er von draußen etwas hörte.

Aber er vernahm nur die dumpfen Schläge der Meereswogen und lang anhaltende Knarrgeräusche, die an den Seitenwänden des Schiffes entlangliefen. Er versuchte, sich die schaumbedeckte Weite unter den nächtlichen Sternen auszumalen. Welchen Kurs das Schiff wohl nahm? Wenn es nach Süden fuhr, mußte es jetzt schon die Straße von Dover passiert haben. Gaspard erinnerte sich an seine Geographiestunden und hatte die Meere mit ihren Namen auf blauem Grund wieder ganz deutlich vor Augen; von den Entfernungen und von der Geschwindigkeit der Jacht vermochte er sich jedoch keine Vorstellung zu machen.

Am anderen Morgen öffnete beim ersten Tagesgrauen ein Matrose die Tür und schob ihn vor sich her in die Kombüse. Diese lag ganz am Ende des Ganges. Gaspard hatte kaum die Treppe erblickt, die zum Oberdeck hinaufführte, als er auch schon, ohne die möglichen

Folgen zu bedenken, die Stufen emporstürzte. Nach drei Riesensätzen schaute er den hellen Tag. Der Bug des Schiffes hob und senkte sich einer endlosen Ferne entgegen. An diesem Morgen waren die Wogen von zartem Blau und ganz groß und tief, aber sie trugen keine Schaumkronen. Die Sonne erleuchtete die unendliche Weite, die dem Hügelmeer der Wälder glich, wie man es von einer Bergkuppe aus sieht. Doch wie der Blitz nur zuckte das Bild der herrlichen See vor Gaspards Augen auf, da hatte ihn schon der Matrose am Fuß gefaßt und zog ihn auf dem Bauch rückwärts wieder die Treppe hinunter.

Gaspard sollte nur die Aussicht auf Herde und Töpfe genießen. Die Bullaugen der Kombüse warfen Licht auf einen großen Tisch, an dem Küchenchef Sedagne seine Künste ausübte und die Gerichte zubereitete.

«Das Meer willst du sehen? Sehe ich vielleicht das Meer?» sagte er. «Wenn du erst deine Arbeit richtig gelernt hast, dann willst du das Meer gar nicht mehr sehen.»

Bisweilen trat infolge der Bewegungen des Schiffes der Horizont durch das Bullauge ins Blickfeld, wie eine gerade Linie, die quer durch die Glasscheibe ging. Diese glich dann dem Bruchstück eines blauen Spiegels, in dem ungeheure Weiten zu sehen waren.

In seinem Gelaß versuchte Gaspard den Geräuschen draußen auf dem Gang zu lauschen. Er hörte Stimmen und brachte in Erfahrung, daß Jacques Parpoil und der Zweite die benachbarten Kabinen innehatten. Die Kabinen in den Deckaufbauten waren sicher dem Kapitän und Monsieur Drapeur vorbehalten sowie seinem angeblichen Sohn oder Neffen und jener Gouvernante, die Gaspard in Antwerpen an Deck gesehen hatte. Er trat wieder vor sein Bullauge, das von milchiger Weiße war, und versuchte die Scheibe mit einem Eisenstab, den er gefunden hatte, blank zu kratzen, um durchschauen zu können. Es gelang ihm jedoch nicht. Darauf wollte er die Muttern losschrauben. Die Finger schmerzten ihn, aber er hörte erst auf, als ihm das Blut unter den Nägeln hervorkam.

Drei Tage lang sann er, wie er die Muttern wohl lockern könne. Das Meer war jetzt ruhiger. Der Horizont stieg nie mehr bis in die Bullaugen der Kombüse. In seinem Gelaß herrschte eine Hitze zum Erstikken. Gaspard wollte unbedingt das Bullauge öffnen und sich ein wenig frische Luft verschaffen. Da er unter den zahllosen Gerätschaften und Instrumenten in der Küche keinen Engländer auftreiben konnte, nahm er heimlich ein Messer mit und versuchte, die Scharniere anzuritzen. Nach dreistündigem Mühen zerbrach das Messer. Doch endlich eines Abends – er war in der Küche gerade fertig mit Aufräumen – fiel sein Blick auf eine ziemlich lange, schmiedeeiserne Zange. Der Koch war kurz zuvor hinausgegangen. Gaspard stopfte die Zange in seine Hose. Fast unmittelbar darauf holte ihn wie gewöhnlich ein Matrose ab.

Man kann eine sehr dicke Schraubenmutter schon mit einer Zange zu fassen bekommen. Wenn man die Schenkel der Zange ganz am Ende anpackt, hat man eine ziemlich gute Angriffsfläche und außerdem den Vorteil eines langen Hebelarms. Sowie Gaspard sich gegen die Zangenschenkel stemmte, gab die erste Mutter nach – es waren im ganzen nur zwei –, und wenige Augenblicke später konnte er das Bullauge aufklemmen.

Sogleich drang ein wunderbares Geräusch an sein Ohr. Es war wie tausend sprudelnde Quellen. Dort draußen unter den Sternen erschien ihm ein Meer von ganz dunklem Blau. Zwei Stunden lang schaute Gaspard nur und lauschte. Am Tag darauf gelang es ihm, die Bullaugenklappe mit einem Draht an der Decke seiner Kabine zu befestigen. Wenn er sich nun auf die übereinanderliegenden Besen stellte, konnte er nach Belieben den Kopf ganz hindurchstecken und bei einigem guten Willen sogar seine Schultern.

Trotz dieser unbequemen Stellung durchströmte ihn eine tiefe Freude bei dem Gefühl, nun am Leben des Schiffes teilzuhaben. Wenn er den Kopf nach oben reckte, konnte er ein Stück von den Aufbauten sehen, und streckte er den Arm aus, berührte er fast das Deck. Auf einmal hörte er Schritte über sich, und ganz in der Nähe erklang ein Lied, das von einem Klavier begleitet wurde. Der junge Drapeur sang. Ungeachtet der Anstrengungen eines langen Arbeitstages lauschte Gaspard hingerissen der hellen Stimme. Bald näherten sich wiederum Schritte, und zwei Männer traten über ihm an die Reling.

Gaspard tauchte sogleich unter aus Angst, man könnte ihn bemerken.
Die Männer redeten ernst und lange miteinander. Gaspard erkannte ihre Stimmen: Es waren Monsieur Drapeur und Jacques Parpoil.
«Hélène wird auf den Bermudas wunschlos glücklich sein», begann letzterer.
«Ich frage mich trotzdem, ob es nötig war, sie fortzubringen», murmelte Drapeur.
«Aber so kann sie doch weiter ihrer musikalischen Ausbildung nachgehen, ohne daß man immer befürchten muß, sie läuft davon, um ihr Land zu suchen, wie sie sich ausdrückt.»
Anfangs hatte Gaspard geglaubt, die Männer sprächen von der Frau, die den jungen Drapeur auf das Schiff begleitet hatte, doch bei Jacques Parpoils letzten Worten traf ihn wie ein Schlag die Erkenntnis, daß jenes Kind mit dem wilden, unbändigen Wesen und dem wunderbaren Haar ein Mädchen war. Warum war er nur nie darauf gekommen? Hatte er es aber eigentlich nicht ganz im stillen doch geahnt, ohne es sich einzugestehen, besonders jedesmal dann, wenn er sich die hellen, leuchtenden Augen ins Gedächtnis zurückrief? Das Kind gab sich in seinem Gang und seinem Wesen ganz wie ein Junge, und sein Haar, das wohl länger war, als sich schickte, verlieh ihm doch keineswegs ein mädchenhaftes Aussehen. Seinen Lippen, seiner Stirn und überhaupt seinem ganzen Gesicht haftete bei aller Schönheit und Anmut etwas Herbes, Sprödes an. Doch die Augen verrieten gewiß eine verborgene Zärtlichkeit.
Ein langes Schweigen unterbrach das Gespräch der beiden Männer. Dann fuhr Jacques Parpoil fort:
«Sie haben mir aufgetragen, Hélène vor weiteren Dummheiten zu bewahren. Sie hätten schon die letzte Flucht verhindern können, wenn Sie meinem Rat gefolgt wären. Und hätten wir sie ohne mich in Lominval etwa wiedergefunden? Ich will gar nicht wissen, welche Art Verwandtschaft Sie mit Hélène verbindet, und es interessiert mich auch nicht, wie sie zu Ihnen gekommen ist. Ich begnüge mich damit, Ihrem Wunsch zu entsprechen, aber streiten Sie nicht alle Augenblicke mit mir über die einzig vernünftigen Maßnahmen. Ich

weiß doch, daß Sie davon nichts verstehen. Sie sind eben eine Künstlernatur und haben von solchen Dingen überhaupt keine Ahnung.»

«Ein ziemlich schlechter Künstler», sagte Monsieur Drapeur. «Wie Helene in mein Haus gekommen ist, tut nichts zur Sache. Ich vermag es mir einfach nicht vorzustellen, daß ich eines Tages von ihr getrennt werden könnte. Wenigstens nicht, ehe es mir gelungen ist, aus ihr eine Sängerin zu machen, die nicht ihresgleichen hat. Sie ist außergewöhnlich begabt. Nein, Sie werden mich kaum verstehen, Jacques Parpoil. Ich glaube keineswegs, daß sie ein Genie ist. Weit gefehlt. Ich möchte nur ein ganz bescheidenes Wunderwerk aus ihr machen und ihrem Namen in der Welt Klang verschaffen. Mein größter Kummer ist wohl, daß ich selbst keine Kinder habe und Witwer geblieben bin. Es fällt mir manchmal wirklich schwer, Hélène zu begreifen.»

«Eben deshalb muß man Sie von Zeit zu Zeit aus Ihrer Traumwelt wieder auf die Erde zurückrufen», entgegnete Jacques Parpoil. «Ob sie ein zukünftiger Star ist oder nicht, das geht mich nichts an. Mir genügt es zu wissen, daß Sie sie behandeln wollen, als wären Sie ihr Vater, wenn ich persönlich auch der Meinung bin, daß sie ein widerspenstiges Mädchen ist, das kein Mitleid kennt. Da sie sich aber nun einmal in den Kopf gesetzt hat, irgendwelche Angehörige zu suchen, die es höchstwahrscheinlich gar nicht gibt, und ein Land, das den gleichen Hirngespinsten entsprungen ist, muß man sie so oder so von ihrer verrückten Idee heilen.»

«Vielleicht tue ich nicht recht», sagte Monsieur Drapeur. «Sie bleibt also jetzt ein Jahr oder wenn nötig auch zwei auf den Bermudas, aber wenn ich sie ansehe, überkommt mich jedesmal ein richtiges Schuldgefühl.»

«Gut! So bringen Sie sie doch in ihre Heimat oder ihr Land, wie sie sagt, dann gibt es endlich Ruhe!»

«Nicht einmal ich kenne ihre Heimat. Ich weiß wirklich nicht, von welchem Land sie spricht. Ihre Familie – nehmen wir einmal an, sie lebt noch irgendwo – hat sie schon lange vergessen. Wo sie ihre Angehörigen suchen will, ist mir tatsächlich ein Rätsel.»

«Sie wissen also nicht einmal, wer Hélènes Eltern waren und wo sie

herkommt? Das ist aber doch wohl nicht gut möglich!» Jacques Parpoils Worte klangen herausfordernd.
«Ich will nicht, daß von ihrer Herkunft gesprochen wird!» gebot Monsieur Drapeur in sehr bestimmtem Ton.
«So geht es jedesmal; immer müssen Sie Ihren Launen nachgeben, und im Grunde wissen Sie überhaupt nicht, was Sie wollen!»
Monsieur Drapeur hatte sich plötzlich abgewandt und seinen Sekretär stehenlassen, der bald darauf ebenfalls davonschritt, wobei er unbekümmert vor sich hinpfiff, als sei er ganz gewiß, daß er seinen Herrn stets und immer würde an der Nase herumführen können, und als bereite es ihm Genugtuung, ihn außer sich gebracht zu haben. Als die beiden Männer gegangen waren, sah Gaspard noch lange auf das Meer hinaus und empor zu den Sternen, die immer stärker leuchteten. Zu den Bermudas also fuhr die Jacht! Gaspard wiederholte das Wort mehrmals und machte dann das Bullauge zu. Ehe er sich niederlegte, schraubte er die Muttern wieder fest.
Am Abend des nächsten Tages glückte es ihm wiederum, der Unterhaltung der beiden Männer zu lauschen. Diesmal gingen sie an Deck auf und ab, und Gaspard hörte abgerissene Sätze, wenn sie an Backbord über seinem Bullauge vorüberschritten. Hier zunächst, was Monsieur Drapeur sagte:
«Warum habe ich eigentlich auch noch Reeder sein wollen und nicht nur Diamantenhändler? Ich werde nicht einmal drei Tage auf den Bermudas bleiben können. Dringende Geschäfte erwarten mich... Wenn man zu Geld kommt, dann freut sich das Kind in einem. Jetzt kann man endlich richtige Häuser bauen, und man besitzt richtige Schiffe, aber man sehnt sich trotzdem weiter nach anderen Wunderdingen, genau wie die Kinder ... Noch mit sechzig Jahren kann ich nicht vergessen, daß ich einmal Musiker werden wollte. Ich möchte Hélène jene Zukunft bereiten, die mir versagt blieb ... Hélène aber denkt an andere Dinge, in die ich nicht einzudringen vermag ...»
Die Worte Jacques Parpoils hingegen bezogen sich nur auf praktische Dinge:
«Hélène wird es bei den Smithsons bestimmt gut gefallen ... Zwei Jahre auf einer Insel – das wird sie zur Vernunft bringen ... Sie

bekommt eine entzückende eigene Wohnung im zweiten Stock des Hauses … Einfache Leute, diese Smithsons; geregeltes Leben, Tennis, Badestrand, Kino, einmal wöchentlich Gäste… Ich für mein Teil glaube, daß Hélène besonders für den Film begabt ist. Sie mag auch eine gute Sängerin werden, ja, meinetwegen, aber sie hat meiner Ansicht nach vor allem das Zeug zu einer Schauspielerin …»
Gaspard in seinem Verlies empfand tiefe Scham bei dem Gedanken, daß er in seiner erbärmlichen Verfassung nicht hoffen konnte, Hélène zu sehen und mit ihr zu sprechen. Doch eines Abends …

Das große Land

In der gleichen Nacht noch, die auf dieses Gespräch der beiden Männer folgte, erhob sich plötzlich ein schwerer Sturm. Kurz vor Tagesgrauen war ein Matrose zu Gaspard hereingekommen, um auch in seiner Kabine die Verschraubung des Bullauges nachzuprüfen. Im Hinausgehen hatte er vor sich hingeschimpft, daß er es ja gewußt habe, daß in dieser Kammer die Muttern immer festgezogen waren. Jetzt hatte Gaspard die Gewißheit, daß man ihn gut eingesperrt glaubte und nie auf den Gedanken kommen würde, er könnte sich ein Schlupfloch verschafft haben.

Der Sturm war heftig, aber von kurzer Dauer. In der folgenden Nacht herrschte nur noch ein Gewoge riesiger Wellen. Das Schiff schlingerte sanft. Gaspard erstickte fast vor Hitze und konnte nicht einschlafen. Da öffnete er gegen Mitternacht das Bullauge: Die höchsten Wellen, die das Schiff schnitt, glitten wenige Zentimeter unter dem runden Fenster vorbei. Gaspard tauchte voller Wonne die Hände in das Wasser, das regelmäßig zu ihm hinaufstieg – da ließ ihn auf einmal ein halb unterdrücktes Lachen zusammenfahren, und gleich darauf sagte eine Stimme:

«Ja, das ist doch Gaspard Fontarelle!»

Gaspard zwängte den Kopf und die Schultern durch die enge Öffnung des Bullauges. «Hélène!» flüsterte er.

«Oh, du weißt auf einmal, wie ich heiße?» rief Hélène.

Sie trug wie in Lominval eine Hose und ein Trikot. Sie war niedergekniet und hatte den Kopf zwischen zwei Stäben hindurchgesteckt. Ihre Haare hingen über Gaspard im Himmel und in ihren Haaren erblickte er die Sterne.

«Ich helfe dir aufs Deck hinauf», sagte Hélène, «dann können wir miteinander sprechen. Parpoil ist betrunken, und mit meinem Onkel ist heute abend auch nicht mehr viel anzufangen.»

«Kümmere dich nicht um mich», flüsterte Gaspard, «es ist besser so ...»
«Los! Zieh dich durch das Bullauge!» befahl Hélène.
Er tat, wie sie ihn geheißen. Sie legte sich flach auf das Deck und bekam die Hände Gaspards zu fassen, der über ihre Kraft nicht wenig erstaunt war. Er stemmte sich gegen den Rand des Bullauges, konnte sich dann an einer Relingstange festhalten und half nach, damit Hélène nicht so schwer zu ziehen brauchte. Sowie er vor ihr auf dem Deck stand, fühlte er sich wie von einem lastenden Druck befreit. Er sah, wie das Schiff die langen Wogen zerteilte, die bis zum Horizont unter den Sternen dahinwellten. Ein weites Schwingen wiegte den Bug auf und nieder. Schließlich blickte er an seinen verschmutzten Kleidern herunter.
«Das macht nichts», sagte Hélène. «Komm mit!»
Sie führte ihn zu einer Leiter, die sie hinaufstiegen, und dann hockten sie sich auf das Deck, mit dem Rücken gegen das Drahtgitter des Schornsteins.
«Der Schornstein ist ganz überflüssig», belehrte ihn Hélène, «wir fahren nämlich mit Masut.»
«Ich habe Gespräche zwischen Parpoil und deinem Onkel mit angehört», sagte Gaspard. «Ich will dir das sofort erzählen, damit du Bescheid weißt, und dann gehe ich wieder.»
Er berichtete, was er erfahren hatte.
«Zwei Jahre auf den Bermudas!» sagte Hélène. «Als ob ich nichts anderes zu tun hätte!»
«Was hast du denn vor?»
«Ich will mein Land wiederfinden.»
Gaspard wagte nichts zu entgegnen. Er starrte verbissen auf seine Kleider.
«Ich weiß nicht, ob du mir dabei helfen kannst», fuhr sie schließlich fort, «aber ich will alles versuchen. Ich werde es dir erklären, doch erst muß ich aus meiner Kabine noch etwas holen.»
Sie stand auf und stieg die Leiter hinunter. Gaspard wartete nicht ohne Bangen allein auf dem nächtlichen Deck. Als sie zurückkam, hielt sie ein kleines Buch in der Hand und eine Taschenlampe.

«Man wird das Licht sehen, wenn du sie anknipst», sagte Gaspard. «Wir verstecken uns unten in dem Boot. Das Boot kennst du ja, oder?»
Gaspard knotete die Schnur auf. Sie krochen unter die Plane, die sie sogleich wieder über sich deckten.
«Ich will dir alles erklären», begann Hélène von neuem.
«Es ist besser, du behältst es für dich», sagte Gaspard. «Ich tauge zu nichts, ich bringe doch nichts zuwege.»
«Niemand bringt schon viel zuwege.» Hélène sprach in ernsthaftem, manchmal ziemlich bitterem Ton. Sie beschrieb zunächst, wie das Leben aussah, das sie seit langen Jahren führte. Sie wohnte in Antwerpen in einem Haus, das unmittelbar am Fluß gelegen war. Sie hatte eine Wohnung für sich ganz allein. Eine Zofe bediente sie, die nur für sie da war. Diese Zofe weckte sie jeden Morgen um acht Uhr. Hélène nahm dann ein Bad, und später erteilte ihr ein Hauslehrer Unterricht. Um zehn Uhr war Klavierstunde. Das Mittagessen nahm sie im Erdgeschoß in dem großen Speisesaal ein, der mit wuchtigem holländischem Möbel ausgestattet war. Sie saß immer rechts von Monsieur Drapeur, der wenig sprach und sie nur hin und wieder fragte, ob es ihr an etwas fehle. Nachmittags war Gesangstunde; danach fuhr sie ein Chauffeur im Sommer zum Tennisspielen, im Winter zum Schlittschuhlaufen. Die Zofe begleitete sie überallhin, und manchmal gingen sie heimwärts zu Fuß durch die Straßen von Antwerpen, aber das geschah nur selten. Sonntags mußte Hélène eine Stunde lang auf ihrem Klavier üben. Dann besuchte sie die Messe. Nachmittags folgte eine Spazierfahrt im Wagen. Meistens fuhr Monsieur Drapeur mit. Sie sahen sich dann gemeinsam eine Stadt an, in Belgien oder auch in Holland. Außerdem reisten sie jedes Jahr einmal nach Ostende, wo sie im schönsten Hotel wohnten, und einmal mit der Jacht über das Meer. Hélène war schon in England gewesen, in Norwegen, Griechenland und Italien. Das waren Reisen, die immer ganz kurzfristig anberaumt wurden. Monsieur Drapeur war bestrebt, jede Widerwärtigkeit von ihr fernzuhalten. Sie sollte sich ein großes Wissen und Können aneignen.

«Einmal habe ich einen Hund und eine Katze bekommen», sagte sie. «Und dann habe ich eines Tages einen jungen Löwen haben wollen. Und was meinst du: ich habe ihn auch gekriegt!»

«Da hast du's aber gut!»

«Das hat mir meine Zofe auch den ganzen Tag gepredigt. Wenn mich niemand gesehen hat, habe ich aber immer zum Fenster hinausgeschaut. Ich habe den Matrosen auf den Schiffen zugesehen und den Kindern auf der Straße. Ich wollte auch auf der Straße spielen. Ich war zwölf Jahre alt, als ich darum bat. Aber natürlich durfte ich nicht. Eines Tages habe ich dann ein Gespräch zwischen Parpoil und Monsieur Drapeur mit angehört, und da habe ich erfahren, daß Monsieur Drapeur nicht mein Onkel ist und daß er Angst hat, ich laufe ihm davon. Damals hatte er aber noch gar keinen Grund dazu.»

«Ja, aber ...», begann Gaspard.

«Monsieur Drapeur will eine Künstlerin aus mir machen. Er meint es nur gut mit mir, das weiß ich, und dabei sieht er immer so aus, als wolle er sich entschuldigen. Jedesmal, wenn er mich anschaut, meine ich, er will mich etwas fragen.»

Hélène knipste die Taschenlampe an. Gaspards Blick fiel auf das Buch, das sie in der Hand hielt. Es war ein Bilderbuch. Sie fuhr fort: «Vergangenes Jahr kam Monsieur Drapeur auf die Idee, mal eine andere Zofe einzustellen. Die Neue war eine alte Frau. Sie hieß Emilie, und eigentlich war sie sehr nett und lustig. Sie sagte aber immer zu mir: ‹Was weißt denn du schon!› Und da habe ich mir in den Kopf gesetzt, daß es für mich etwas zu wissen geben mußte, und ich habe das ganze Haus umkehren wollen. Emilie hat nur mit den Schultern gezuckt, als ob überhaupt nichts wichtig wäre. Da habe ich das Klavier verstimmt mit meinem Schlittschuhschlüssel und einer Zange, und dann habe ich meinen Hund abgerichtet, die Treppe hinunterzuspringen und die Besucher ins Bein zu beißen. Und dann habe ich noch das Badezimmer und die ganze Wohnung unter Wasser gesetzt!»

Sie mußte strenge Vorhaltungen über sich ergehen lassen und sollte erfahren, welchen Einfluß Jacques Parpoil auf Monsieur Drapeur ausübte. Immer bestimmte er die Hauslehrer und die Gesang- und

Klavierlehrer und schrieb vor, wie Hélène ihre Zeit einzuteilen hatte. Er warf Monsieur Drapeur vor, Hélène eine viel zu gutmütige Gouvernante gegeben zu haben, und stellte eine Frau ein, die gar kein Herz hatte und sich zu einer richtigen Gefängnisaufseherin entwikkelte. Hélène wurde jeglicher Ausgang verboten.

«Ich habe so getan, als würde ich mich fügen. Aber ich bin den Gedanken nicht losgeworden, ich müßte etwas suchen, ohne daß jemand davon wußte. Eines Tages habe ich dann schön brav um die Erlaubnis gebeten, auf den Speicher gehen zu dürfen. Ich habe gesagt, ich wolle nach altem Spielzeug suchen, das ich reparieren könnte, und daß es mir leid täte, daß ich mich so schlecht benommen hatte. Die Gouvernante hat geglaubt, sie könnte mir das nicht abschlagen. Sie hat mich auf den Speicher geführt, und das war seit drei Monaten mein längster Ausflug.»

Gaspard wandte den Blick nicht von dem Bilderbuch, das Hélène mit ihren Händen umschlossen hielt. Sie verstummte einen Augenblick, und man hörte, wie sich die Wogen an der Jacht brachen.

«Wenn sie herausfinden, daß du nicht in deiner Kabine bist ...», sagte Gaspard.

«Meine Gouvernante schnarcht wie verrückt», entgegnete Hélène. «Und dann wissen sie ja auch, daß ich hier auf dem Schiff nicht fliehen kann.»

Monsieur Drapeur bewahrte sorgsam alles auf, was Hélène gehörte. Er wollte jedoch diesen Krimskrams nicht in der Wohnung haben und hatte die Sachen auf den Speicher bringen lassen, wo sie nun im hintersten Winkel einer Kammer ihr Dasein fristeten, in der auch altes Möbel stand, das aus der Mode gekommen war. Hélène fand einen Haufen Spielsachen vor und Bücher und einen kleinen Stuhl, der ihr gehört und den sie zerbrochen hatte.

«Und mitten unter den Büchern habe ich dieses Bilderbuch hier entdeckt. Es war in Zellophan eingewickelt und mit einem goldenen Band verschnürt. Ich habe es mit auf mein Zimmer genommen und mich hingesetzt und es auf meine Knie gelegt und dann erst aufgeschlagen. Und da habe ich mich auf einmal wieder erinnert, daß es vor ganz, ganz langer Zeit mein Bilderbuch gewesen war und daß ich damals noch nicht bei Monsieur Drapeur wohnte, als ich es geschenkt bekam.»

Kleine Kinder haben oft die Angewohnheit, einen Gegenstand mit ins Bett zu nehmen, wenn sie sich schlafen legen. Sie greifen jeden Abend danach, und wenn sie ihn nicht in Händen halten, fangen sie an zu trotzen und wollen nicht einschlafen.

«Auf einmal», fuhr Hélène fort, «habe ich ein altes Bett vor mir gesehen, in dem ich schlief, als ich fünf Jahre alt war. Ich wollte nie einschlafen, wenn ich das Buch nicht bei mir hatte. Und neben dem Bett war ein Fenster gewesen, und durch das Fenster habe ich jeden Morgen ins Freie gesehen, auf Wiesen und Felder. Dieser Blick aus dem Fenster war mir in Erinnerung geblieben. Ich hatte immer darüber nachdenken müssen, seit ich bei Monsieur Drapeur wohnte, und besonders abends vor dem Schlafengehen. Aber ich hatte geglaubt, das sei alles Einbildung, weil die Landschaft vor dem Fenster so komisch war ...»

Hélène hatte mit gedämpfter Stimme gesprochen. Als sie in ihrem Bericht an diese Stelle kam, sprach sie noch leiser, und schließlich flüsterte sie Gaspard alles nur noch ins Ohr.

«Eine ganz seltsame Landschaft. Eichen, Birken und gleichzeitig auch Palmen. Ein Wald mit einer Lichtung. Ein wenig weiter weg hat man sogar das blaue Meer gesehen. Noch ehe ich das Buch aufschlug, wußte ich, daß alles wirklich so gewesen war.»

«Das kann aber doch gar nicht wirklich so gewesen sein», meinte Gaspard voller Verwunderung.

«Doch. Dann ist mir auch wieder eingefallen, daß ich sehr krank war, als ich dieses Buch bei mir hatte. Leute sind zu mir ans Bett gekommen, aber ich kann mich nicht erinnern, was das für Leute waren.»

«Du warst krank», sagte Gaspard. «Dein Land ist sicher nur ein Fiebertraum.»

«Auch ich habe gedacht, das könnte gar nicht stimmen, daß ich in einem Land war, in dem es Eichen gibt und Birken und gleichzeitig Palmen und blaues Meer. Aber dann sind mir auch noch andere Einzelheiten eingefallen. Ich konnte mich auf einmal an Apfelbäume erinnern, die in einer Reihe standen, auf schwarzer Erde, und ein

Apfelbaum war gleich vor dem Fenster. Einmal hat der Wind einen Ast dieses Apfelbaums ins Fenster gedrückt.»

«Und es waren wirklich auch Palmen da?» fragte Gaspard.

«Ja, es waren auch Palmen da. Wie ich das Buch aufgeschlagen habe, wußte ich es wieder ganz genau.»

Hélène zeigte Gaspard das Buch. Sie betrachteten es im Schein der kleinen Lampe. Man hörte immer noch das Meer rauschen. Nach Gaspards Schätzung mußte es ungefähr zwei Uhr morgens sein. Es war ein Bilderbuch, wie man es kleinen Kindern schenkt. In großen Buchstaben stand auch einiges gedruckt, ein Märchen der Brüder Grimm von einem Riesen und einem Schneider. An den Bildern war nichts Besonderes. Zwischen den Seiten lagen gepreßte Blüten und Blätter, die sehr alt zu sein schienen. Hélène zeigte Gaspard ein Birkenkätzchen, einen Hahnenfuß, ein langes Palmblättchen und eine kleine Alge.

«Aber das ist doch ganz unmöglich!» rief Gaspard aus.

«Hier ist noch etwas», sagte Hélène.

Auf der Titelseite stand in großen, ungelenken, ein wenig verblaßten Buchstaben etwas geschrieben. Gaspard las die Worte: *Maman Jenny au grand pays.* Mama Jenny im großen Land. Was mochte das wohl heißen?

«Wer war Mama Jenny? Wenn sie meine Mutter war, warum hatte sie mich dann verlassen? Und auf einmal habe ich geglaubt, ein Gesicht mit langem, blondem Haar vor mir zu sehen. Ich war nicht ganz sicher, aber doch ziemlich, daß es ein Land geben mußte, das meine Heimat war und das ‹das große Land› hieß.»

«Welches Land aber? Wo soll das denn liegen?» fragte Gaspard. «Es kann weder in Belgien sein noch in Frankreich noch in Afrika.»

«Es ist natürlich verrückt, dieses Land zu suchen», gab Hélène zu, «aber ich kann nun einmal nichts dagegen machen.»

«Hast du Monsieur Drapeur schon gefragt?»

«Ich habe das Buch versteckt und ihm auch nicht gesagt, daß ich es wiedergefunden hatte. Als ich Monsieur Drapeur fragte, hat er nur mit den Schultern gezuckt. Er wußte nicht, wer Mama Jenny war. Er hat mir einfach gesagt, er weiß es nicht. Dann habe ich ihm das von

dem großen Land erzählt, und da hat er gemeint, ich bilde mir das nur ein. Und da habe ich mir vorgenommen, von zu Hause wegzulaufen.»
«Wie wolltest du denn das Land finden? Du hast doch gar nichts Genaues gewußt.»
«Zunächst wollte ich in Belgien suchen. Guck, da auf der nächsten Seite stehen dieselben Worte in Flämisch.»
«Das beweist noch nichts», sagte Gaspard. «Jenny ist kein flämischer Name.»
«Vielleicht hast du recht», meinte Hélène, «aber ich konnte doch immerhin mit Belgien anfangen. Und dann bin ich auch ausgerissen. Ich habe zunächst an das Meer gedacht und bin die Küste entlanggewandert von Ostende bis Malo-les-Bains. An der Grenze haben sie mich geschnappt. Als ich zum zweitenmal davongelaufen bin, habe ich in den Wäldern suchen wollen, und da bin ich durch Zufall nach Lominval gekommen.»
«Am Meer gibt es keine Birkenwälder und keine Eichen, und im Wald ... Aber vielleicht hast du die Maas für das Meer gehalten. Doch dort gibt es wieder keine einzige Palme.»
«Ich weiß ganz bestimmt, daß ich große Palmen gesehen habe und auch das Meer. Ich war schon ganz wütend auf dieses Meer und die Palmen, weil ich mir das nicht erklären konnte; aber es ist nun einmal so.»
Gaspard konnte im Dunkeln Hélènes Gesicht nicht erkennen, aber er glaubte ihre von einem wilden Feuer entflammten Augen zu sehen. Sie knipste die Lampe wieder an und schlug abermals das Buch auf. Noch etwas anderes stand ganz oben auf einer Seite: *Du wirst kommen.* Gaspard buchstabierte halblaut die Worte. Hélène wiederholte sie.
«Ich denke mir immer, daß es ein sehr armes Land ist; warum, weiß ich nicht, denn es muß auch wiederum ein sehr schönes Land sein; und ich glaube, daß meine Angehörigen ebenfalls arm sind. Ich sehne mich so sehr dorthin und möchte gern für immer bei Mama Jenny sein ...»
Gaspard versuchte sich die Gegend vorzustellen, die Hélène wieder-

finden wollte. Es gab also dort Apfelbäume und schwarze Erde. Vielleicht sollte man zuerst die schwarze Erde suchen. Hélene meinte: «Wenn ich die Gegend finde – ich glaube, ich würde sie sofort wiedererkennen.»

«Als ich noch in Lominval war», sagte Gaspard, «wußte ich gar nicht, daß es so viele Dinge auf der Welt gibt. Wenn du durch den Ardennenwald wanderst, hast du nicht einen Wald vor dir, sondern tausend Wälder. Ich bin auch einem Schecken begegnet...»

Er erzählte ihr von seinem Erlebnis mit dem Schecken, von der seltsamen Begegnung mit dem Friseur und von seinen Abenteuern mit Théodule und Niklaas und seinen Söhnen.

«Ich möchte sie gern kennenlernen», sagte Hélène. «Ja, es gibt überhaupt so viele Dinge und so viele Menschen kennenzulernen. Versprich, daß du mir dabei hilfst! Ja?»

«Wir müssen das noch gut überlegen», meinte Gaspard. «Ich muß jetzt wieder in meine Kabine zurück, ehe der Matrose kommt und die Tür aufmacht.»

«Morgen sehen wir uns wieder», schloß Hélène das Gespräch.

Während des folgenden Tages döste Gaspard müde vor seinem Geschirr, und abends fiel er in der Ecke seines Gelasses sofort in tiefen Schlaf. Er wachte erst wieder auf, als ein Gegenstand an das Bullauge schlug: Hélène hatte einen Schlüssel an einen Faden gebunden und ließ ihn gegen die Scheibe pendeln. Er erhob sich, schraubte die Muttern los und stand wenige Augenblicke später vor seiner Freundin. Sie stiegen die Leiter hinauf und lehnten sich an das Drahtgitter des Schornsteins.

«Ist es auch schon Mitternacht?» fragte Gaspard.

«Es ist zwei Uhr früh», sagte Hélène. «Seit Mitternacht warte ich schon auf dich. Ich habe Parpoil und Monsieur Drapeur belauscht. Zuerst haben sie von dir gesprochen.»

Parpoil vertrat die Ansicht, man solle ihn der Polizei übergeben, sobald sie am Ziel angelangt wären. Er wollte ihn loswerden und gedachte, sich seiner gleich im Hafen zu entledigen. Monsieur Drapeur hatte sich diesen Plänen widersetzt. Er wollte Gaspards Heimatort ausfindig machen; bis jetzt hatte sich niemand ernsthaft die

Mühe gemacht festzustellen, wer er eigentlich war. Man wußte nur, daß er Gaspard hieß, und erwartete von ihm keine weitere Aufklärung. Man hielt ihn für einen jener herumstreunenden Strolche, wie man sie in übelbeleumdeten Vierteln der großen Städte antrifft. Doch Monsieur Drapeur wollte ihm seine Unterstützung angedeihen lassen, sobald er dazu in der Lage wäre.

«Sie haben natürlich Hélène schon wieder davon erzählt, nicht wahr?» hatte sich Parpoil säuerlich erkundigt. «Dieser junge Zigeuner wird Sie auch noch drankriegen.»

«Mir ist, als hätte ich den Jungen nicht erst auf der ‹Beaumont› gesehen», hatte Monsieur Drapeur sodann gesagt. «Ich komme manchmal einfach nicht hinter die Zusammenhänge.»

Er war traurig, weil er Hélène auf den Bermudas zurücklassen mußte. Obwohl Parpoil ihm versicherte, er könne sie ja ohne Schwierigkeit mehrmals im Jahr besuchen, wenn er ein Flugzeug nehme, fiel es ihm schwer, sich von ihr zu trennen.

«Wenn es mir gelänge, nach Belgien zurückzukommen», überlegte Hélène, «und wenn Monsieur Drapeur dir tatsächlich hilft, könnten wir uns gemeinsam umsehen und meine richtige Familie und meine Heimat suchen.»

In diesem Augenblick ertönte dumpfes Donnergrollen. Fern am Horizont dehnte sich eine Wolkenwand, die von Blitzen zerfurcht wurde, während über ihr die weißen Sterne in glühendem Feuer erstrahlten.

«Wenn ein Gewitter kommt, glaube ich immer, es passiert was», sagte Gaspard.

«Aber ich will ja gerade, daß etwas passiert», erwiderte Hélène.

Das Meer war völlig still, ganz schwarz und blau. Man hörte nur die Wellen, die die Schraube aufwühlte, während die Maschinen leise summten. Das Schiff fuhr durch ein ruhiges Gebiet am Rande einer Gewitterzone. In dieser Nacht sollte sich nichts mehr ereignen. Schließlich sagte Hélène:

«Übermorgen kommen wir an, Donnerstag vormittag. Mittags werde ich zu den Smithsons gebracht. Monsieur Drapeur bleibt mit mir bei den Smithsons, aber am Samstagmorgen fährt er wieder zurück.»

Gaspard, der jedes Zeitgefühl verloren hatte, war sehr erfreut, als er von Hélène erfuhr, daß jener Samstag der zwanzigste Juli sei. Aber was half ihm das schon!
«Jetzt hör mal gut zu», fuhr Hélène fort. «Dich werden sie wahrscheinlich in deinem Loch da unten einsperren, aber in der Nacht kannst du durch das Bullauge klettern und bis zu den Hafenkais oder zum Strand hinüberschwimmen. An welcher Stelle die Jacht anlegt, weiß ich nicht.»
«Ich kann aber nicht sehr gut schwimmen», gab Gaspard zu bedenken.
«Dann werde ich dir einen Rettungsgürtel besorgen.»
«Und warum soll ich zum Strand hinüberschwimmen?»
«Am Strand sollst du ja nicht bleiben. Du suchst nach einem Haus, das zwei Seitenflügel hat. Ich weiß das, weil ich gehört habe, wie Parpoil verlangt hat, daß ich im zweiten Stock wohnen soll und nicht in einem der Seitenflügel. Er kommt auf die ausgefallensten Ideen, damit ich nur ja nicht wieder ausreiße. Vor dem Haus ist ein großes Gittertor, gleich vorn am Strand, wenn man vom Hafen kommt.»
«Gut», sagte Gaspard, «und dann?»
«Dann bringst du mir ein Seil.»
«Kannst du das nicht im Koffer mitnehmen?»
«Nein», erwiderte Hélène, «mein Gepäck wird immer durchsucht.»
«Wie soll ich dir aber das Seil geben, wenn du im zweiten Stock wohnst?»
«Ich gebe dir einen Ball mit einem Faden daran, und den wirfst du über das Tor zu mir herauf. Wenn ich ihn habe, bindest du an den Faden das Seil, und dann ziehe ich.»
«Nein», sagte da auf einmal Gaspard.
«Du willst also nicht?»
«Nein, ich will nicht.»
Gaspard hatte daran denken müssen, daß unzweifelhaft eine Katastrophe hereinbrach, wenn er sich in irgendeine Angelegenheit einmischte. Er wußte nicht, wie er Hélène das erklären sollte.
«Kannst du nicht noch ein wenig warten?» fragte er. «Zwei Jahre auf den Bermudas, was ist das schon! Du lernst ein fremdes Land kennen

und bildest dich weiter aus. Und wenn du zurückkommst, kannst du deiner Familie viel eher helfen, wo du doch meinst, daß es arme Leute sind.»
«Ich möchte aber jetzt sofort bei ihnen sein, und ich will mit ihnen arbeiten, wie sie auch.»
«Du wirst nicht glücklich sein», warnte Gaspard. «Niemand wird glücklich sein.»
«Ich will lieber von morgens bis abends arbeiten, als bei den Smithsons bleiben oder bei Monsieur Drapeur!» Hélène antwortete Gaspard, ohne den geringsten Unwillen zu zeigen, doch der Klang ihrer Stimme besagte, daß sie entschlossen war, sich nicht um den Freund zu kümmern, wenn er sie nicht verstehen wollte. Gaspard erzählte ihr von seinem Tagewerk in Lominval und wollte ihr vor Augen führen, daß sie für solche Arbeiten nicht geschaffen sei, die viel lästiger waren als die kleinen Beschränkungen, die man ihr jetzt auferlegte, hatte sie doch andererseits alles, was man sich wünschen konnte: Reisen, Sport, Spielsachen und so weiter. Hélène rührten seine Worte nicht.
«Ich glaube, ich stamme aus einer Arbeiter- oder Fischerfamilie», sagte sie. «Ich will bei ihnen sein.»
«Du weißt aber doch gar nichts von deiner Familie», fing Gaspard wieder an.
«Nein, ich weiß nichts», gab Hélène zu.
Gaspard schwieg. Da fragte Hélène:
«Willst du mir also wirklich nicht helfen, Mama Jenny und das große Land wiederzufinden?»
Sie knipste die Lampe an. Gaspard sah, daß ein unbekümmertes Lächeln ihr Gesicht überstrahlte.
«Wir brauchen ein Seil, das nicht so schwer ist», sagte er dann als Antwort.
«Ich werde schon eines unter dem Zeug in meiner Kabine finden.»
Gaspard mußte Hélène einfach alles zu Willen tun; er konnte nicht anders. Ob er wollte oder nicht – er mußte an alles glauben, woran sie auch glaubte. Es wurde vereinbart, daß Gaspard ihr das Seil in der Nacht vom Freitag zum Samstag zuwerfen sollte, und dann wollten sie gemeinsam an Bord zurückkehren, kurz bevor die Jacht auslief,

und zwar wollten sie zum Schiff hinüberschwimmen und durch das Bullauge einsteigen, an dem Gaspard ja ebenfalls ein Seil befestigen konnte, ehe er von Bord ging. Hélène würde sich sodann im Laderaum verbergen; sie kannte dort ein Versteck, wo man sie bestimmt nicht fand. Sie wollte sich aber dort nicht lange aufhalten, sondern gleich nach oben gehen, wenn sie auf hoher See waren. Monsieur Drapeur, der sich ohnehin nur sehr ungern von ihr trennte, würde sie sicher wieder nach Belgien mitnehmen.

Am nächsten Tag fand Gaspard in seiner Kabine ein dünnes Tau, das er auf seine Festigkeit prüfte. Hélène brachte ihm einen Rettungsgürtel, einen ziemlich schweren Schaumgummiball und eine Rolle schwarzbraunen Bindfaden. Gaspard stieg in dieser Nacht nicht an Deck.

Am zweiten darauffolgenden Morgen wurde er wie gewöhnlich aus seinem Gelaß geholt. Küchenchef Sedagne trug ihm einige Arbeiten auf, und dann bereiteten sie das Frühstück. In die Kombüse drangen nie Nachrichten von draußen. Auf ein Klingelzeichen wurden die Gedecke und alles, was dazugehörte, in einen Aufzug gestellt, der zum Speisesalon hinauffuhr und gleich wieder herunterkam. An jenem Tag ertönte die Klingel früher als gewöhnlich. Gegen neun Uhr war die ganze Arbeit schon erledigt. Der Koch hieß Gaspard alle Kupfersachen polieren, ging dann fort und schloß die Tür hinter sich ab. Gaspard hantierte gedankenverloren mit seinen Töpfen und Kesseln. Kurze Zeit darauf bewegte sich das Schiff zusehends langsamer, und dann lag die Jacht ganz ruhig. Schließlich setzten auch die Maschinen aus. Gaspard hörte das Rasseln der Kette, die sich durch das Ankerloch abrollte. Dann trat vollkommene Stille ein. Gaspard erhob sich und taumelte: Er hatte sich jetzt an das Schlingern und Stampfen so sehr gewöhnt, daß ihn auf dem völlig ruhigen Fußboden zwischen den geraden, unbeweglichen Wänden ein Schwindel erfaßte. Er öffnete ein Bullauge.

Unter dem blauen Himmel zog sich eine Stadt dahin bis in die weite Ferne. Villen, weiße Häuser, Palmen, unbekannte Bäume und Sträucher. Die Jacht hatte am Eingang des Hafens festgemacht, eine Kabellänge von einem langen, sandigen Strand entfernt. Autos hupten,

und verschwommener Lärm wehte vom Hafen herüber. Ein Stück weiter weg spielten Kinder am Strand. Gaspard sah zu ihnen hin, und sie kamen ihm vor wie Engel aus dem Paradies. Er konnte es nicht fassen, dieses friedliche Leben und Treiben einer lichtüberfluteten Insel inmitten des Ozeans. Nachdem er so eine Viertelstunde lang vor sich hingeträumt hatte, ging er wieder an seine Arbeit. Der Küchenchef steckte die Nase zur Tür herein:
«Ich gehe heute an Land. Du kochst für die beiden Matrosen, die an Bord bleiben, und ißt hier unten allein. Verstanden?»
Er schloß die Tür zu. Mittags kam einer der Matrosen das Essen holen.
«Kann ich mal nach oben an Deck gehen?» fragte Gaspard.
«Défendu, mon garçon. Du bleibst bis heute abend hier unten. Dann kommst du in die Besenkammer. Ausdrücklicher Befehl von Monsieur Parpoil.»
«Ach bitte! Nur einen Augenblick!»
Der Matrose musterte ihn von Kopf bis Fuß und winkte ihm dann, er solle mitkommen. Gaspard war bei hellem Tageslicht noch nie an Deck gewesen. Er war so geblendet von der Sonne, daß ihm die Tränen kamen. Der Hafen war nicht sehr groß. Ein paar Frachtschiffe lagen da, als duckten sie sich unter der Hitze. Hinter dem Schiff kamen gleich die Häuser, die Gärten und der weite Himmel. Der Hafen befand sich in einer Bucht, und auf der anderen Seite war noch ein Strand. Auf welchem Strand lag aber jetzt wohl Helenes Haus?
«Ist Monsieur Drapeur an Land gegangen?» erkundigte sich Gaspard.
«Alles ist an Land gegangen», antwortete der Matrose. «Sie sind in dem Haus dahinten.»
Der Matrose wies auf ein großes, von zwei Seitenflügeln flankiertes Gebäude, das vielleicht einen Kilometer vom Hafen entfernt lag. Man meinte es mit der Hand greifen zu können wie ein Spielzeug, so rein war das Licht, das jede Entfernung aufhob. Gaspard sah sich das Haus und seine Umgebung genau an.
«Jetzt mußt du wieder hinunter», sagte der Matrose.
Gaspard brachte diesen und den nächsten Tag in der Kombüse zu.

Der Matrose kam jedesmal das Essen holen und erlaubte Gaspard, für ein paar Minuten an Deck zu steigen und frische Luft zu schöpfen. Benzingerüche vermischten sich mit dem Duft der Blätter und-Blüten. Gaspard ließ sich von dem Mann bestätigen, daß die Rückreise in den ersten Stunden des Samstags angetreten werden sollte. «Um Mitternacht ist alles an Bord, und bei Tagesgrauen fahren wir los.»

Am Freitagabend wartete Gaspard also die Mitternachtstunde ab. Er konnte zwar nirgendwo die Zeit ablesen, doch durch das Bullauge in seiner Kabine hörte er, wie das Boot an der Jacht anlegte. Jacques Parpoil und Monsieur Drapeur saßen darin und unterhielten sich leise.

«Trinken wir noch etwas», sagte Monsieur Drapeur, «ich kann heute nacht doch nicht schlafen.»

Gaspard wartete noch eine Weile, dann befestigte er ein Seil am Scharnier des Bullauges und zwängte sich hinaus. Das schwierigste Problem war der Rettungsgürtel, den er erst umlegen konnte, wenn er draußen an seinem Seil hing. Er behielt nur die Hose an. Den Gummiball und den Bindfaden hatte er in die Tasche gesteckt. Die Seilrolle hängte er sich um den Hals. Als er im Wasser war, ruderte er vorsichtig mit den Händen und glitt aus dem Schatten des Schiffes heraus. Helles Mondlicht überfiel ihn. Die Entfernung zwischen dem Schiff und dem Ufer war nicht groß. Er schwamm an einem niedrigen Damm entlang und kletterte am Ende des Hafens aufs Ufer hinauf.

Er schritt auf den Strand zu und versteckte seinen Gürtel im Sand. In diesem Augenblick fühlte er sich vollkommen frei, aller Fesseln ledig. Die Gegend war einsam. Er lief zuerst an der Vorderfront der Villen vorbei, kam dann an eine Allee und verspürte den plötzlichen Drang, ihr zu folgen. Er konnte doch nicht eine so weite Reise gemacht haben, ohne diese fremde Stadt zu schauen. Im hellen Mondlicht erkannte er Blütenbüsche und Sträucher. Dann stieß er auf eine breite Straße, die wieder zum Hafen führte. Am Ende der Straße war ein freier Platz mit geschlossenen Läden. Er sah, wie ein weiß behelmter Polizist den Platz überquerte. Da machte er schnell kehrt und bog in

eine Straße ein, die in unbebautes Gelände mündete. Nach den Häusern kamen lichtgetränkte Hügel. Auf den Hügeln standen Bäume, aber ringsherum war die Erde ziemlich ausgedörrt. Er riß einen trokkenen Grashalm ab und steckte ihn in die Tasche. Er atmete noch einmal tief die frische Luft und ging dann zurück zum Strand.
Erst nach geraumer Zeit entdeckte er Hélènes Haus. Über einem Sonnendach aus Buntglas stand im zweiten Stock ein Fenster offen, in dem ein kleines Licht brannte.

Die Rückfahrt

Es war ein im alten Stil erbautes Haus, das fast genauso aussah wie die Häuser in Europa. Vorn war ein Gittertor mit Spitzen darüber. Die Entfernung vom Tor zum Haus betrug nur wenige Meter. Hélène erschien am Fenster. Sie erblickte Gaspard und winkte ihm gleich, er solle den Ball heraufwerfen. Gaspard spulte den Faden von der Rolle, knüpfte ihn an dem Seil fest und trat dann ein paar Schritte zurück, damit der Ball auch gut über das Tor fliegen konnte. Er traf daneben. Der Ball sprang auf das Sonnendach zurück, doch das gab nur ein ganz leises Geräusch. Gaspard zog an dem Faden und holte sich vorsichtig wieder den Ball heran. Er konnte durch das Gitter greifen und ihn an sich nehmen. Dann riß der Faden, und er knotete ihn erneut zusammen. Beim drittenmal endlich bekam Hélène den Ball zu fassen. Gaspard unterstützte das Seil, während Hélène behutsam den Faden einzog. Das Seil entrollte sich wie eine Schlange und schien dann ganz von allein emporzusteigen. Es glitt ohne weiteres an der Kante des Sonnendachs vorbei und schabte leise über das Glas. Wenn Hélène unten im Hof war, mußte sie noch über das Tor klettern; aber da sie sich ja hier auskannte, fand sie sicher einen bequemeren Durchschlupf auf der rückwärtigen Seite.

Ehe Hélène über die Geländerstange am Fenster stieg, sah sie zu Gaspard hinunter. Sie konnten nicht miteinander sprechen. Große Stille herrschte ringsum; man hörte nur leise entfliehende Wogen: Die Flut glitt zurück.

Hélène hatte bald erkannt, daß sie dem Sonnendach aus dem Weg gehen mußte, und versetzte das Seil in kräftige Schwingungen. Ständig hin und her pendelnd, kletterte sie so langsam bis zur Höhe des Fensters im ersten Stock hinunter und versuchte einen winzigen Sims aus Ziegelsteinen zu erreichen, der da begann, wo das Sonnendach aufhörte. Gaspard verfolgte jede ihrer Bewegungen mit gespannter Aufmerksamkeit. Warum hatte sie das Seil nicht an einem Fenster befestigen können, das nicht über dem Sonnendach lag? Wohnte die Gouvernante im Nebenzimmer, oder hatte sie vielleicht keinen Zugang zu den anderen Räumen? Hatte man gar ganz besonders strenge Vorsichtsmaßnahmen getroffen, um jede Flucht unmöglich zu machen? Solche nutzlosen Überlegungen gingen Gaspard durch den Kopf, als Hélène mit der Fußspitze auf den Sims trat. Sie vermochte sich nicht darauf zu stützen, aber sie konnte das Seil jetzt stärker schwingen lassen, und wenn sie sich dann im rechten Augenblick hinabgleiten ließ, hatte sie mit einem Ruck das hinderliche Sonnendach überlistet. Ob das Seil wohl ein Geräusch machte, wenn es auf die Umrahmung der Glasplatten zurückfiel?

Einen ganz, ganz blitzschnellen Augenblick lang sah Gaspard ein wunderbares, schwebendes Fallen. Ein Schrei entfuhr ihm wider Willen: Das Seil war gerissen! Hélène fiel auf die Kante des Sonnendachs, dessen Scheiben zersplitterten, und stürzte mit ausgebreiteten Armen in den Hof. Ihr Körper schlug auf die Steinfliesen, die Glieder streckten sich noch einmal, und dann rührte sie sich nicht mehr.

Nie sollte Gaspard diesen Fall vergessen, der ihn so schwerelos und sanft gedünkt hatte im hellen Schein der Nacht. Doch Hélène lag schrecklich starr und stumm da.

Gaspard konnte nicht über das Tor steigen. Er rief aus Leibeskräften um Hilfe. Im ganzen Haus war man auch schon auf den Beinen; Lichter gingen an. Ein Mann im Pyjama trat vor die Tür, dann erschienen ein Chinese, der ein langes, rotes Hemd trug, und zwei Frauen. Sie sprachen alle englisch miteinander.

Hélène wurde aufgehoben. Gaspard wollte auf sie zustürzen, aber der Chinese, der ihn bemerkt hatte, schleuderte ihm englische Flüche entgegen. Er machte sich in dem Augenblick davon, als man Hélène ins Haus trug.

Er kehrte jedoch gleich wieder um, und da hörte er in einer Garage einen Motor anspringen. Man hatte wohl den Arzt herbeitelefoniert und wollte jetzt Monsieur Drapeur holen. Das Auto fuhr aus der Garage heraus, und der Chinese öffnete das Doppeltor. Gaspard drückte sich in den Schatten der Mauer. Kurze Zeit darauf fuhr der

Wagen des Arztes vor, und eine Viertelstunde später kam das erste Auto zurück, dem Monsieur Drapeur entstieg. An der Auffahrt stürzte ihm aufgelöst die Gouvernante entgegen.
«Sie wollte … Und ich habe so sehr aufgepaßt … Der Arzt glaubt, er bringt sie durch …»
Monsieur Drapeur schob die Frau ungeduldig zur Seite und betrat das Haus.
Völlige Stille folgte diesem geschäftigen Kommen und Gehen. Man hatte Hélène sicher in ein rückwärtig gelegenes Zimmer gebracht, denn auf der Vorderseite leuchtete kein Licht, nur die kleine Lampe in der Vorhalle. Gaspard schlich um den Garten herum, der von einer hohen Mauer eingeschlossen war. Er konnte sie nicht übersteigen, und das hätte ja auch nichts genützt. Wenn Hélène starb, war es seine Schuld; er hätte sich das Seil noch genauer ansehen müssen. Vielleicht hatte es auch an der Kante eines Steines gescheuert, als Hélène hin- und hergependelt war …
Nach solchen Überlegungen setzte er mechanisch einen Fuß vor den anderen. Er folgte zunächst der Straße, die in freies Feld führte, und legte, ohne es zu merken, eine ziemliche Strecke zurück. Tränen rannen ihm aus den Augen. Schließlich geriet er auf einen Pfad, der vor Felsblöcken endete, wo es nicht mehr weiterging. Hinter den Felsen ragte ein Kiefernwald auf. Die Kiefern waren alle verdorrt; sie nahmen in der klaren Helle des Mondes ungeheure Ausmaße an. Ein großer Nachtvogel erhob sich über ihre kahlen Zweige. Gaspard ließ sich auf die Knie fallen, und nachdem er ein kurzes Gebet gesprochen hatte, kehrte er zur Stadt zurück. Durch Zufall erreichte er den Strand gerade an der Stelle, an der er seinen Rettungsgürtel versteckt hatte. Er stieß mit dem Fuß an den kleinen Sandhügel, in dem er vergraben lag, hob ihn auf und schritt zum Ufer. Einen Augenblick lang besann er sich noch, schon mit den Füßen im Wasser. Der Mond war verschwunden. Die Wellen gingen ganz niedrig, und im Halbdämmer des heraufkommenden Tages glich die Weite des Wassers dem Spiegel der Maas und der Kanäle. Wohin war diese schöne Zeit der Hoffnung entschwunden? Gaspard gelangte zum Hafen und erreichte das Schiff gerade in dem Augenblick, da das Morgenrot

schon die Maste und den Schornstein überzog. Auf der Jacht mußte er früher oder später erfahren, wie es um Hélène stand.
In seiner Kabine angelangt vertauschte er gleich seine Hose gegen eine andere, die ihm der Koch zur Verfügung gestellt hatte. Dann streckte er sich auf dem Fußboden aus und schlief sofort ein. Der Matrose holte ihn an diesem Morgen viel später als gewöhnlich heraus und hieß ihn das Deck säubern.
«Wann fährt denn das Schiff ab?» fragte Gaspard.
«Es wird überhaupt nicht gefahren, junger Mann», antwortete der Matrose.
«Und warum wird nicht gefahren?»
«Heute nacht war was los.»
Mehr wollte der Matrose nicht sagen. Diesen und den nächsten Tag verrichtete Gaspard seine Arbeit voller Bangen. Er bereitete das Essen zu für die beiden Matrosen, die ihm außerdem noch zahlreiche Reinigungsarbeiten auftrugen. Der Küchenchef war nicht wieder aufgetaucht. Drei Tage später erschien gegen Ende des Nachmittags Jacques Parpoil, als Gaspard gerade aus Leibeskräften die Kupferplatten der Treppe blank rieb. Er war angetrunken.
«Eh bien, jeune homme», schrie er Gaspard an, «eine prächtige Seefahrt machen wir da mit, was? Man steht auf, Monsieur, wenn jemand mit einem spricht!»
Gaspard unterbrach seine Arbeit und ging auf Parpoil zu.
«Ein gebildeter Mensch legt den Lappen hin, wenn andere Leute ihm die Ehre antun, mit ihm zu sprechen!» fuhr Parpoil fort. «Nun, junger Mann, da sehen Sie, wo die schönen Träume hinführen! Hat doch die Tochter von Monsieur Drapeur ausreißen wollen, und jetzt liegt sie im Sterben!»
«Sie wird nicht sterben!» rief Gaspard wie im Zorn.
«Sie liegt im Sterben, sage ich!» wiederholte Parpoil. «Sie phantasiert. Sie spricht von einem großen Land, einem eingebildeten Land natürlich, mit Birken und Palmen. So was! Sie sagt, sie will in dieses Land fliehen, und zwar mit einem gewissen Gaspard Fontarelle. Gaspard Fontarelle – das bist du!»
«Das bin ich», sagte Gaspard, zu allem entschlossen.

«Wie hat sie nur deinen Namen erfahren? Hat der Koch ihn ihr gesagt? Jedenfalls jammert sie und bittet, daß man dich zu ihr bringt. Sie macht sich Sorgen um den kleinen Gefangenen, sagt sie. Hahaha! Sie fiebert aber und redet wirres Zeug, und der Arzt hat jeden Besuch verboten. Wenn es ja nach mir ginge, würdest du ganz einfach ins Wasser fliegen, du Lümmel!»
«Sie wird nicht sterben», stieß Gaspard noch einmal hervor, «und sie wird auch ihr Land wiedersehen! Werfen Sie mich doch ruhig ins Wasser, wenn Sie wollen!»
Parpoil versetzte Gaspard eine solche Ohrfeige, daß er taumelte.
«Inzwischen, verehrtester Grünschnabel», schrie er weiter, «inzwischen stecken wir dich ganz unten in den Laderaum! Monsieur Drapeur wird über dein Schicksal entscheiden!»
Er rief einen der Matrosen herbei, der Gaspard gleichsam nur wider Willen abführte. Kurz vor der Treppe riß sich Gaspard aber noch einmal los, drehte sich um und starrte Parpoil wild an. Dann rief er:
«Sie bringen es ja nicht fertig, Hélène auszurichten, was ich gesagt habe!»
«Hélène sagst du! Du wagst es, den Namen Hélènes in den Mund zu nehmen!»
Parpoil stürzte auf ihn los, schlug wie von Sinnen auf ihn ein und warf ihn zu Boden, daß der Matrose rief: «Assez!»
«Was heißt hier genug! Denen kann man überhaupt nicht genug Vernunft einbläuen, diesen jungen Besserwissern, die sich wer weiß was einbilden!»
Parpoil glich einer fetten Grille, jedoch ohne das friedliche Wesen dieses Tierchens. Obwohl Gaspard das Blut übers ganze Gesicht lief und er nicht aufzustehen vermochte, rief er weiter:
«Sie bringen es ja doch nicht fertig, Hélène zu sagen, daß sie ihr Land wiedersehen wird! Das wagen Sie ja gar nicht! Sie haben ja Angst, daß es wahr ist! Das wagen Sie ihr nie auszurichten, daß Gaspard Fontarelle gesagt hat, sie wird ihr Land ganz bestimmt wiedersehen!»
Eine plötzliche Ernüchterung schien über Parpoil gekommen zu sein. Der erbärmliche Zustand, in den er den Jungen versetzt hatte, die leicht drohende Haltung des Matrosen und Gaspards Worte

brachten ihn außer Fassung. Seine Wut war verflogen. Er suchte nur noch seine Handlungsweise zu rechtfertigen und sich einen rühmlichen Abgang zu verschaffen. Er sprach mit grausamer Kälte in der Stimme.

«Diese Lektion wird wohl genügen, denke ich. Waschen Sie diesem Burschen das Gesicht sauber», sagte er zu dem Matrosen. «Und was Sie betrifft, Monsieur Gaspard, ich werde dem jungen Fräulein Ihre Botschaft ausrichten, um Ihnen einen Gefallen zu tun und damit Sie sehen, daß ich zuvorkommend bin bis zum letzten, bis zum bitteren Ende, wenn dieses junge Mädchen für ein Hirngespinst einen sehr hohen Preis zu zahlen haben wird, cher Monsieur! Sie sehen ja, es braucht nur ein Seil zu reißen!»

Parpoil begann zu lachen. Der Matrose hob Gaspard hoch, führte ihn in die Kombüse, wusch ihn mit Strömen von Wasser und gab ihm ein Stärkungsmittel zu trinken.

«Heute abend kommst du mit mir nach vorn in die Kabine», sagte der Matrose. «Ich erzähle dir dann Geschichten von mir zu Hause.»

Parpoil war wohl nur gekommen, um schnell nach dem rechten zu sehen oder um etwas zu holen. Sein Boot legte schon wieder ab und fuhr ihn zurück in die Stadt. Gaspard brachte den Rest des Tages auf einem Sofa liegend zu. Der Matrose, der die Szene mit angesehen hatte, und sein Gefährte gewährten dem Jungen diese Atempause, ohne erst lange um Erlaubnis zu fragen. Gaspard sah mit Bewunderung und auch großer Trauer zum Hafen hinüber, zur Stadt und besonders zum Strand und jenem fernen Haus, in dem Hélène mit dem Tode rang. Ein blendendes Sonnenlicht lastete auf dem Wasser und dem Land, und das Meer, von tiefem Blau, lag unbeweglich da.

Abends aß Gaspard in Gesellschaft der Matrosen. In ihrer Sprache vermischte sich das Flämische mit dem Französischen.

«Der Mensch muß immer arbeiten, er muß ständig arbeiten», meinte der eine.

«Ich verlange ja nach gar nichts anderem als nach Arbeit», entgegnete Gaspard.

«Doch man darf dafür auch hoffen, daß es auf dieser Welt manches Schöne zu sehen gibt», sagte der andere.

«So Gott will», fing der erste wieder an. Die Matrosen erzählten bis Mitternacht Geschichten und ließen dann Gaspard in ihrer Kabine auf einem Bett schlafen.
Sobald einmal Geschichten erzählt werden, wartet man immer schon ungeduldig auf die nächste, und während Gaspard am anderen Morgen und an den darauffolgenden Tagen seiner Arbeit nachging, hoffte er immer, daß er eine Geschichte von der Stadt und von dem Haus am Strand hörte. Und diese Geschichte hörte er auch, allerdings nicht auf einmal; jeder Tag brachte eine neue Einzelheit. Die beiden Matrosen, die das Schiff bewachten, gingen abwechselnd an Land und versäumten nie, sich nach dem Fortgang der Dinge zu erkundigen. Sie gingen zu Hélènes Haus und warteten geduldig vor dem Tor, bis sie den chinesischen Diener erblickten. Der Mann stand ihnen bereitwillig Rede und Antwort, er erzählte sogar alles mögliche durcheinander, das man nur mit großer Mühe wieder richtig zusammenfügen konnte.
Zuerst hatte sich der Chinese mit beiden Händen an den Kopf gefaßt und gejammert: Hélène war verloren! Dann gab er auf Grund eines ganz unbedeutenden Umstands neuer Hoffnung Ausdruck: Drei Schmetterlinge hatten sich auf Hélènes Fensterbank gesetzt, und ein Vogel hatte gerade in dem Augenblick gesungen, als der Doktor das Zimmer betrat.
«Gutes Zeichen, Sir! Gutes Zeichen!»
Hélène hatte sich die Schulter gebrochen, aber man befürchtete vor allem die Folgen einer inneren Verletzung. Sie schien jeden Lebensmut verloren zu haben und wollte wieder nach Belgien zurückkehren. Monsieur Drapeur versprach ihr das auch, aber sie war in ihrem jetzigen Zustand nicht transportfähig, und so enttäuschten sie alle Versprechungen nur noch mehr, weil sie nicht gleich erfüllt werden konnten.
Parpoil hatte Monsieur Drapeur von Gaspard erzählt. Er hatte ihn – übrigens ohne das geringste vom wahren Sachverhalt zu ahnen – als Hélènes Spießgesellen bezeichnet, doch bei Monsieur Drapeur war er abgeblitzt.
«Streit, schlechtes Zeichen», sagte der Chinese.

Schließlich hatte Parpoil, um seine Behauptungen zu erhärten, wortwörtlich Gaspards Botschaft ausgerichtet.
«Mister Drapeur solle ihn doch fragen», sagte der Chinese, indem er Parpoils Worte wiederholte, «Mister Drapeur solle sich doch erinnern, daß er den Schlingel schon früher irgendwo gesehen habe, und Mister Drapeur solle doch den Kerl einfach der Polizei übergeben. Der Junge hat gesagt: ‹Hélène wird ihr wahres Land wiederfinden.› Was soll das nun wieder heißen? Schlechtes Zeichen, Sir, schlechtes Zeichen…»
Am Tag nach diesem Streit erzählte Monsieur Drapeur Hélène von Gaspard. Wenn man dem Chinesen trauen konnte, hatte Monsieur Drapeur die gleichen Worte gebraucht wie Gaspard, als er Parpoil gegenüber seine Überzeugung kundtat, daß Hélène ihr Land wiedersehen werde.
«Was soll das bloß bedeuten? Aber, you see, ich habe Hélènes Augen gesehen! Oh, und einen Glanz in den Augen, Sir! Einen Glanz!»
So lauteten die Nachrichten aus der Stadt. Obwohl sie gewiß verstümmelt wiedergegeben waren – einmal von dem Chinesen und zum andern von den Matrosen, die sein Englisch nicht gut verstanden –, vermochte man sich dennoch von dem heute besorgniserregenden, morgen wiederum neue Hoffnung erweckenden Befinden Hélènes eine ungefähre Vorstellung zu machen.
Gaspard arbeitete die ganze Woche hindurch, ohne sich Ruhe zu gönnen. Er war entschlossen, Monsieur Drapeur, wenn er ihn je wieder auf der Jacht sah, um die Erlaubnis zu einem Besuch bei Hélène zu bitten. Am Samstagabend kam Monsieur Drapeur dann auch an Bord. Gaspard hatte das Motorboot beidrehen hören; er war gerade in der Küche. Ein Matrose holte ihn herauf an Deck, und gleich danach stand er Monsieur Drapeur gegenüber, der sich an die Reling lehnte.
«Gaspard Fontarelle – so heißt du doch wohl –, ich bringe dir die Nachricht, daß Hélène außer Lebensgefahr ist.»
Gaspards Augen füllten sich mit Tränen.
«Wie hast du Hélène denn kennengelernt? Du warst doch immer in deiner Kammer eingeschlossen. Wer bist du eigentlich?»

«Ich bin doch der Junge von dem Gasthaus in Lominval», antwortete Gaspard.
«Jetzt verstehe ich», sagte Monsieur Drapeur. «Und da wolltest du zu Hélène?»
«Ich wollte eigentlich nicht; wenigstens nicht absichtlich», erwiderte Gaspard.
Monsieur Drapeur ging achselzuckend über diese seltsame Auskunft hinweg:
«Und da du noch ein Kind und unerfahren bist, hast du geglaubt, Hélène sucht wirklich ihre Familie und ihre Heimat und du kannst ihr dabei helfen. Also diesen Gedanken mußt du dir aus dem Kopf schlagen. Hélène ist eine Künstlernatur und hat eine sehr lebhafte Phantasie. Ich habe keine Ahnung, was sie zu der Vorstellung gebracht hat, ihre Mutter lebe noch und heiße Jenny. Ob sie einen Brief oder sonst eine Nachricht von einer Hochstaplerin bekommen hat, die ihre Gutgläubigkeit ausnutzen will? Auf dem Krankenbett hat sie wirres Zeug gesprochen, und man konnte kaum verstehen, wovon die Rede war. Ich fürchte, sie wird sich weiter an dieses Hirngespinst klammern, wenn sie erst wieder ganz gesund ist. Du, Gaspard, du könntest mir helfen, denn ich habe herausgefunden, daß sie großes Vertrauen zu dir hat, wenn ich auch nicht recht weiß, warum.»
«Ich weiß es auch nicht», sagte Gaspard.
«Du könntest mir aber helfen», fuhr Monsieur Drapeur fort. «Mein Sekretär behauptet zwar, du seist ein richtiger Nichtsnutz und Hélène gebe dir Geld, daß du ihr zur Flucht verhilfst. Aber wie dem auch sei – ich kann dir manchen Vorteil bieten, wenn du aufrichtig bist und diese Dummheiten sein läßt.»
«Ich will kein Geld und ich will auch keinen Vorteil», begehrte Gaspard auf.
«Warum bist du dann auf unser Schiff gekommen? Hast du es nicht getan, weil du zu Hélène wolltest?»
«Das war alles Zufall», erklärte Gaspard.
Monsieur Drapeur ging es nur darum, daß Hélène wieder gesund wurde. Er glaubte, nichts unterlassen zu dürfen, was ihre Genesung beschleunigte, und wenn die Gegenwart Gaspards einen günstigen

Einfluß auszuüben versprach, war er entschlossen, den Warnungen Parpoils zum Trotz zu gestatten, daß er die Kranke besuchte. Aber er wollte ihn zunächst davon überzeugen, daß Hélène vor einem neuerlichen Fluchtversuch bewahrt werden mußte. Er nahm mit Freude zur Kenntnis, daß Gaspard aus einer ehrbaren Familie stammte und sich im besonderen auf Gabrielle Berlicaut berufen konnte, die Besitzerin des ‹Großen Hirschen›. Um den Jungen zu seinem Bundesgenossen zu machen, erzählte er ihm sogar, unter welchen Umständen er Hélène adoptiert hatte.

Das war damals im Krieg gewesen, als die Leute vor den heranrükkenden Truppen aus ihren Städten und Dörfern flüchteten. Monsieur Drapeur hielt sich gerade in Sedan auf, als der Feind die Maas erreichte. Er fuhr in seinem Wagen über die Höhen längs des Ardennenkanals davon und machte unterwegs in einem abgelegenen, waldumsäumten Dorf halt, um sich nach dem Weg zu erkundigen. Das Dorf hieß Stonne und lag auf einer Anhöhe. Er klopfte an eine Tür. Eine alte Frau machte ihm auf; hinter ihr, in der Ecke der geräumigen Küche, sah er zunächst ein Bett stehen, in dem eine Frau lag, und dann noch ein zweites Bett mit einem schlafenden kleinen Mädchen darin, das vielleicht fünf Jahre alt war. Das Gesichtchen der Kleinen hatte es Monsieur Drapeur sogleich angetan.

Er stellte dann einige Fragen, und die alte Frau sagte:

«Der Krieg bringt großes Unglück mit sich. Die Frau dort liegt im Sterben. Vergangene Nacht ist sie hier eingetroffen, und ich habe ihr ein Bett gegeben. Sie hat mir nicht einmal sagen können, woher sie kommt und wer sie ist. Das kleine Mädchen, das sie bei sich hatte, ist auch sehr krank. Der Doktor meint, es handelt sich um eine langwierige Krankheit, die viel Pflege verlangt. Er konnte sich nicht vorstellen, wie das Kind noch zu Fuß gegangen ist, aber seine Mutter muß es wohl getragen haben, und da ist sie dann völlig von Kräften gekommen. Sicher sind sie von der Grenze. Und jeden Augenblick werden jetzt auch wir hier in Stonne evakuiert. Der Doktor hat mir versprochen, daß er heute vom Krankenhaus einen Wagen schickt, der die Kleine mitnimmt. Ich weiß nur, daß sie Hélène heißt.»

Monsieur Drapeur war nähergetreten. Er betrachtete lange das blei-

che Gesichtchen der kleinen Hélène. Schließlich sagte er: «Ich kann sie mitnehmen. Ich würde sie in Behandlung geben und könnte mich auch um die Mutter kümmern.»
«Die Mutter ist nicht transportfähig», gab die alte Frau zu bedenken.
«Sie wissen also nicht, wie sie heißt?»
«Sie hatte keinerlei Papiere bei sich, nur ein Paket mit etwas Wäsche für das Kind, das sie Hélène nannte.»
Monsieur Drapeur schrieb sich den Namen der alten Frau auf und nahm das kleine Mädchen mit und auch das Paket. Er fuhr nach Reims; dort brachte er Hélène in einem Hotel unter und rief die besten Ärzte an ihr Krankenlager. Man teilte ihm mit, das Kind werde nur dann genesen, wenn man ihm ständig die sorgfältigste Pflege angedeihen lasse. Es müsse mehrmals zu einer längeren Kur in die Berge gebracht werden. Monsieur Drapeur ließ es an nichts fehlen, damit Hélène nur wieder gesund würde.
Die alte Frau in Stonne hatte darauf bestanden, daß er auch das Paket mitnahm, obwohl er das für unnütz hielt. Aber sie sagte, es sei ein Bilderbuch darin, an dem das Kind vielleicht hänge, und noch verschiedene andere Kleinigkeiten, freilich auch wertloser Schmuck und Tand. Als Monsieur Drapeur einige Zeit später das Paket öffnete, um Hélène das Buch zu geben, stellte er fest, daß der Schmuck echt war, wenn auch nicht von besonders hohem Wert. Er bestand aus einem mit Perlen verzierten Kreuz und einem wohl als Armband zu tragenden silbernen Kettchen.
So wurde Hélène von Monsieur Drapeur adoptiert. Vergeblich versuchte er später, die alte Frau aus Stonne wiederzufinden, um sich zu erkundigen, ob Hélènes Mutter noch lebte. Das Dorf war völlig zerstört worden, und die alte Frau war als eine der ersten dem Artilleriebeschuß zum Opfer gefallen. Ein Granatsplitter hatte sie tödlich verletzt, als sie auf der Straße mit einem Offizier sprach. Die Mutter Hélènes mußte unter den Trümmern begraben worden sein. Und selbst wenn sie noch im letzten Augenblick fortgeschafft worden war – wie und in welchem Krankenhaus oder gar auf welchem Friedhof sollte man ihre Spur wiederfinden? Monsieur Drapeur erfuhr nie, ob Hélène noch andere – lebende – Verwandte hatte.

Im übrigen glaubte Gaspard aus seinen Worten entnehmen zu können, daß er sich dem Mädchen nicht nur durch eine gewöhnliche Zuneigung verbunden fühlte. Noch ehe sie nach geduldiger, kein Mittel unversucht lassender Pflege genesen war, hatte er Gelegenheit gehabt, sich über ihren wachen Verstand zu verwundern, und er gelangte bald zu der Überzeugung, in ihr schlummere eine außergewöhnliche Begabung, die er herausfinden und fördern müsse. Monsieur Drapeur hatte ein Leben geführt, das ihm zu erholsamer Muße reichlich Zeit ließ, obwohl es geschäftlichen Dingen gewidmet war. Er liebte die schönen Künste und hatte selbst früher davon geträumt, einmal ein richtiger Musiker zu werden. Aber da er für seine Person auf diesen Traum verzichten mußte, übertrug er ihn auf Hélène und suchte ihr alle Mittel an die Hand zu geben, ihre Künstlerbegabung unter Beweis zu stellen. Schon als sie noch ein kleines Kind war, brachte er ihr die Geheimnisse und Schönheiten der Musik nahe und durfte jetzt hoffen, daß sie seinen großen Wunsch erfüllen würde. Hélène führte ein geregeltes, geordnetes Leben, in dem es ihr an nichts mangelte, was Geist und Körper in ihrer Entwicklung förderte.
«Du, Gaspard, du kommst vom Lande», schloß Monsieur Drapeur, «und du bist in Fragen der Kunst und der Dinge, die das Leben ganz allgemein angehen, nicht bewandert, aber du hast gewiß einen gesunden Menschenverstand. Wenn du also vielleicht geglaubt hast, Helene sei nicht glücklich und habe Grund, sich nach ihrer Familie und ihrer Heimat zu sehnen, so wirst du jetzt einsehen, daß das alles Einbildung ist. Wenn sie dir zugetan ist – und ich glaube, das ist sie –, dann kannst du sie auch dazu bringen, daß sie sich weiterhin auf die Laufbahn vorbereitet, die ihr ganz sicher vorgeschrieben ist und in der allein sie glücklich werden wird.»
Monsieur Drapeur wählte seine Worte gut. Gaspard war verwirrt. Zuerst hatte man ihn verachtet und mißhandelt, und jetzt machte man ihn zum Vertrauten. An der Aufrichtigkeit Monsieur Drapeurs war allerdings nicht zu zweifeln. Er wollte in erster Linie Hélène eine glänzende Zukunft sichern und verfolgte dabei einen festen, durchaus vernünftigen Plan. Man konnte ihm eigentlich nur beipflichten.

Doch es war Monsieur Drapeur nun einmal nicht gegeben, in die geheimen Sehnsüchte seiner Adoptivtochter einzudringen. Gaspard kam nicht von der uneingestandenen Überzeugung los, daß solche Sehnsüchte mehr zählten als alles andere. Es *gab* eine Mama Jenny. Und es gab auch irgendwo das große Land. Das Bilderbuch bewies es. Hélène *konnte* einfach nicht die Suche nach ihrem Land und ihrer Familie aufgeben.

Übrigens meinte Monsieur Drapeur, man dürfe Hélène in dieser Sache vorerst nicht widersprechen, ihre Genesung hänge im Gegenteil gerade davon ab, daß man ihr Hoffnung mache.

«Ich werde dich jetzt zu Hélène führen», sagte er. «Damit sie gesund wird, darfst du ihr nicht den Mut nehmen, wenn sie wieder von ihrem Land und ihrer Familie spricht. Später werden wir ihr zeigen, wie sehr unrecht sie hat, und ich glaube, sie wird es dann auch selbst einsehen. Sie ist eben in einem schwierigen Alter.»

Nachdem Monsieur Drapeur all dies Gaspard eindringlich vor Augen geführt hatte, geleitete er ihn zum Fallreep und hieß ihn in das Motorboot steigen. Gaspard sah an den elenden Lumpen herunter, die er auf dem Leib trug.

«Keine Angst», sagte Monsieur Drapeur, «wir gehen zuerst in ein Kaufhaus und kleiden dich neu ein.»

Das Motorboot flitzte über die Wasser des Hafens dahin und legte am Kai an. Der Steuermann salutierte vor Monsieur Drapeur, der mit Gaspard in die Stadt ging. In der Hauptstraße erstanden sie für Gaspard einen Anzug aus grauem Leinen, und Monsieur Drapeur kaufte ihm außerdem ein Paar Schuhe, ein Hemd und eine Krawatte. Gaspard bedankte sich höflich. Als sie vor dem Haus der Smithsons anlangten, öffnete ihnen der chinesische Diener eilfertig die Tür. Sie suchten Hélènes Zimmer auf, das im Erdgeschoß nach dem Garten hin gelegen war. Durch das Fenster sah man auf eine Palme. Hélène lag in einem großen Bett; ihre abgemagerten Hände ruhten auf der Decke. Ihrem Gesicht merkte man die große Erschöpfung an, aber sie lächelte.

«Ich konnte einfach nicht glauben, daß du Gaspard mitbringen würdest», sagte sie.

«Ich habe erfahren, daß er der Gaspard Fontarelle vom Gasthaus zum ‹Großen Hirschen› in Lominval ist», sagte Monsieur Drapeur. «Ihr seid damals gemeinsam ausgerissen und hattet schon wieder neue Fluchtpläne ausgeheckt. Monsieur Parpoil ist allerdings der Meinung, ich hätte unnachsichtig sein müssen, doch ich glaube, das Vernünftigste ist, wenn wir uns vertragen.»
Hélène winkte Gaspard zu sich ans Bett, wo ein Stuhl stand. Im Beisein Monsieur Drapeurs wußten sie nicht, was sie sich sagen sollten.
«Es tut mir leid, daß man dich geschlagen hat», begann Hélène. «Ich kann nichts dafür.»
«Ich bedaure es ebenfalls», fiel Monsieur Drapeur ein.
«Wir wußten nicht, wer Gaspard war. Der Kapitän und Monsieur Parpoil haben auf strenger Behandlung bestanden.»
«Ich bin gewiß selbst daran schuld», sagte Gaspard.
«Die Rückreise wird aber schöner werden», versicherte Hélène.
Es war alles in allem eine ziemlich nichtssagende Unterhaltung. Monsieur Drapeur ging hinaus, um den Smithsons seine Aufwartung zu machen. Kaum hatte er die Tür hinter sich geschlossen, als Hélène auch schon auf Gaspard einzureden begann:
«In einigen Tagen werde ich hier herauskommen und auf der Jacht nach Antwerpen zurückkehren können. Dieser Dummkopf von Parpoil hat dich doch tatsächlich beschuldigt und alles wortgetreu ausgerichtet, was du gesagt hast. Das hat mir Mut gegeben, und Monsieur Drapeur hat eingesehen, daß ich nicht leben kann ohne die Hoffnung, mein Land wiederzusehen.»
«Du wirst es wiedersehen», versicherte Gaspard.
«Sag noch einmal, daß ich es wiedersehen werde.»
«Du wirst es wiedersehen, ich weiß es ganz sicher.»
Sein Blick fiel auf die Palme vor dem Fenster.
«Es ist noch nicht so wie im Land von Mama Jenny», meinte Hélène. «Die Birken fehlen und die Apfelbäume und die schwarze Erde.»
«Ich frage mich die ganze Zeit, was es mit dieser schwarzen Erde auf sich hat», sagte Gaspard nachdenklich.
Sie schmiedeten Pläne hin und her, bis Monsieur Drapeur mit dem

Arzt eintrat. Gaspard verabschiedete sich von der Freundin und wartete draußen in der Diele auf Monsieur Drapeur. Dieser kam eine halbe Stunde später heraus.

«In drei Tagen fahren wir», teilte er Gaspard mit. «Der Arzt meint, es bestehe keine Gefahr mehr. Ein Doktor wird uns bis Antwerpen begleiten. Für mich ist das nur eine unbedeutende Mehrausgabe. Und nun zu dir. Ich werde nach Lominval telegraphieren, damit deine Tante sich keine Sorgen mehr macht, und wenn wir in Antwerpen sind, lasse ich dich nach Hause bringen. Ich habe sogar schon einen Plan.»

Nach einigem Nachdenken fuhr Monsieur Drapeur fort:

«Mein Sekretär ist immer für Gewaltlösungen, und das mag in gewissen Fällen auch ganz angebracht sein. Solltest du zum Beispiel Hélène noch einmal zur Flucht verhelfen, so werde ich keine Rücksicht mehr nehmen. Aufgreifen wird man euch auf jeden Fall, und ich würde dann dafür sorgen, daß du in eine Erziehungsanstalt kommst.»

Nach kurzem Schweigen begann er von neuem:

«Ich habe mir das ganze so gedacht: Du kehrst nach Lominval zuruck, doch vorher versprichst du Hélène feierlich, daß du ihre Familie und ihr Land suchen wirst. Du brauchst gar keine Bedenken zu haben: Das Land gibt es nicht, und von der Familie weiß niemand etwas; kein Mensch wird dir einen Hinweis geben können. Aber du versprichst ihr, daß du weitersuchen wirst. Ich lade dich dann für ein paar Tage ein, damit du Hélène versichern kannst, daß du Nachforschungen angestellt und nichts herausgefunden hast. Das heißt, du brauchst einfach nur die Wahrheit zu sagen. Wir handeln so beide, du und ich, nur im Interesse Hélènes, denn sie muß unbedingt über diese unsinnigen Vorstellungen hinwegkommen. Solange sie glaubt, daß du ihr hilfst, wird sie zu Hause bleiben, zumal sie von dem Unfall noch angegriffen ist. Und nach und nach wird sie dann auch ihren Irrtum einsehen.»

Gaspard blieb nichts anderes übrig als zu versprechen, diesen Weisungen Folge zu leisten. Er glaubte jetzt selbst, daß es das beste wäre, Hélène von neuen nutzlosen Ausbruchsversuchen abzuhalten und sie

daran zu hindern, ihr Lebensglück aufs Spiel zu setzen. Im Innern verspürte er jedoch dabei ein Gefühl des Unbehagens, das er sich nicht erklären konnte.
Es kam alles so, wie Monsieur Drapeur gesagt hatte. Drei Tage später wurde Hélène an Bord gebracht, und Gaspard durfte in eine kleine Kabine im Zwischendeck umziehen. Er mußte auch weiterhin dem Küchenchef zur Hand gehen, damit er ja nicht vergaß, daß er nur eine untergeordnete Rolle spielte, aber man trug ihm jetzt weniger Arbeit auf und erlaubte ihm jeden Tag einen kurzen Besuch bei Hélène. Hélène mußte in ihrer Kabine noch das Bett hüten. Wenn sie auch sehr geschwächt war, leuchtete in ihren Augen doch wieder der alte, helle Glanz. Die Gouvernante hielt sich immer in der Kabine auf und hörte unerbittlich alles mit an, was gesprochen wurde, wenn Gaspard sich mit Hélène unterhielt.
«Der Arzt meint, ich darf keine langen Besuche empfangen», sagte Hélène. «So krank bin ich aber doch gar nicht mehr! Warum darf ich dich immer nur ein paar Minuten sehen?»
«Wir müssen uns damit abfinden», tröstete sie Gaspard.
«Und du bist wie verwandelt», beschwerte sie sich. «Du bist ganz anders zu mir als früher. Glaubst du nicht mehr, daß ich mein Land wiederfinden werde?»
«Ich glaube ganz fest, daß du es wiederfinden wirst», entgegnete Gaspard.
Sie sah ihn lange und nachdenklich an. «Freilich, du hast dich in ein Abenteuer eingelassen, und jetzt bereust du es. Vielleicht glaubst du auch, ich bilde mir alles nur ein, und was ich dir von meiner Familie und meinem Land erzählt habe, sei gar nicht wahr.»
«Ich glaube alles, was du mir gesagt hast», versicherte Gaspard.
Hélène schlang sich mit der melancholischen Geduld der Kranken müßig eine silberne Kette um die Finger, die sie als Armband trug. Es war eines der Schmuckstücke, die Monsieur Drapeur in dem Paket gefunden hatte, das ihm in Stonne von der alten Frau mitgegeben worden war.
«Monsieur Drapeur hat mir erzählt, wie alles Zugegangen ist, als er dich adoptiert hat», sagte Gaspard.

«Das hat er mir auch erzählt», fiel Hélène ein. «Das Armband hat Mama Jenny gehört, und es gibt keinen Beweis, daß Mama Jenny gestorben ist.»
«Nein, es gibt keinen Beweis ...», wiederholte Gaspard.
An einem anderen Tag erklärte ihm Hélène, sie würde die Suche nie aufgeben.
«Für mich gibt es nichts außer Mama Jenny.»
Als sie mit halblauter Stimme sprach, daß die Gouvernante es nicht verstehen konnte, schickte diese Gaspard hinaus, weil angeblich die Unterhaltung Hélène zu sehr anstrenge.
«Was sollen wir bloß machen?» fragte Gaspard am nächsten Tag.
«Vielleicht suchen wir zuerst mal das Land», erwiderte Hélène. «Es ist ja schon ein seltsames Land, aber da es existiert, muß man es doch auch finden können!»
«Auf der ganzen Welt gibt es kein solches...», sagte Gaspard vor sich hin. Aber Hélène unterbrach ihn.
«Was weißt du schon davon! Warum willst du mir jetzt den Mut nehmen!»
«Ich will tun, was du verlangst», sagte Gaspard, «aber ich habe noch nie etwas fertiggebracht ...»
Er wollte sich nicht festlegen und der Freundin, entgegen der Aufforderung Monsieur Drapeurs, keine trügerischen Zusagen machen. Er war innerlich zutiefst davon überzeugt, daß er in gar keinem Falle etwas für Hélène tun könne. Indes setzte die ‹Beaumont› ihre Fahrt fort. Gaspard fand viel Zeit, das Meer zu schauen. In den ersten Tagen war es noch dunkelblau und ruhig, bald jedoch geriet es in Bewegung, und allmählich mischte sich Grün in das Blau. Die Jacht fuhr in den Ärmelkanal ein. Hélène durfte aufstehen und an Deck kommen, und dort hatte sie auch ihre letzte Unterredung mit Gaspard, denn die Überfahrt ging dem Ende entgegen. Sie lehnten an der Reling und sahen die Küste Englands näherkommen.
«Morgen werden wir anlegen», sagte Hélène. «Schwöre mir, daß du mein Land suchen willst, und schwöre mir, daß du mich nicht im Stich läßt!»
«Ich muß nach Lominval zurückkehren», wich Gaspard aus.

Sie sah den Freund nur stumm an. In ihren Augen las er tiefe Trauer und Verachtung. Er fügte hinzu:
«Du weißt, daß ich dich nicht vergessen werde und daß ich alles für dich tun werde, was ich kann.»
«Schwöre es!»
«Ich schwöre dir, daß ich dein Land suchen werde.»
In diesem Augenblick trat Monsieur Drapeur herzu. Er dankte Gaspard für die Freundschaft, die er Hélène erwiesen habe. Gaspard hatte genau die Worte gesprochen, an denen Monsieur Drapeur gelegen war, aber er *glaubte* auch daran, während der Diamantenhändler sie für leere Versprechungen hielt.
Während der ganzen Überfahrt war Parpoil unsichtbar geblieben, als sei er in Ungnade gefallen. Aber schon bald sollte sich zeigen, daß er noch etwas zu bestimmen hatte. Die Jacht fuhr an einem schönen Morgen in eines der großen Becken des Antwerpener Hafens ein. Es war Anfang August, der fünfte August, glaube ich. Sobald das Schiff festgemacht hatte, gingen Monsieur Drapeur und Hélène von Bord. Ein Wagen entführte sie. Gaspard wartete stundenlang; man hatte ihn in den Salon eingeschlossen. Parpoil war es, der ihn herausließ.
«Eh bien, jeune homme», sagte er, «unsere Seefahrt ist um. Ich habe noch eine letzte Pflicht zu erfüllen. Ich muß Sie zum Bahnhof bringen und Ihnen eine Fahrkarte nach Revin aushändigen. Mademoiselle Berlicaut holt Sie in Brüssel ab. Wir haben sie telegraphisch verständigt.»
Jetzt, da das Abenteuer zu Ende ging, kam für Gaspard alles viel zu plötzlich. Er vermochte nichts zu antworten und wurde sich mit einem Male bewußt, daß man Hélène und ihn hintergangen hatte, um sie beide wieder ihrem gewohnten Alltagsleben zuzuführen. Man hatte sie nicht einmal einander Aufwiedersehen sagen lassen.
«Monsieur Drapeur wird Sie vielleicht einmal einladen, Hélène zu besuchen», fügte Parpoil hinzu, «vorausgesetzt, daß Sie Vernunft annehmen und zu der Einsicht gelangen, daß sie sich das alles nur eingebildet hat und kein Mensch auf Erden je dieses verflixte Land zu Gesicht bekommen wird, von dem sie immer daherredet.»

Gaspard schwieg. Er ging mit Parpoil an Land. Ein Taxi nahm sie auf, und eine Viertelstunde später waren sie am Hauptbahnhof angelangt.

Im Land der Burgen und Schlösser

Gaspard folgte Parpoil in die Eingangshalle. Parpoil löste eine Fahrkarte für seine Rückreise, und als sie darauf gemeinsam in den Speisesaal gegangen waren, bestellte er ihm eine kalte Platte. Er selbst genehmigte sich mehrere Schnäpse.

Um sieben Uhr stieg Gaspard in den Zug, und als er in seinem Abteil in der hinteren Ecke neben der Tür zur anderen Seite Platz gefunden hatte, stellte sich seine Leibwache draußen auf dem Bahnsteig in Positur und wartete auf das Abfahrtssignal.

Gaspard sah sich zu völliger Untätigkeit verurteilt. Er betrachtete teilnahmslos die Holzverschalung des Abteils. Es war ein alter Wagen mit nachgestrichenen Wänden und engen Schiebetüren. Auf der Bank gegenüber saß zwischen anderen Reisenden eine ältere Dame. Sie hatte mit Parpoil ein flüchtiges Zeichen des Einverständnisses ausgetauscht. Gaspard vermutete, daß diese ‹Reisebegleiterin› dem Haushalt Monsieur Drapeurs angehörte. Sie sollte ihn sicher unauffällig beschatten. Jede Fluchtmöglichkeit war ihm somit genommen. Gaspard harrte ungeduldig der Abfahrt des Zuges, als hätte er hoffen können, mit der Stadt Antwerpen auch all seinen Kummer hinter sich zu lassen. Jetzt würde er Hélène nie mehr wiedersehen! Der ganze abenteuerliche Streich dünkte ihn in der Tat ein unsinniges Unternehmen. Wenn der Schecke nicht gewesen wäre und der Friseur und Théodule Residore … Doch mit dem Schecken hatte die ganze Geschichte angefangen.

Gaspard sah wieder das Pferd vor sich, seine feurigen Augen, seine wirre Mähne. Er sah auch wieder die verschiedenen Gesichter des Waldes, den Sturm, das herrliche Bild des Gewitterhimmels. War es möglich, daß dieses Abenteuer, das ihn bis auf die Bermudas verschlagen hatte, ganz ohne Hoffnung ausklang? Sollte Hélènes hartnäckiges Festhalten an ihrer Überzeugung so gar keinen Sinn haben,

und gab es in Wirklichkeit überhaupt nichts zu suchen und zu finden? Mama Jenny ... das große Land... Gaspard hatte doch geschworen... Der Zug fuhr hinterhältig langsam an.
In entscheidenden Situationen erkennen wir oft nur unbedeutende Einzelheiten. Gaspard erblickte zuerst durch das Fenster im Verbindungsgang des Wagens das Gesicht Parpoils und seinen roten Bart. Parpoil hatte sich in einer gewissen Entfernung aufgestellt, um Gaspard ein letztes Mal zu sehen. Er winkte ihm ein ironisches Lebewohl zu und machte dann kehrt. Gaspard starrte vor sich hin. Da fiel sein Blick auf den kupfernen Türgriff dicht unter seiner Hand, mit dem üblichen Schild daneben, worauf geschrieben steht, daß die Tür während der Fahrt nicht zu öffnen sei. Einer plötzlichen Eingebung folgend vergewisserte er sich zuerst, daß kein Hindernis im Wege war, öffnete dann die Tür und sprang nach der dem Bahnsteig abgewandten Seite aus dem Wagen.
Der Zug war kaum hundert Meter gefahren und hatte noch keine hohe Geschwindigkeit erreicht. Gaspard ließ sich mühelos in die Hocke fallen. Er hörte seine Aufpasserin einen Schrei ausstoßen, doch der Zug fuhr inzwischen schneller, und ihr blieb nichts anderes übrig, als die Tür wieder zu schließen. Sie konnte auch nicht gut die Notbremse ziehen, nur um dem Zugführer mitzuteilen, daß ein Junge nach der anderen Seite wieder ausgestiegen war. Gaspard überquerte den nächsten Bahnsteig und ging um einen haltenden Zug herum. Dann schritt er langsam der Sperre entgegen. Dort zeigte er dem Beamten seine Fahrkarte und gab an, er habe den Zug verpaßt. Der Mann sagte, es fahre erst wieder einer am anderen Morgen, und Gaspard verließ den Bahnhof durch die Vorhalle.
Er hatte kein Geld, seine einzige Rettung war Niklaas. Kurz entschlossen zerriß er seine Fahrkarte und warf die Schnitzel auf den Bürgersteig. Bald brach die Nacht herein.
Trotz der späten Stunde fand er die Freunde ohne weiteres. Sie waren alle auf ihrem Schiff, das am Strand von Sainte-Anne vor Anker lag. Ludovic und Jérôme vertrieben sich an Deck im Schein einer Sturmlaterne die Zeit mit einem Würfelspiel. Niklaas reparierte Jérômes

Piston. Gaspard rief ganz laut: «Hallo! Ich bin's, Gaspard!»
Alle hoben verblüfft den Kopf, und Jérôme jammerte ängstlich, das sei sicher Gaspards Geist. Ludovic schnauzte ihn an, schien aber selbst nicht weniger erschrocken zu sein. Niklaas ging in die Kabine und holte eine Lampe. Er richtete den Lichtstrahl auf Gaspard.
«Ich kann ihn nicht richtig sehen», sagte er, «aber wie ein Gespenst sieht er eigentlich nicht aus.»
Er stieg sofort in sein kleines Boot und ruderte zum Ufer. Er erkannte Gaspard auch sogleich und holte ihn über. Als Gaspard an Bord war, starrten ihn Ludovic und Jérôme erst lange stumm an und fielen ihm dann um den Hals.
«Wir haben die ganze Zeit geglaubt, du wärest in der Schelde ertrunken», sagte Niklaas. «Wie hast du dich denn gerettet? Ludovic hat immer wieder behauptet, du hättest nicht ans Ufer schwimmen können.»
«Ich bin auf die Jacht geklettert», erwiderte Gaspard, «und dann bin ich zu den Bermudas gefahren.»
Ludovic und Jérôme fragten ihn gehörig aus. Niklaas hörte schweigend zu, schließlich aber meinte er:
«Du hättest im Zug bleiben und nach Lominval zurückkehren sollen.»
«Ich will nicht von Antwerpen fortgehen», entgegnete Gaspard. «Hier ist doch Hélène.»
«Es ist aber auch nicht richtig, daß du deiner Tante, die dich großgezogen hat, einfach davonläufst und sie in Ängste versetzt.»
«Ich habe aber auch noch meine Eltern und Schwestern, die auf den Jahrmärkten umherziehen, und ich bin von ihnen genauso getrennt wie Hélène von ihrer Familie.» Niklaas zuckte mit den Schultern.
«Ich weiß nicht recht, was du willst, aber da jetzt sowieso nichts zu machen ist … Hast du heute abend schon etwas gegessen?»
«Ja, belegte Brote, im Bahnhofsrestaurant.»
«Eh bien, dann marsch ins Bett alle miteinander! Morgen sehen wir, was wir mit dir anfangen», entschied Niklaas.
Niklaas' Geschäfte gingen in diesem Sommer nicht sehr gut. Nach der jetzt herrschenden Mode hätten er und seine Söhne zu ihren Konzerten elegante Kleider anlegen müssen, aber das mißfiel ihnen,

und so behandelte man sie trotz ihres Talents gleichsam als Bettler. Aber Niklaas war ja nicht ganz mittellos; er verfügte über einige Ersparnisse, da er mit seinen Kindern immer sehr bescheiden gelebt hatte. In dieser wenig einträglichen Saison waren sie auch oft fischen gegangen. Gaspard erfuhr von dieser neuen Lage am anderen Morgen. Er sagte, er wolle sich auch Arbeit suchen, aber Niklaas bat ihn, nichts dergleichen zu unternehmen. Er besaß noch einen alten Break, der bei einem Freund untergestellt war, und hatte vor, ein Pferd zu kaufen. Mit diesem Wagen konnte er dann durch das Land ziehen, den Leuten aufspielen und die Noten und Texte zu seinen Liedern feilbieten. Er hatte sich schon von den Behörden die dafür erforderlichen Papiere besorgt.
«So ändert sich das Leben mit den Launen des Schicksals», schloß Niklaas.
«Ich falle Ihnen aber doch zur Last, so oder so», wandte Gaspard ein. Ludovic mußte natürlich wegen dieser Frage mit ihm wieder einen Streit anfangen. Niklaas trat dazwischen.
«Gaspard kann singen lernen und die Notenblatter verkaufen, während wir spielen. Wir können ja in die Gegend der Grenze ziehen, und wenn er Lust hat, mag er nach Lominval zurückkehren.»
«Ich verlasse euch lieber sofort. Ich weiß wohl, daß es so ziemlich aussichtslos ist, aber ich will Hélènes Land suchen.»
«Wir suchen es gemeinsam», sagte da Niklaas.
Gaspard verwunderten diese Worte. Er sah Niklaas fragend an.
«Ich möchte dir keine falschen Hoffnungen machen, aber wenn du schon davon sprichst, daß du uns verlassen willst, kann ich dir ja ruhig sagen, daß ich von Hélènes Land gewisse Vorstellungen habe.»
Gaspard war sprachlos, und Jérôme und Ludovic starrten ihren Vater ebenfalls erstaunt an. Sie trauten sich nicht recht, ihn zu fragen. Trotz aller Zuversicht konnte keiner von ihnen so recht daran glauben, daß es dieses Land tatsächlich gab.
«Das große Land», fuhr Niklaas mit leiser Stimme fort, «davon habe ich schon einmal sprechen hören, ich weiß aber im Augenblick nichts Genaues darüber zu sagen. Wir müssen uns mit Vermutungen begnügen. Ich weiß jedoch, wo man in ein und derselben Landschaft

gewisse Arten von Palmen, Birken, Eichen und unter Umständen auch das Meer antreffen kann. Und dann dürfen wir auch die Einbildungskraft eines Kindes nicht vergessen, das an einer schweren Krankheit darniederlag.»

«Und welche Vermutungen gibt es?» wollte Ludovic wissen.

«Es gibt zwei, die ich für möglich halte», antwortete Niklaas.

Er verstummte. Ludovic und Jérôme gaben Gaspard durch Zeichen zu verstehen, daß es gänzlich aussichtslos sei, ihren Vater zu drängen. Der hätte sich lieber in Stücke schneiden lassen, als einen Gedanken preiszugeben, den er für sich behalten wollte. Gaspard biß sich auf die Lippen.

«Hab Geduld», sagte Niklaas. «Es ist vielleicht nicht recht, daß ich dein Verlangen, Hélène zu helfen, unterstütze, aber es geschehen zuweilen doch seltsame Dinge. Du bist jetzt bis nach Antwerpen gekommen, weil zuerst ein Schecke dich durch die Wälder getragen hat. Ein so außergewöhnliches Ereignis lehrt uns vielleicht, daß man sich noch auf manches andere, ja auf alles gefaßt machen muß.»

«Das habe ich gestern auch gedacht, als ich aus dem Zug gesprungen bin, aber sagen Sie doch bitte ...»

«Ich soll dir alles erklären? Du wirst enttäuscht sein. Meine erste Vorstellung von dem Land war diese: In der Normandie gibt es nicht weit vom Meer gewisse Palmenarten auf privaten Grundstücken, und man trifft auch Birkenwälder und Apfelbäume an, aber die Palmen sind nie unmittelbar dem Seewind ausgesetzt. Außerdem gibt es in unserem Land Belgien Schloßherren, die im Sommer ihr Besitztum ringsherum mit eingetopften Palmen schmücken, die während der kalten Jahreszeit in Gewächshäusern untergebracht sind. Palmen, Birken, Eichen, ein großer Weiher vielleicht – das kann für ein Kind ein unvergeßliches Erlebnis sein.»

Gaspard war keineswegs enttäuscht. Ludovic meinte, man solle zuerst bei den Schlössern suchen. Wenn sie umherreisten, mußten sie eines Tages herausbekommen, welcher Schloßherr oder Gutsbesitzer so große Gewächshäuser besaß, daß er eine ganze Palmendekoration zusammenstellen konnte, und dann würde man sich eben nach

Mama Jenny erkundigen. «Aber da ist noch diese schwarze Erde», gab Gaspard zu bedenken, «und Hélène glaubt, Mama Jenny sei arm gewesen.»
«Darüber reden wir später», sagte Niklaas.
«Ich mache mir nichts aus Abenteuern», gestand Jérôme voller Angst. Niklaas gab Ludovic, der vor Wut schon zu zittern begonnen hatte, einen Rippenstoß. Er kündigte an, daß er sich noch an diesem selben Tag auf die Suche nach einem Pferd machen und die Abreise vorbereiten werde. Die Jungen wußten, daß er glücklich war bei dem Gedanken an das freie Leben auf den Landstraßen. Ein alter Mensch geht lieber noch als irgendein anderer auf Entdeckungsfahrten, und wenn das Musikaliengeschäft zu keinem Erfolg führen sollte, hätten sie wenigstens eine schöne Reise gemacht.
Einige Tage gingen mit Vorbereitungen dahin. Niklaas brachte zunächst sein Schiff durch einen Schwarm von Lastkähnen hindurch in ein Hafenbecken, wo in einer einsamen Ecke von ihren Besitzern im Stich gelassene alte Ruderboote ihr friedliches Dasein fristeten. Dann setzte er seinen Wagen instand und kaufte ganze Stapel von Liederblättern. Abends hieß er Ludovic und Jérôme ihre Stücke wiederholen, und sie spielten sie mit großem Geschick, Gaspard sang dazu. Niklaas zeigte ihm, wie man den Ton der Brust entströmen läßt, ohne daß sich die Stimme verändert. Schöne Abende, schöne Zukunftspläne. Das Pferd erwies sich als das schwierigste Problem. Niklaas mußte bis nach Ranst gehen, um eines zu finden, das ihm zusagte. Eines Nachmittags endlich fuhr er mit seinem Break am Kai vor. Den Wagen zog eine magere Stute, die riesige Hufe hatte und dünne Beine. Sie luden ihre Sachen, Haushaltsgeräte und Matratzen vom Schiff auf den Break. Dieser mit einer Zeltplane überdachte Wagen war ziemlich geräumig.
«Wir werden die meiste Zeit zu Fuß gehen», sagte Niklaas, «denn wir müssen das Pferd schonen.»
Am gleichen Abend noch, nach Einbruch der Dunkelheit, zogen sie los. Niklaas zündete auf der linken Wagenseite eine Laterne an, und dann ging es zuerst an den Docks entlang. Sie konnten nicht daran

denken, den Scheldetunnel zu benutzen, der den Autos vorbehalten war, und so durchquerten sie auf den breiten Boulevards die ganze Stadt, um auf die Straße nach Mecheln zu gelangen.
Gegen Mitternacht erreichten sie das freie Land. Am Himmel hingen einige Wolken, und man konnte nicht viel von der Landschaft erkennen, doch roch man das Getreide und das Buschwerk.
«So, das ist doch einmal etwas anderes», rief Niklaas aus. «Wir sind dazu geschaffen, ständig Neues zu erleben, uns ständig zu verändern. Und dich, Gaspard, dich bringen wir zurück nach Lominval, sobald du Lust hast.»
«Aber Sie wissen doch …», sagte Gaspard.
Was Hélène wohl zu dieser Stunde machte? War ihr vielleicht eingeredet worden, Gaspard habe sie im Stich gelassen und sei überzeugt, daß sie einem leeren Traum nachlief? Wie sollte er wieder zu ihr gelangen, wenn er etwas über ihr Land und ihre Familie erfuhr? Er hatte Muße, über solche Fragen nachzudenken. Im Augenblick zogen sie über eine Straße dahin, auf der die Autos immer seltener wurden, und man hörte die Frösche in den Teichen quaken.
Gegen Morgen machten sie in der Mulde eines Hohlwegs halt und schliefen zwei, drei Stunden. Dann zogen sie weiter ihres Weges. Als sich der Nachmittag seinem Ende zuneigte, kamen sie nach Mecheln. Das Pferd wurde ausgespannt und der Wagen auf einem für Zigeuner vorgesehenen freien Platz abgestellt.
«Die Ausdauer dieses Pferdes erstaunt mich», sagte Niklaas.
Sie sahen sich die Stadt an. Niklaas hatte nicht die Absicht, Konzerte zu geben, ehe sie südlich von Namur in das Maastal gelangt wären. Die Dörfer dieser Gegend hatte er früher einmal bereist, und er meinte, dort hätten es Musikanten und Straßensänger leichter. Gleichzeitig könnten sie sich dann auch nach Mama Jenny erkundigen, wenn man einmal davon ausgehen wollte, daß das Land, von dem Hélène träumte, einfach der Park eines Schlosses war, denn im Maastal gibt es viele Schlösser.
«Da gehe ich ja den ganzen Weg wieder zurück!» klagte Gaspard.
«Du kennst die Welt noch nicht», belehrte ihn Niklaas. «Wir steigen jetzt auf den Kirchturm, und dann will ich es dir erklären.»

Sie kamen auf den Platz, wo sich der Turm der Kathedrale erhob. Dieser Turm war so hoch, daß er den Beschauer zunächst erdrückte wie ein Alptraum, doch wenn der Blick an ihm hinauf immer mehr dem Himmel zustrebte, fühlte man sich wie geblendet von einer Schönheit, die nicht mehr von dieser Erde war. Der Platz lag zur Stunde fast menschenleer da, nur einige Ferienreisende saßen an den Tischen der Cafés oder bummelten vor den Andenkenläden auf und ab. Niklaas blieb mit den Jungen mitten auf dem Platz stehen, als wollte er ihnen etwas erklären. Er schwieg jedoch, und sie fragten sich im stillen, was er wohl vorhatte.

Da hörten sie das Glockenspiel, das oben im Turm sein Lied anstimmte. Es war, als verlöre sich ein ganzer Chor überirdisch klarer und reiner Stimmen in den Lüften.

«Ihr habt nicht gewußt, daß es das gibt», sagte Niklaas dann, «doch das gibt es. Es gibt nicht nur Abenteuer und Mißhelligkeiten auf dieser Welt, Gaspard, mon fils. Man hört auch den Himmel Lieder singen.»

Gaspard fragte, offenbar ziemlich ungerührt:

«Und was nützt uns das?»

«Man muß richtig hören lernen», erwiderte Niklaas, «und selbst wenn es nur unnütze Dinge sind. Man muß auch sehen lernen. Kommt jetzt mit auf den Turm.»

Sie betraten, vom Kirchendiener geführt, die Kathedrale und stiegen die Turmtreppe hinauf. Als sie oben standen, lag Mecheln zu ihren Füßen hingestreckt, eingeschlossen und durchzogen von den Armen eines kleinen Flusses, der Dyle.

«Seht euch vor allem das Gebiet vor der Stadt an, und den See da drüben und die Dörfer noch weiter hinten. Wenn du entdecken willst, was du suchst, Gaspard, mußt du dich bemühen, die Zeichen zu lesen, die den Dingen anhaften. Sieh dort diese Gärten, diese Parks, mit ihren Blumenbeeten, sieh die Kreuzungen der Wege. Nur wenige Menschen kennen sie und haben auch Gelegenheit, von ihnen zu sprechen. Die Heimat Hélènes tritt vielleicht an einem dieser unbekannten Orte auf dich zu, deren es in unserem Land so viele gibt.»

«Aber wie soll ich mich denn in diesem Irrgarten zurechtfinden und wo soll ich anfangen?» wollte Gaspard wissen.
«Ein Hinweis führt immer zum nächsten», sagte Niklaas. «Die Erde ist weit, aber es bestehen Verbindungen zwischen den Dingen.»
Gaspard war nicht danach zumute, Niklaas' Ratschläge zu befolgen, obwohl er gleich Ludovic und Jérôme von der vielfältigen Gestalt der Landschaft, die sich zu ihren Füßen ausbreitete, tief beeindruckt war. Die Ungeduld brannte in ihm viel zu mächtig, und so mußte er sich auf neue Schicksalsfügungen gefaßt machen.
Während der beiden nun folgenden Wochen strebte die kleine Truppe den Ufern der Maas entgegen und zog dann am Fluß entlang quellwärts im langsamen Trott der Stute dahin, die trotz ihres wenig vertrauenerweckenden Anblicks Stunde um Stunde ihren gleichmäßigen Zockelgang durchhielt. Städte, Dörfer und Wälder sahen sie, und sie erklommen Hänge mit Stoppeläckern und fuhren durch Rübenfelder wieder zu Tal. Das Quietschen der Wagenachsen gesellte sich zu dem schrillen Lied der Heuschrecken und Grillen.
Erst hinter Namur begann Niklaas sich ernstlich mit dem Verkauf der Notenblätter zu befassen. Er suchte die Märkte auf, und dann standen sie Stunden hindurch auf den Gehsteigen und spielten ihre Weisen, die Gaspard vorsang und auf Liederblättern den Umstehenden feilbot. Sie zogen jedoch immer weiter südwärts, und Niklaas versäumte nicht, die Jungen auf alle Türme, Münster und hochgelegenen Aussichtspunkte zu führen, von denen aus man die Umgebung überblicken konnte. Auf diese Weise erspähten sie zahlreiche Parkanlagen und Schlösser. Erweckte eines von ihnen einen außergewöhnlichen, vielversprechenden Eindruck, so erkundigten sie sich nach einer Mama Jenny, die zu Anfang des Krieges mit einem blonden Mädchen auf dem Arm aus ihrer Heimat geflüchtet war.
War Mama Jenny einfach Hausangestellte in einem Schloß gewesen? War sie vielleicht gar nicht wegen des herannahenden Krieges aus ihrer Heimat fortgezogen? Warum war sie nach Frankreich geflohen und nicht in den Westen des Landes? Solche und andere Fragen bewegten sie. Sie redeten darüber mit den Leuten in den Dörfern,

mit den Lieferanten und Pförtnern der Schlösser. Erfolg war ihnen nicht beschieden, doch schon allein, daß man sich mit diesen Fragen beschäftigte, gab Gaspard seine Hoffnung zurück.
Vor allem fiel ihnen auf, daß manche Parks fremden Märchen glichen, mit ihrem exotischen Baumbestand und dem herrlichen Blumenschmuck und den Ulmen und Eichen ringsherum. Wenn sie auch nicht den wunderbaren Ort entdeckten, der gleichzeitig Birken, Palmen und eine für das Kinderauge mit dem Meer vergleichbare Wasserfläche aufwies, so fesselte Gaspard doch immer mehr die Vielgestalt der Landschaften und großen Güter sowie die reichen Wälder und die Wasser der Maas, von denen die Hornsignale der Kähne zum Himmel aufstiegen.
Niklaas wiederholte:
«Wir suchen einfach aufs Geratewohl. Wir müssen an allen Dingen, die wir sehen, die verborgenen Zeichen ablesen. Später werde ich euch einmal die Geschichte von dem Mann erzählen, der in den Augen der Esel lesen konnte.»
«Wenn ich nur in den Augen des Schecken hätte lesen können», sagte Gaspard, «dann hätte ich vielleicht alles schon vorhergesehen, was danach geschah.»
Der Verkauf der Liederblätter ließ sich nicht schlecht an. Eines Tages gelangten sie in das kleine Dorf Treinte ganz nahe bei der Grenze. Auf dem Höhenrücken lief der Waldrand der Ardennen dahin, und die Grenze ging mitten durch diesen Wald.
«Wir sind gar nicht so sehr weit von Lominval entfernt», sagte Niklaas, während er den Wagen zum Stehen brachte. «Was meinst du, Gaspard?»
Gaspard schwieg. Sie richteten sich für die Nacht auf dem Platz außerhalb des Dorfes ein, der Schaustellern und fahrendem Volk zur Verfügung stand. Sie legten sich zeitig unter dem Wagendach auf ihren Matratzen zur Ruhe, und Niklaas begann bald zu schnarchen. Gaspard aber fand keinen Schlaf. In der Öffnung der Zeltplane standen die Sterne, und man hörte das Wäldermeer leise aufseufzen, dessen Kamm sich oben auf dem Hang vom Himmel abhob. Gaspard setzte sich auf.

«Kannst du nicht schlafen?» fragte Ludovic.
«Ich möchte in den Wald gehen», sagte Gaspard.
«Warum?» flüsterte Ludovic.
«Ich weiß nicht ...»
«Geh nicht in den Wald!» flehte da Jérôme auf einmal mit bebender Stimme.
«Du bist auch noch wach?» murmelte Ludovic zwischen den Zähnen. «Und warum sollen wir nicht mal in den Wald gehen, hm?»
«Darum», sagte Jérôme.
«Wir gehen!» entschied Ludovic. «Und du kommst mit!»
«Dort sind wilde Tiere», meinte Jérôme, «und Grenzpolizisten ... »
«Doch, ich möchte gern in den Wald gehen», wiederholte Gaspard.
So wurde ein kleiner Schlachtenplan verabredet wie damals, als sie in ihrem Boot der Jacht einen Besuch abstatteten. Diesmal war alles ganz einfach: Wenn sie in den Wald gehen wollten, brauchten sie nur vom Wagen herunterzuspringen.
«Glaubst du denn, wir entdecken etwas?» fragte Jérôme.
«Ich muß heute abend immer wieder an Hélène denken», entgegnete Gaspard. «Ich kann nicht schlafen, ich muß hinaus ins Freie.»
Gaspard sprang lautlos auf die Erde hinab, dann holte er seine Schuhe herunter und zog sie an. Jérôme kam ihm sogleich hinterdrein.
«Du schnatterst ja mit den Zähnen!» flüsterte Ludovic, der ebenfalls hinuntergesprungen war.
Niklaas schnarchte weiter. Sie schlugen den Weg ein, der vom Dorf fortführte, und stiegen dann querfeldein zum Wald hinauf. Nachdem sie ein Stück dem gestrüppverwachsenen Waldsaum gefolgt waren, kamen sie an eine Schneise, der sie nachgingen. Der Wind hatte sich fast völlig gelegt, man hörte ihn nur noch dann und wann in einem hohen Wipfel leise rascheln. Unter dem Laubdach herrschte eine nahezu vollkommene Finsternis. Ihr einziger Richtungsweiser war das schmale Sternenband über dem Weg.
«Ich verstehe nicht, was du hier eigentlich willst», flüsterte Jérôme.
«Das ist mein Wald», sagte Gaspard. «Ich bin doch in der Nähe des Waldes geboren.»

Ganz unbewußt war er im Innersten davon überzeugt, daß alles, was sein Leben ausmachte, ihm vom Walde komme. In den Wäldern herrschte ein großer, brüderlicher Frieden. Nachts, im Dunkel, nehmen die Sinne mehr auf als bei Tage, denn auch die feinsten Geräusche dringen sehr weit. Die Jungen blieben stehen, um dem leisen Blätterrascheln zu lauschen, wenn Wild dem Waldrand entgegen durch die Büsche streifte. Da ertönte in der Ferne ein heftiges Stampfen.

«Ein Wildschwein!» flüsterte Gaspard.

Jérôme zitterte am ganzen Leibe. Ludovic zog ihn an den Haaren. Dann hörten sie menschliche Schritte auf dem weichen Boden der Schneise. Gaspard faßte seine Begleiter am Arm und drängte sie zur Seite. Dort standen auf einer winzigen Lichtung hohe Weidenröschenbüsche. Wenn man sich niederduckte, sah man die Blüten ganz schwarz inmitten der Sterne. Die Jungen verbargen sich hinter dem Blättervorhang. Die Schritte kamen näher, und ein Mann ging vorüber. Sie konnten seine Umrisse nicht erkennen, doch als sie aus ihrem Versteck heraustreten wollten, erblickten sie gleich am Weg vor dem Sternenhimmel seine dunkle Silhouette. Sie warteten. Der Mann hockte sich hin, und sie sahen ihn nicht mehr, aber sie wußten, daß er noch da war und Ausschau hielt. Es konnte ein Grenzpolizist sein.

Eine halbe Stunde lang verhielten sie sich ganz still, dann sagte Gaspard mit kaum hörbarer Stimme, es sei das beste, von der Schneise abzugehen, um auf einem anderen Weg den Waldrand wieder zu erreichen. Sie tasteten sich vorsichtig durch ein Dickicht und brauchten für zweihundert Schritte vielleicht eine volle Stunde, denn sie traten mit aller Behutsamkeit auf, damit unter ihren Füßen kein dürrer Zweig knackte. Zum Glück war das Dickicht nicht lang. Sie kamen bald in einen ziemlich lichten Buchenhochwald, in den schwaches Licht einfiel, und schritten zunächst parallel zum Waldrand weiter. Als sie glaubten, sich weit genug entfernt zu haben, strebten sie wieder dem freien Feld entgegen. Doch sie hatten nicht bedacht, daß der Wald Buchten und Vorgebirge hat und nicht immer gradlinig verläuft. Sie gerieten neuerlich an ein verwachsenes

Dickicht und waren gezwungen, mehrmals die Richtung zu ändern. Bald mußten sie sich eingestehen, daß sie sich verirrt hatten. Ludovic erklomm einen Baum, um sich nach den Sternen zu orientieren. Das Dorf Treinte mußte im Westen liegen. Doch als sie dieser Richtung folgten, wurden sie abermals von den Launen des Waldes genarrt. Sie entdeckten einen Pfad, auf dem sie einen guten Kilometer dahinschritten. Dann gingen sie den ganzen Weg wieder zurück und entschieden sich schließlich dafür, nicht mehr von diesem Pfad abzugehen, wohin er auch immer führen mochte.

«Vielleicht haben wir schon die Grenze überschritten», meinte Gaspard.

«Was machen wir dann nur?» jammerte Jérôme.

«Morgen früh werden wir uns schon zurechtfinden!» fuhr ihn Ludovic zornig an.

Sie durchquerten einen Birkenwald, dann verlor sich der Pfad mitten in einem Akazienschlag. Bald stießen sie ringsum an dornige Äste, die plötzlich allenthalben herauszuwachsen schienen. Je weiter sie vordrangen, desto mehr verstrickten sie sich darin.

«Wir müssen hier raus und uns an einer günstigeren Stelle schlafen legen, bis es Tag wird», sagte Gaspard.

«Wenn wir weitergehen, verlaufen wir uns nur noch mehr.»

«Seid mal still! Hört ihr?» wisperte Jérôme.

Ein rätselhaftes Hufeklappern war zu vernehmen. Die Galoppade kam näher und verklang dann im Unterholz.

Gaspard mußte an den Schecken denken.

«Das ist sicher eine Hexerei!» stöhnte Jérôme angstvoll.

«Bist du still!» fauchte ihn Ludovic an und drehte ihm das Handgelenk herum.

Sie kämpften weiter mit Dornranken einen erbitterten Kampf, was nicht ohne Risse in den Kleidern und Kratzer auf der Haut abging.

Auf einmal stieß Jérôme einen Schrei aus.

«Was ist denn jetzt schon wieder?» zischelte Ludovic.

«Kommt mal her!» stammelte Jérôme und schnatterte mit den Zähnen. «Ich habe h–h–hier mit der Hand … ich habe d–d–da etwas berührt…»

Er brachte nichts mehr heraus. Ludovic und Gaspard traten zu ihm und streckten die Hände vor: Tatsächlich fühlten sie die Steine einer Mauer. Sie schritten an der Mauer entlang. Es war eine ziemlich hohe Einfassung, die einen großen Park umschließen mußte. Stellenweise waren die Steine unter Gestrüpp und Akazien abgebröckelt. Nachdem die drei Jungen über Geröll gestolpert und in dunkles Buschwerk geraten waren, kamen sie an eine Bresche, durch die sie auf die andere Seite gelangten. Ihr einziger Gedanke war, so schnell wie möglich aus dem Wald herauszukommen, der sie umfangen hielt. Sie wußten, daß man tagelang darin umherirren konnte, ohne einer Menschenseele zu begegnen oder ins Freie zu finden. Jenseits der Mauer standen ziemlich hohe Hagebuchen, unter denen man ungehindert ausschreiten konnte.

«Jetzt fängt der Wald ja schon wieder an!» jammerte Jérôme.

«Sei still!» sagte Ludovic.

Sie hörten das leise Plätschern eines Baches und gingen darauf zu. Sie versuchten, die Uferböschung zu erreichen, der sie folgen wollten, doch da mußten sie sich abermals durch ein Dickicht zwängen, das mit Waldreben und Dornen verwachsen war. Nachdem sie sich lange mit dem Geschlinge der Zweige herumgeschlagen hatten, kamen sie endlich davon los und gelangten an den Bach, der unter Tannen seinen Lauf nahm. Sie gingen nun ungehindert weiter, bis sich ihnen etwa nach einer Stunde wiederum ein Dickicht in den Weg stellte.

«Jetzt müssen wir warten, bis es hell wird», sagte Gaspard.

Sie waren am Ende ihrer Kräfte. Kaum hatten sie sich im Gras ausgestreckt, da waren sie auch schon eingeschlummert. Doch ihres Schlafens war nicht lange, denn die nächtliche Kühle drang ihnen durch die Kleider, und sie erwachten, als der Morgen kaum erst graute, und blickten sich um.

Sie befanden sich auf einer Wiesenfläche am Rand eines Buchenwaldes vor einer langen, dichten Ligusterhecke. Der Bach floß an dieser Stelle sehr langsam und glich einem kleinen Kanal. Sie kamen überein, durch die Hecke zu schlüpfen, um den Bach nicht aus den Augen zu verlieren. Bald darauf wurde es in dem Buschwerk plötzlich licht, und da bot sich ihnen auf einmal ein unerwarteter Anblick.

Sie standen am Gestade eines großen Sees. Zu ihrer Rechten zog er sich hin, so weit das Auge reichte, ab und zu von Seerosen und Wasserlilien geschmückt, von denen sich leuchtend graue Vögel im ersten Licht des Tages in die Lüfte schwangen. Am Ende dieser weiten Wasserfläche, die sich solcherart mitten im Wald ihren Platz gesucht hatte, waren die Bäume gefällt und alles Buschwerk beseitigt worden, so daß das Wasser bis an den Horizont zu reichen schien. Doch als die Jungen sich erst der anderen Seite zuwandten erlebten sie eine neue Überraschung. Nicht weit von der Stelle, an der sie ans Ufer geraten waren, erweiterte sich der See zu einer Art Bucht. Diese Bucht war eingefaßt von Eichen und Birken und bespülte einen flachen, sandigen Strand, um den herum sich in Holzkübeln eingepflanzte Orangenbäume und Palmen reihten. Hinter den Palmen aber erhoben sich die Mauern eines großen Schlosses.
Die Jungen wechselten kein Wort. Ihre Blicke blieben lange an den Palmen haften und schweiften dann wie zögernd in die Runde. Am gegenüberliegenden Ufer stieg der Wald in wildem Gewoge empor. Hin und wieder ragten Inseln von Buchen, Tannen und Föhren über das Laubmeer hinaus und erweckten den Eindruck einer endlosen Weite, denn sie schienen sich im Grenzenlosen zu verlieren. Der See selbst hatte gewaltige Ausmaße. Mit dem heller werdenden Tageslicht vereinigten sich die einzelnen Farbtöne des Wassers, die leichten, vom ersten Frühwind dahergetriebenen Wellen und das Spiegelbild des Waldes zu einem einzigen, endlosen Geflimmer. Als die Sonne über die Bäume emporgestiegen war, die sich langsam in weiten Flächen aufhellten, funkelten die Fenster des Schlosses, und das Wasser des Sees wurde blau. Nie hätten sich die Jungen solch wunderbaren Anblick träumen lassen.
«Hélènes Land!» rief Ludovic.
«Das muß es sein!» sagte Jérôme.
«Das große Land!» flüsterte Gaspard.
Sie merkten nicht mehr, daß der Hunger ihnen den Magen zusammenzog.
«Das ist zu schön», sagte Gaspard endlich. «Wir müssen unsere Erkundigungen einziehen.»

Er überhörte die Einwände Jérômes, der lieber zuerst zu Niklaas zurückgegangen wäre. Ludovic hieß seinen Bruder einen Feigling, und dann näherten sie sich vorsichtig dem Schloß.
Sie verhielten zunächst eine Weile am Saum des kleinen Birkenwaldes, um die Vorderfront des Schlosses zu beobachten, die dem See zugewandt war. Sie dünkte sie, aus der Nähe betrachtet, lange nicht mehr so prächtig, wie es ihnen zuvor hatte scheinen wollen. Boten die Mauern und Fenster des Hauptgebäudes sowie die Auffahrt auch einen prunkvollen Anblick, so sahen die Seitenflügel doch ziemlich verfallen aus. Risse liefen durch das Mauerwerk des linken Flügels, und einige Fenster wiesen grobe Holzfüllungen auf, als habe der Schloßherr darauf verzichten müssen, die Baulichkeiten eines zu weiträumigen Besitztums alle in gleicher Weise instand zu halten. Sodann umschlichen die Jungen die Gebäude im Schutz des Unterholzes. Auf der Rückseite waren die Mauern vom Regen grüngewaschen, und Moos bedeckte den Rand des Daches. Alles sah hier öde und verlassen aus. Vier Stockwerke geschlossener Fenster, in denen mehr als eine Scheibe zerbrochen war. Sie traten näher an den wuchtigen Bau heran, schritten an ihm entlang und kamen zum linken Seitenflügel, der dem See am nächsten gelegen war. In Gaspards Kopf tanzten die Gedanken wirr durcheinander.
«Helft mir mal hinauf», sagte er schließlich. «Ich will versuchen, durch ein Fenster zu klettern, um zu sehen, was es innen alles gibt.»
«Was hast du denn vor?» fragte Jérôme voller Bangen. «Wenn du erwischt wirst, denken sie, du seist ein Dieb und nehmen dich fest. Das beste ist, wir machen uns an den Hausmeister oder an jemand vom Personal heran und erkundigen uns, so als ob nichts dabei wäre.»
«So als ob nichts dabei wäre!» äffte Ludovic seinen Bruder nach. «Geh doch zu ihm hin, zu deinem Hausmeister, und sag ihm, wie wir hierher gekommen sind, und er wird dir auch ganz bestimmt sofort glauben, daß du nur aus Versehen durch die Mauer geschlüpft bist!»
«Ich will nur einen kurzen Blick hineinwerfen», sagte Gaspard, «und dann gehen wir gleich wieder zu Niklaas zurück.»
Was geschieht oft nicht alles, woran man gar nicht gedacht hat, und

zumal, wenn es sich um einen unerfahrenen Jungen handelt! Kinder sind fast genauso neugierig wie Erwachsene, aber sie wissen nicht, daß Neugierde und Verhängnis einander immer die Waage halten.
Vorsichtig an den Mauern entlangschleichend, waren die Jungen wieder an der Vorderseite des Schlosses angelangt. Kurz bevor sie an die Ecke zum linken Flügel kamen, entdeckten sie nicht weit von der Auffahrt entfernt ein Fenster, vor dem die Läden ganz schief hingen, so daß man sie sicher leicht öffnen konnte.
«Paß auf, ob jemand kommt», sagte Ludovic zu Jérôme, «aber um diese Zeit ist noch niemand wach, und es besteht eigentlich gar keine Gefahr.»
Jérôme stellte sich an der Ecke auf die Lauer und beobachtete die Gebäude, die sich um die große Auffahrt herumgruppierten. Kein Lebenszeichen zu erspähen. Die Besitzer waren vielleicht gar nicht da.
Gaspard stieg auf Ludovics Schultern. Wie er vermutet hatte, ließ sich der Laden ganz mühelos zurückschlagen. Dahinter war keine Fensterscheibe. Gaspard nahm an, daß das Schloß während des Krieges Schäden erlitten hatte, die noch nicht wieder ausgebessert worden waren. Diese Spuren der Kriegswirren verliehen Hélènes Geschichte einen neuen, glaubwürdigen Hintergrund. Gaspard zog sich auf die Fensterbank hinauf. Im Innern herrschte fast schwarze Finsternis. Er drehte sich um und wollte den anderen Laden zurückklappen, da sah er, daß auf dem Holz mit zarten, langgezogenen, schon halb verwitterten Buchstaben ein Name geschrieben stand, den er als *Jenny* las.
War es die Überraschung oder hatte er beim Zurückklappen des zweiten Ladens eine ungeschickte Bewegung gemacht – Gaspard fiel jedenfalls plötzlich rückwärts in das Fenster hinein. Vergeblich suchte er mit den Händen nach einem Halt. Es wurde ihm mit Schrecken bewußt, daß er abermals dem bösen Geist in seinem Innern erlegen war, der ihn in neue unüberlegte Abenteuer stürzte.
Zuerst glaubte er, er würde gar nicht mehr aufhören zu fallen. Er fiel nämlich nicht auf den Fußboden eines Zimmers, sondern auf eine Treppe, deren Stufen ihm schier das Rückgrat zerbrachen. Diese

Treppe war spiegelglatt gewachst und ziemlich steil, so daß Gaspard im Nu auf einer schwindelnden Talfahrt begriffen war.
Er hatte noch keinen Gedanken fassen können, als er auf eine zweite Treppe geriet, die so breit wie eine Freitreppe und mit Trippsamt belegt war. Nachdem er auch noch diese letzten prunkvollen Stufen hinuntergepurzelt war, landete er bäuchlings mitten auf einem buntfarbenen Perserteppich.
Einige Sekunden lang war er ganz benommen. Als er den Kopf hob, sah er, daß er sich in einem Salon befand, den mit Goldverzierungen überladene Möbel ausfüllten. Die Doppeltüren, die Verschalungen und die Decke waren ebenfalls überreich mit einem Netzwerk vergoldeter Leisten und Borten beschlagen, und von oben hing ein Kronleuchter herab, so groß wie ein Dutzend Bienenkörbe. Schließlich sah Gaspard einen Mann näherkommen, der einen Hausrock aus Gelb und Grün mit silbernen Troddeln trug. Er versuchte erst gar nicht, sich aufzurichten. Der Mann sagte:
«Gestatten Sie: Emmanuel Residore. Mit wem habe ich wohl die Ehre?»

Emmanuel Residore kann alles

Gaspard erhob sich unter großen Schmerzen und tastete seine wehen Rippen ab. Er konnte nur einige völlig sinnlose Worte der Entschuldigung hervorstammeln.
«Asseyez-vous, s'il vous plaît», sagte der Schloßherr und wies auf einen Sessel.
Gaspard, der sich nur mit Mühe auf den Beinen hielt, ließ sich in den Sessel fallen. Alle seine Muskeln waren wie zerquetscht. Ein Schmerzensschrei entfuhr ihm.
«Ja ... hm ... Sie haben sich allerdings ein etwas ... hm ... unbequemes Verfahren ausgesucht, um hier einzudringen», fuhr der Mann fort.
«Ich wußte ja nicht ...», sagte Gaspard.
«Sind Sie Einbrecher?» Gaspard wollte sich aufrichten, um diesen Verdacht energisch zurückzuweisen: Er vermochte es nicht.
«Oh, seien Sie ganz ohne Sorge! Ich schätze solche Leute», sprach Emmanuel Residore weiter, «und besonders die Mörder. Fühlen Sie sich also bitte so ungezwungen wie möglich.»
Er drückte auf einen Klingelknopf. Ein Diener in Livree eilte sogleich herbei. Der Schloßherr trug ihm auf, für ihn und seinen Gast das Frühstück zu servieren.
«Wir speisen hier», sagte er. «Mein junger Freund ist von seiner Reise noch etwas mitgenommen.»
Der Diener schien keineswegs erstaunt zu sein und brachte gleich darauf ein Tablett mit zwei Teekannen, Tassen, Honig und Buttergebäck. Auch Koteletts und tausend andere Dinge standen noch dabei. Gaspard wurde ein Tisch hingeschoben, und Monsieur Residore nahm ihm gegenüber auf einem Stuhl Platz. Gaspard blickte ihn an und wagte nicht, sich zu rühren.
Als der Mann sich vorgestellt hatte, war ihm gleich der Gedanke an

Théodule Residore gekommen, und er war im Zweifel, ob er sich wohl auf ihn berufen sollte. Die Gelegenheit erschien ihm jedoch nicht günstig; vielleicht gab er lieber vor, er interessiere sich für die Sammlungen des Schloßherrn, für die Katzenschnurrbarthaare zum Beispiel. Aber das war andererseits auch wieder etwas ausgefallen – man hatte ihn ja zum Essen eingeladen, und so langte er zu und konnte dabei in Ruhe überlegen. Genaugenommen schienen gegenüber Emmanuel Residore jede Überlegung und jedes vernünftige Wort unangebracht zu sein.

«Sind Sie etwa nur ein gewöhnlicher Stromer, ein Landstreicher, ein Bänkelsänger oder so?» fragte Monsieur Residore weiter.

«Ja, beinahe», sagte Gaspard.

«Eine seltsame Antwort. Nun ja, wollten Sie mir vielleicht etwas verkaufen oder vorschlagen?»

«Was denn, bitte schön?»

«Das frage ich ja *Sie.* Freilich, ich zahle schon sehr viel für nur eine gute Idee. Ich kaufe übrigens oft Ideen auf.»

Gaspard verwunderte sich immer mehr und verschluckte sich fast an einem Stück Gebäck. Er konnte nicht ergründen, was für ein Mensch nun Emmanuel Residore eigentlich war.

«Sie lassen sich etwas entgehen, wenn Sie nicht von meinen Koteletts kosten», sagte dieser. «Ich habe einen ausgezeichneten Koch.»

Gaspard mißfiel dieses überhebliche Benehmen im höchsten Maße, und er fand sein Gegenüber trotz aller Vornehmtuerei ziemlich ungebildet im Vergleich zu Monsieur Drapeur. Stammte Hélène etwa aus der Familie von Emmanuel Residore? Er sah durch das Fenster über die große Bucht hinweg und erblickte wieder die weite Fläche des Sees mitten im Wald, die von der Morgensonne überfluteten Birken und Palmen. Die Schönheit dieser Landschaft trieb ihm Tränen in die Augen. Das war ganz gewiß das große Land! Was hatte in einem solchen Rahmen dieser übertrieben zuvorkommende, verdächtige Hanswurst zu suchen, der nicht einmal daran dachte, ihn auszuschelten?

«Nichts auf der ganzen Welt kann sich mit diesem Fleckchen Erde vergleichen», sagte Emmanuel Residore. «Birken, Palmen und ein

meerfarbener See. Früher standen hier auch Apfelbäume, ich habe sie aber schlagen lassen, denn sie waren zu nahe beim Haus.»
«Sie hatten auch Apfelbäume?» rief Gaspard aus.
Jetzt fehlte nur noch die schwarze Erde!
«Warum erstaunt Sie das?»
Gaspard konnte nicht mehr länger schweigen. Er mußte sich erkundigen, mußte um Hélènes willen das Geheimnis ergründen und von Jenny erzählen.
«Ich will Ihnen erklären, warum ich hierher gekommen bin», sagte er, «und warum ich in Ihr Schloß eindringen wollte.»
«A la bonne heure!» rief Monsieur Residore. «Reden Sie nur frei von der Leber weg. Ich habe wirklich ein Herz wie Gold – oder auch aus Gold, ganz wie Sie wollen, und bin in der Lage, Ihre ausgefallensten Wünsche zu erfüllen, ja, sie können gar nicht ausgefallen genug sein.»
Gaspard kam zu dem Schluß, daß der Vater Residore gewiß genauso war wie der Sohn und daß man auf ihn zählen konnte, sobald man ihm eine willkommene Abwechslung bot.
«Ich heiße Gaspard Fontarelle», begann er, «und ich habe früher im Gasthaus zum ‹Großen Hirschen› in Lominval gewohnt.»
«Sehr interessant, wirklich sehr interessant», sagte der Schloßherr. Emmanuel Residore sollte nicht aufhören, diese Worte zu wiederholen, während Gaspard ihm in großen Zügen seine Geschichte erzählte, aber richtig außer sich geriet er nur bei den ganz belanglosen Einzelheiten. Gaspard gab lediglich an, er stehe bei einem Antwerpener Diamantenhändler in Dienst, und während einer Fahrt zur See habe ihm die Adoptivtochter Monsieur Drapeurs mitgeteilt, daß sie ihre Familie und ihr Heimatland wiederzufinden wünsche. Auf Residore machten weder die Begabung Hélènes Eindruck noch ihre Fluchtversuche und auch nicht ihr Unfall oder gar die noch wache Erinnerung an ein großes Land. Dagegen untermalte er mit Ausrufen der Begeisterung völlig nebensächliche Tatsachen, wie etwa das Alter Hélènes, den Namen des Sekretärs von Monsieur Drapeur, den Namen der Jacht, das Datum der Abfahrt zu den Bermudas und das der Ankunft, so daß Gaspard völlig in Verwirrung

geriet und mitten in seiner schönen Geschichte plötzlich steckenblieb.
«Fahren Sie doch bitte fort, jeune homme», sagte Emmanuel Residore. «Ich liebe Geschichten über alles in der Welt. Sagten Sie nicht, diese Hélène sei sehr begabt?»
«Ja, sie beschäftigt sich mit Musik.»
«Sehr interessant, wirklich sehr interessant. Bitte, fahren Sie fort.»
Gaspard schilderte, wie er in den Park gelangt war, nachdem er sich im Wald verlaufen hatte, und wie ihn der See entzückt hatte und die Palmen und die Birken, was alles zusammen ja so sehr dem von Hélène beschriebenen Land glich. Schließlich erzählte er von dem Namen Jenny, den er auf dem Fensterladen zu lesen geglaubt hatte.
«Zur Zeit der deutschen Besetzung sind viele Leute hier im Schloß ein- und ausgegangen», gab Monsieur Residore zu bedenken. «Jedenfalls ist das Zusammentreffen all dieser Umstände immerhin recht merkwürdig. Ich selbst bin erst seit kurzer Zeit Eigentümer dieses Besitzes. Vor mir gehörte das Schloß einer Familie, die in alle Winde zerstreut wurde. Es ist durchaus möglich, daß ein weibliches Familienmitglied Mama Jenny hieß oder sich so rufen ließ, und daß sie ein Kind in Hélènes Alter hatte. Diese Leute sind damals beim Einmarsch der Deutschen geflüchtet und noch nicht alle wieder zurückgekehrt.»
«Noch nicht alle wieder zurückgekehrt…», sagte Gaspard. «Könnten Sie nicht … ?»
«Ich könnte mich bei dem Notar erkundigen, der den Verkauf abgewickelt hat», antwortete Monsieur Residore. «Aber sicher kennt er nur den Namen des Verkäufers. Das war ein alter General mit Namen Tristan Horpipe.»
«Tristan Horpipe…», flüsterte Gaspard. Er schaute lange über die Bucht auf den sonnenhellen See.
«Wenn Hélène hierher käme», sagte er schließlich, «würde sie bestimmt die Gegend wiedererkennen.»
«Ach, Kinder mit ihrer Phantasie sind einfach köstlich!» rief Emmanuel Residore aus. «Aber da müssen wir doch gleich Monsieur Drapeur verständigen!»

«Bitte, verständigen Sie ihn nicht», sagte Gaspard. «Er will nicht, daß Hélène ihre Familie und ihr Land sucht, weil er sie nicht für einen Augenblick verlieren möchte.»
«Ich verstehe, eine so begabte Tochter! Er könnte es nicht ertragen, daß sie ihn verläßt, um einer unbekannten Familie und einem schönen Traum nachzulaufen.»
«Es ist kein Traum!» rief Gaspard.
«Wie ich diesen Ungestüm liebe!» begeisterte sich Monsieur Residore abermals. «Eh bien, was gedenken Sie dann zu tun, jeune homme?»
«Ich möchte zuerst mit Hélène sprechen. Sie könnte dann ohne Wissen Monsieur Drapeurs hierherkommen.»
«Also wirklich, diese Geschichte! Ich bin einfach entzückt!» sagte Monsieur Residore hingerissen. «Welch herrliche Abwechslung verschaffen Sie mir da heute! Eine Entführung! Romeo und Julia!»
«Nein … so ist das nicht …», wehrte sich Gaspard und wurde ganz rot dabei.
«Gut, also meinetwegen ist das nicht so, aber es ist trotzdem ein guter Regieeinfall.»
Gaspard wußte nicht, was er von diesem Gebaren halten sollte. Aber wenn Emmanuel Residore, der das alles als eine Komödie betrachtete, nur ein klein wenig mitmachen wollte, könnte Hélène vielleicht trotz des Widerstandes Monsieur Drapeurs ihre Familie wiederfinden.
«Ich bin Produzent», erklärte Monsieur Residore. «Ich finanziere Filme, und ich mache Stars groß. Ich berate die Regisseure, ja ich spiele manchmal sogar selbst. Aber ich würde ein Vermögen dafür geben, diese Hélène zu sehen, die so schön ist und so begabt. Cher jeune homme, Sie werden mir dieses Kleinod doch wohl vorstellen, denke ich?»
Gaspard zweifelte nicht mehr daran, daß Emmanuel Residore vollkommen verrückt war, aber seit Lominval hatte er ja gesehen, daß das Ausgefallene auf dieser Welt die Regel ist und daß man vor allen Dingen das Entgegenkommen der Menschen, mit denen man zusammentrifft, nicht zurückweisen soll.
«Wir werden ins Phantastische hineingezogen, voyez-vous», fuhr

Emmanuel Residore fort. «Das Leben ist nichts anderes als ein Film, ich sage das meinen Leuten immer wieder.»
«Nein, das ist nicht wahr», ereiferte sich Gaspard. «Hélène hat das Recht, ihre Familie und ihre Heimat zu suchen!»
«Seht euch doch diesen jungen Burschen an! Jetzt redet er von Rechten und sicher gleich von Pflichten!» Monsieur Residore sprach, als wende er sich an eine zahlreiche Zuhörerschaft. «Seht euch diesen jungen Menschen an, der behauptet, das Leben könne mehr wert sein als ein Film!»
Schließlich erklärte Monsieur Residore nach langem unnützen Hin und Her, daß er Hélène nur um so lieber begrüßen werde, als sie ohne Wissen ihres Vormunds käme.
«Möchten Sie, daß ich ihr in aller Form eine schriftliche Einladung schicke?» fragte er dann.
«Es wäre mir lieber, wenn ich sie zuvor sprechen könnte», sagte Gaspard sehr bestimmt. «Ich weiß nicht, was sie machen wird und wieviel Freiheit sie augenblicklich hat.»
«Alors, à votre aise, jeune homme, ganz wie Sie wünschen, und Sie kümmern sich dann um dieses Zusammentreffen, ja? Möchten Sie jetzt meine Katzenschnurrbarthaarsammlung sehen?»
Gaspard war einverstanden und konnte sich gleich eine Vorstellung machen von den Ausmaßen und der Einrichtung des Schlosses. Sie schritten durch Räume mit prunkvollem Möbel, aber es gab auch andere, die mit Spinnennetzen vorlieb nehmen mußten und als Aufbewahrungsort für den unbeschreiblichsten Krimskrams dienten: Muscheln, Felstrümmer, Standuhren, Dreschflegel, Öfen jeden Alters und jeden Ursprungs, russische, deutsche, flämische.
«Hier lasse ich mich für meine Szenenbilder inspirieren», sagte Emmanuel Residore. «Ich brauche zahllose Zeugen jeglichen Lebens.»
Sie schritten Gänge entlang, die mit Gemälden geschmückt waren, mit Statuen, mit Pferdeschwänzen. Gaspard erblickte auch Hüte aus aller Herren Ländern und sogar Richtungsschilder, wie man sie auf den Landstraßen sieht. Die Treppen führten einmal zu Marmorfluren, einmal zu Stockwerken, deren Fußböden völlig ausgetreten waren. In einem ganz verlorenen Winkel des Schlosses öffnete Mon-

sieur Residore endlich eine Tür, die einen mit Tapetenstoffen behangenen Raum freigab. An diesen Tapeten hingen eingerahmte Nadelkissen, und Gaspard hatte Muße, diese Nadelkissen zu betrachten, in die Katzenschnurrbarthaare hineingesteckt waren. Es gab auch Barthaare von Wildkatzen darunter, deren Namen man in goldenen Lettern unten am Rahmen lesen konnte.
«Sehen Sie sich alles genau an, junger Freund, staunen Sie nur», sagte Monsieur Residore. «Stellen Sie sich dabei die Gesichtszüge der Katze vor, oder des Panthers, oder des Jaguars. Sehen Sie, dieser hier, das muß ein Träumer gewesen sein, und der dort war sicher ein heimtükkischer Geselle. Lange Barthaare sind ein Zeichen für Stolz und Wildheit, kurze sprechen von Arroganz.
So redete er weiter von diesem und jenem, und erst nach einer vollen Stunde war Gaspard erlöst. Sein Gastgeber führte ihn durch ein neuerliches Labyrinth von Gängen und Treppen zur Auffahrt des Schlosses. Gaspard verschlang noch einmal mit den Blicken das Bild des Sees inmitten der Wälder, das Grün der Birken und der Palmen. Ein mächtiges Auto, wie eine Rakete so lang, fuhr lautlos vor.
«Ich habe veranlaßt, daß Sie wieder zurückgefahren werden, verehrtester Meister Gaspard Fontarelle», sagte Monsieur Residore, «und hier stelle ich Ihnen Bidivert vor.»
Bidivert war rund wie eine Kugel und trug einen Anzug aus schwarzgrünem Schottisch. Er saß am Steuer des Wagens und stieg aus, um Gaspard zu begrüßen.
«Bidivert ist meine rechte Hand, er erledigt alles für mich», verkündete Monsieur Residore. «Er hat schon Wagenrennen gewonnen und Bobmeisterschaften und hat meine Jacht zum Siege geführt. Er könnte an einem Morgen ein ganzes Waldstück umlegen.»
Noch nie zuvor war Gaspard so verwirrt gewesen. Er vermochte sich einfach nicht die Lebensgewohnheiten dieser Leute vorzustellen. Schließlich verabschiedete sich Monsieur Residore von Gaspard und sagte, zu Bidivert gewandt:
«Fahren Sie diesen jungen Mann nach Lominval zurück.»
«Ich will nicht nach Lominval, ich will nach Treinte in Belgien!» rief Gaspard aufgeregt.

«Monsieur Bidivert», verfügte Residore, «fahren Sie Monsieur Fontarelle, wohin es ihn beliebt, auch nach Timbuktu, wenn dies sein Wunsch ist.»

Gaspard stieg ganz benommen in den Wagen. Er fragte sich, ob Emmanuel Residore den Zweck ihrer Unterhaltung ganz vergessen oder vielleicht in seinem Künstlergehirn alles durcheinandergebracht hatte. Einen Augenblick lang machte er sich Gedanken darüber, welche Richtung Bidivert wohl einschlagen werde, aber Bidivert raste im Hundertkilometertempo über die gewundenen Waldwege und fuhr dann ins Maastal hinab, das Gaspard mit Freuden wiedersah. Sie passierten die Grenze anstandslos. Die Beamten wechselten mit Bidivert nur einige Worte der Begrüßung, und das Auto langte in Rekordzeit in Treinte an. Gaspard bat Bidivert, am Dorfeingang anzuhalten, und rannte dann zu dem Platz, an dem Niklaas am Vorabend ihr Lager aufgeschlagen hatte.

Niklaas ließ die Beine hinten aus dem Wagen baumeln. Jérôme und Ludovic, die sicher gerade erst eingetroffen waren, erzählten ihm von ihrem Streich und schlangen dabei Butterbrote hinunter. Als sie Gaspard kommen sahen, eilten sie ihm entgegen.

«Welchen Weg bist du denn gegangen? Wir haben auf dich warten wollen, doch jemand vom Hauspersonal hat uns fortgejagt, und wir haben zum Glück gerade noch den Weg gefunden.»

«Eine ganz tolle Geschichte!» sagte Gaspard.

Er berichtete, was ihm begegnet war, versäumte auch nicht zu erwähnen, daß er zunächst den Namen Jenny auf dem Laden gelesen hatte. Es fiel ihm nicht leicht, das Benehmen Emmanuel Residores in Worte zu fassen.

«Und jetzt muß ich Hélène benachrichtigen», schloß er seine Erzählung.

Niklaas sagte nur: «Ich bedaure, daß sich meine Vermutung bestätigt hat. Doch, ich bedaure es sehr. Der See und die Palmen und Birken, man kann sich unmöglich vorstellen, daß sie nicht der Beschreibung entsprechen, die Hélène von ihrem Land gegeben hat. Solche Landschaften sind selten Aber das Schloß und sein Besitzer wollen mir gar nicht gefallen.»

Sie verbrachten den Tag damit, Erkundigungen über Emmanuel Residore einzuziehen. Er war auf der belgischen Seite wohlbekannt. Niemand vermochte genau zu sagen, was man von ihm halten sollte, doch stimmten alle darin überein, daß er ein Herz wie Gold habe und daß er die Unschuld selber sei. Wenn man ihn brauchte, riß er sich ein Bein aus. Er hatte Schulden gemacht, um die Flüchtlinge zu unterstützen, und hatte dabei, so versicherte man, fast sein ganzes Vermögen verloren. Durch eine unerwartete finanzielle Transaktion war er wieder zu Geld gekommen. Er interessierte sich für alles, und in seinem Verstand war das Unterste zuoberst.

«Er kann Hélène doch wenigstens empfangen», meinte Gaspard, «und ihr bei der Suche nach ihrer Familie helfen.»

«Ah! Je ne sais pas», sagte Niklaas, «ich weiß nicht recht ... Ich für mein Teil bin nicht so ganz dieser Ansicht.»

«Ich will aber Hélène benachrichtigen.» Gaspard bestand auf seinem Ansinnen.

Niklaas willigte schließlich ein und gab Gaspard sogar etwas Geld, daß er mit dem Zug nach Antwerpen fahren konnte. Er hielt es zwar für falsch, einen solchen Schritt zu begünstigen, aber er vermochte nicht den Bitten seiner Kinder zu widerstehen, die Gaspards Plan unterstützten.

So fuhr Gaspard denn gegen Abend mit einem Wagen zur nächsten Bahnstation. Er schlief in seinem Abteil ein und hätte beinahe versäumte umzusteigen. Als er in Antwerpen ankam, war es schon dunkel, und er brachte die Nacht im Wartesaal zu. Beim ersten Morgengrauen setzte er sich in Marsch.

Er fand Monsieur Drapeurs Haus ohne weiteres. Hélène hatte es ihm ausführlich genug beschrieben. Gaspard wollte sich vor dem Haus auf die Lauer legen und aufpassen, wann Hélène herauskam. Dann brauchte er sich ihr nur irgendwie bemerkbar zu machen, und sie würde wohl schon einen Weg finden, um sich mit ihm zu verständigen. Er harrte Stunde um Stunde aus, ohne daß jemand kam oder ging. Am Nachmittag schließlich faßte er Mut und fragte einen kleinen Jungen, der sich auf dem Bürgersteig herumtrieb. Der Knirps sagte wichtigtuerisch, er wisse ganz genau, daß Monsieur Drapeur in

Temschen auf Urlaub sei. Mehr brachte Gaspard nicht in Erfahrung, und so fuhr er mit dem Schiff nach Temschen.
Die Sommerresidenz des Diamantenhändlers war eine der vornehmsten Villen weit und breit. Gleich der erste Passant, den Gaspard in dem schönen Viertel um Auskunft fragte, führte ihn hin. Ein Haus, das wie eine spanische Festung aussah. Es war ein einziger, wuchtiger Bau, den Keramikornamente zierten. Auf der Vorderfront zog sich ein schmaler Rasenstreifen über eine Böschung, so daß man durch die Fenster des Erdgeschosses sicher bequem den Fluß überblicken konnte. Die Betonmauer, die die Rasenflächen einfaßte, war leicht zu erklettern. Gaspard lehnte sich mit der Schulter an diese Mauer wie ein Spaziergänger, der das Bedürfnis hat, nachzudenken und den Ausblick zu genießen. Er brauchte nur ein wenig den Kopf zu wenden, und dann konnte er den gesamten Garten und das Haus überwachen.
Gegen sechs Uhr hielt ein Wagen vor dem Tor. Hélène und ihre Gouvernante stiegen aus. Sie bemerkte Gaspard sofort, und während die Gouvernante schon vorausging, gab sie ihm unauffallig durch Zeichen zu verstehen, daß sie ihn erkannt hatte. Erst zwei Stunden später erblickte Gaspard sie an einem der Fenster des Erdgeschosses. Gleich darauf öffnete und schloß sie abwechselnd die Hände, wie es alle Schulkinder tun, wenn sie sich eine Zahl mitteilen wollen. Gaspard wiederholte diese Zeichensprache, um sich zu vergewissern, daß es auch ganz bestimmt die Zahl elf war. Dann entfernte er sich und kam um elf Uhr wieder zurück. Hélène erwartete ihn schon hinter der Betonmauer. Sie reichten sich durch eine Öffnung die Hand.
«Paßt auch niemand auf dich auf?» fragte Gaspard.
«Wir brauchen keine Angst zu haben», beruhigte ihn Hélène.
Die Nacht war ziemlich dunkel. Auf einem Weg knirschte Kies.
«Da ist jemand!» flüsterte Gaspard.
«Nein, du täuschst dich bestimmt; das ist nur der Hund, ich habe ihn an der Tür angebunden.»
«Ich habe dein Land gesehen», sagte Gaspard.
Mit unterdrückter Stimme berichtete er Hélène von seinem Abenteuer im Schlosse Emmanuel Residores. Hélène stellte einige Fragen.

«Ich glaube, ich muß mir das ansehen», meinte sie dann.
«Ich wollte es dir nur sagen», fuhr Gaspard fort. «Ich weiß nämlich noch nichts Bestimmtes. Aber da ist dieser Name Jenny an dem Fensterladen, und vielleicht läßt Monsieur Drapeur dich hinfahren oder kommt sogar selbst mit ...»
«Niemals!» seufzte Hélène. «Er macht sich jetzt über mich lustig. Er sagt, er wettet, ich werde mein Land und meine Familie doch nie finden. Ich will zu Monsieur Residore gehen!»
«Vielleicht hätte ich lieber doch nicht ...», wandte Gaspard ein. «Wenn ich mich nun getäuscht habe?»
«Wenn du dich getäuscht hast, komme ich wieder hierher zurück. Übrigens, zurück komme ich auf jeden Fall. Ich will keine dummen Streiche mehr machen. Ich warte dann halt, bis ich mehr Freiheit habe.»
Man hörte abermals den Kies knirschen, aber jetzt klang es viel näher.
«Das ist der Hund», wiederholte Hélène.
«Das ist kein Hund!»
Im Dunkeln lassen sich Geräusche nur schwer abschätzen. Es war wieder Stille eingetreten. Eine lange Weile verharrten Hélène und Gaspard regungslos und stumm. Schließlich sagte Hélène:
«Ich gehe mit dir, jetzt sofort. Wir steigen zuerst in irgendeinen Zug, ganz gleich welchen, und fahren dann ins Maastal.»
«Wirst du nicht mehr überwacht?»
«Sie denken, ich habe alle Hoffnung aufgegeben, und glauben, sie hätten mich ganz untergekriegt.»
Hélène ging noch einmal zurück ins Haus, um ein paar Sachen mitzunehmen, und war gleich wieder da. Sie konnte die Betonmauer mit Leichtigkeit überklettern. Gemeinsam gingen sie dann davon, und es berührte sie seltsam, daß sie so frei und ungehindert durch die Straßen der Stadt schritten.
«Ich kann es einfach noch nicht fassen, daß du bei mir bist», sagte Gaspard.
«Sie erwischen uns schon nicht», erwiderte sie.
Es wollte ihm nicht in den Kopf, daß Hélène so einfach hatte ent-

kommen können. Das weitere war freilich nicht mehr so einfach: Sie mußten nämlich nach Antwerpen laufen, ein Fußmarsch von zwanzig Kilometern. Gegen fünf Uhr morgens kamen sie erschöpft am Hauptbahnhof an. Gaspard verlangte zwei Fahrkarten nach Mecheln. Er hatte an der Abfahrtstafel nachgesehen: in Mecheln konnten sie in einen Zug nach dem Süden umsteigen. Abends waren sie schon in Dinant. Sie schlossen sich einer vielköpfigen Familie an und passierten die Sperre.

«Es kommt mir alles noch so unwirklich vor», wiederholte Gaspard. «Als ich so lange im Bett liegen mußte, habe ich nur an Mama Jenny denken können. Ich habe sie richtig vor mir gesehen, und sie hat mich gerufen.»

«Dann ist sicher alles gut, dann hat es so kommen müssen», sagte Gaspard.

Sie waren in Dinant ausgestiegen, weil das die letzte größere Station vor ihrem Ziel war; sie fielen hier weniger auf als in einem kleinen Bahnhof. Sie bummelten ein wenig durch die frohen, hellen Straßen, und unter dem jähen Felsen der Festung betraten sie die Kirche. Dann folgten sie der Straße nach Givet, die an der Maas entlangführt, und nachdem sie eine Stunde auf dieser Straße gegangen waren, schlugen sie sich ins freie Feld und fanden in einem Heuschober Unterschlupf.

Sie schliefen bis zum Morgengrauen und zogen dann weiter. Bis nach Treinte hatten sie noch vierzig Kilometer zu gehen. Auf halbem Wege – sie hatten gerade Agimont hinter sich gelassen – glaubten sie, ihre Kräfte würden versagen, doch da konnten sie zum Glück auf einen Lastwagen klettern, der in der Nähe hielt und gleich darauf abfuhr und sie ohne Wissen des Fahrers auf der Straße nach Marienburg bis kurz vor Treinte brachte. Sie sprangen aufs Geratewohl herunter, als der Wagen in einem Dorf bremste, und fanden auch die Straße nach Treinte, eine kleine, gewunden ansteigende Straße, die ganz verlassen dalag. Unterwegs mußten sie viele Male haltmachen, so erschöpft waren sie. Vor den ersten Häusern von Treinte versteckten sie sich in einem Bohnenfeld, um die Dunkelheit abzuwarten, erst dann suchten sie Niklaas auf, der versprochen hatte, so lange auf dem Platz hinter dem Dorf zu bleiben, bis Gaspard wieder zurück war. Sie vermochten kaum etwas von dem zu essen, was Ludovic und Jérôme ihnen anboten, und fielen vor Müdigkeit fast um. Erst am nächsten Morgen sprach Niklaas mit Hélène.

«Du weißt, es ist nicht recht, daß man ein Heim verläßt, das einem Obdach gewährt», sagte er. «Ich habe nicht geglaubt, daß es dir gelingen würde, mit Gaspard hierher zu kommen.»

«Ich hatte keine andere Wahl», entgegnete Hélène. «Monsieur Drapeur will mir nicht bei der Suche nach meiner Familie helfen. Er macht sich über mich lustig und meint, ich hätte eine große Zukunft vor mir und solle mich nicht um meine Angehörigen kümmern.»

«Das ist wirklich eine schwierige Lage», gab Niklaas zu. «Aber wenn du nicht gleich findest, was du hier suchst, dann versprich mir, daß du wieder zu Monsieur Drapeur zurückkehrst.»

«Ich verspreche es», sagte Hélène.

Niklaas war auf dem Weg durch den Wald bis zum Schloß gegangen. Er verhehlte nicht, daß es einen starken Reiz ausübte und sich mit keinem anderen Schloß vergleichen ließ.

«Trotzdem – », fuhr Niklaas fort, «Sicheres läßt sich nicht sagen, und deine Erinnerungen sind ziemlich dunkel.»

Ludovic und Jérôme lauschten stumm. Schließlich wurde beschlossen, Gaspard solle Hélène auf dem Waldweg hinführen und ihr zuerst den Park zeigen. Dann wollten sie zu Emmanuel Residore gehen und ihn drängen, ihnen Näheres über die früheren Besitzer des Schlosses zu sagen. Einer solchen Bitte konnte er sich wohl kaum verschließen, wenn er Hélène erst einmal gegenüberstand. Falls er Monsieur Drapeur benachrichtigte, mußte dieser zugeben, daß Hélène immerhin nicht ohne Grund gehandelt hatte.

Doch es kam alles anders, als sie es sich vorgestellt hatten; die Dinge entwickelten sich so unheimlich mühelos und gleichsam ohne ihr Dazutun.

Als Hélène mit Gaspard in dem Ligusterwäldchen angekommen war, das sich an dem See dahinzog, erfaßte sie ein großes Staunen. Der See, der Wald, die Birken und die Palmen boten zusammen einen so

ungewöhnlichen Anblick, daß man sich nichts Schöneres denken konnte. Tränen traten ihr in die Augen.
«Alors?» fragte Gaspard. «Was meinst du dazu?»
«Ich weiß nicht», sagte Hélène, «mir kommt nichts bekannt vor. Es ist alles viel schöner, als ich es in Erinnerung hatte, aber es ist ganz sicher Mama Jennys Land!»
Sie gingen um den See herum und begaben sich zum Schloß. Ein Diener empfing sie. Er sagte, Monsieur Residore sei nicht anwesend, werde aber gleich zurückkommen. Hélène und Gaspard warteten in der mittelalterlichen Vorhalle, deren Möbel, Truhen und Bänke seltsam neu aussahen. Bald danach hielt ein Wagen an der Auffahrt, und Monsieur Residore erschien in Begleitung von Bidivert.
«Ah, Monsieur Fontarelle, wenn mich nicht alles täuscht ...»
«Das ist Hélène Drapeur», sagte Gaspard.
«Ah! Wunderbar!» schwärmte Monsieur Residore. «Ich bin entzückt, die Bekanntschaft einer so romantischen und obendrein – wie Sie mir glauben dürfen – äußerst fotogenen jungen Dame zu machen. Dieser amerikanisch-mittelalterliche Stil ringsum bringt Ihre Schönheit herrlich zur Geltung. Die Möbel kommen nämlich direkt aus Amerika, wie es das Lokalkolorit erfordert. Bidivert, lassen Sie uns jetzt bitte allein.»
Bidivert verschwand. Hélène wußte zuerst nicht, was sie sagen sollte, aber schließlich faßte sie sich.
«Monsieur, Sie wissen, daß ich meine Familie suche...»
«Eh oui! Das junge Fräulein sucht seine Familie, ganz richtig. Nehmen Sie zur Kenntnis, daß Emmanuel Residore in der Lage ist, die dunkelsten Familienbande aufzuspüren. Bin ich nicht ein Erfinder? Und bedeutet erfinden nicht entdecken? Weder im Lateinischen noch im Türkischen, weder im Arabischen noch im Pidgin-Englisch bleibt mir etwas verborgen. Mein Beruf verlangt, daß ich alle Kulturen und alle Zivilisationen kenne. Habe ich nicht für eine frühgriechische Filmromanze den gesamten Palast von Knossos aus Beton wieder aufbauen lassen, wo das Original nur aus Holz war? Habe ich nicht die ganze Sippschaft der Könige von Kreta wiederentdeckt und in ihren alten magischen Prunk eingesetzt?»

«Ich möchte ...», fing Hélène wieder an.
«Was möchten Sie? Fragen Sie ruhig. Auf einen Wink von mir wird Ihre ganze Familiengeschichte wie ein Film vor Ihren Augen abrollen.»
«Können Sie mir etwas über Mama Jenny sagen?» konnte Hélène schließlich fragen.
«Die Tochter des Generals Horpipe, des früheren Besitzers dieses Schlosses, hieß in der Tat Jenny. Sie war Schauspielerin und mit einem Architekten verheiratet, der sie bald als Witwe auf dieser Welt zurückließ. Er selbst hieß Bertrand.»
«Lebt sie noch?» fragte Hélène.
«Niemand weiß, wo sie sich heute aufhält, aber wir werden sie notfalls wieder zum Leben erwecken.»
«Niemand weiß ...», wiederholte Hélène.
«Niemand weiß etwas, aber ich, Emmanuel Residore, ich werde es bald wissen. Ich werde ihren ganzen Lebenslauf rekonstruieren, ich werde ihr im Geist bis ans Ende der Welt folgen und überall die Polizei in Bewegung setzen. Wir werden eine Unzahl von Hinweisen bekommen. Ma chère enfant, Sie müssen uns Zeit lassen, den Film abzudrehen. Die Geschehnisse müssen geduldig erforscht werden. Und jetzt darf ich Sie zum Tee bitten, wenn Sie Lust haben.»
Gaspard folgte Monsieur Residore und Hélène in den Salon, wo ein Diener Platten mit Kuchen, Brötchen und Süßigkeiten auftrug. Monsieur Residore zog einen Brief mit solchem Schwung aus der Tasche, daß es aussah, als habe er ihn gerade noch ertappt, wie er davonfliegen wollte.
«Sie werden sehen, daß ich keine Zeit verloren habe. Monsieur Gaspard Fontarelle war neulich kaum abgebraust, als ich auch schon meinen Notar dringend ersuchte, alle Akten und Urkunden über die Horpipes aufzutreiben. Aus seinen Nachforschungen geht hervor, daß der General, seine Tochter und die Kinder 1940 über Berg und Tal davongeeilt sind. Weiterhin, daß ihr Wagen von Kugeln getroffen wurde und daß sie dann ihren Weg zu Fuß fortgesetzt haben. Von Jenny Bertrand und ihrer kleinen Tochter hat man jede Spur verloren.»

Hélène sah Gaspard an. Was Monsieur Residore da berichtete, entsprach genau den Tatsachen, die schon bekannt waren. Gaspard und Hélène lasen den Brief des Notars durch.
«Es stimmt alles so genau, daß wir Monsieur Drapeur benachrichtigen können, ja sogar benachrichtigen *müssen*», schloß Emmanuel Residore.
«Ich weiß nicht ...», sagte Hélène.
«Eh bien, dann benachrichtigen wir ihn eben nicht. Suchen wir zunächst Mama Jenny. Sie ist eine noch junge Frau, und sehr wahrscheinlich arbeitet sie wieder in ihrem alten Beruf. Alle diese Stars haben eine Vorliebe für das Pseudonym und das abenteuerliche Leben, aber wir werden sie bestimmt in irgendeinem Studio, auf irgendeiner Leinwand und wahrscheinlich sogar im Ausland aufspüren.»
«Warum gerade im Ausland?» fragte Hélène. «Sie hat doch sicher ihre Kinder wiederfinden wollen.»
«Ich glaube schon, daß sie sich darum bemüht hat. Aber sie hat vergeblich gesucht. Wie konnte sie auch ahnen, daß ein Diamantenhändler Sie bei sich aufgenommen hatte? Nach meiner Ansicht ist sie ins Ausland gegangen, als alle ihre Bemühungen gescheitert waren.»
Emmanuel hatte das seidene Tuch aus seiner Brusttasche herausgezogen. Hélène und Gaspard folgten mit den Augen allen Kapriolen dieses Tuches, das er mit schwindelerregender Behendigkeit flattern ließ.
«Und wir werden zusammen einen Film drehen, ma chère», fuhr Emmanuel Residore fort. «Wir werden uns mit allen möglichen berühmten Leuten in Verbindung setzen. Sie werden den internationalen Künstlermarkt kennenlernen, und eines schönen Tages sehen wir Jenny Bertrand auftauchen, unter einem anderen Namen natürlich und mit einem anderen Gesicht, aber Sie werden sie trotzdem erkennen. Wir müssen handeln, spielen, Begegnungen herausfordern.»
Trotz Emmanuels gekünstelter Scharlatanmanieren war Hélène hingerissen, und tatsächlich ähnelte ja auch die Erinnerung an ihre alten Wunschträume in vielem einem Bühnenbild, und schon dieser Hintergrund aus Palmen und Birken zeigte gleichsam die Richtung an, in

der sie Mama Jenny suchen mußte. Daß Mama Jenny vielleicht berühmt war, bestärkte sie noch in ihrem Glauben: Die Enthüllung des Geheimnisses schien nur noch eine Frage der Zeit zu sein. Das so ganz anders geartete, immer ein wenig überspannte Wesen einer Künstlerfamilie erklärte ihr auch das leise, rätselhafte Sehnen, das sie in dem strengen Alltag bei Monsieur Drapeur immer empfunden hatte.

«Wir werden Künstlerin, nicht wahr?» rief Emmanuel Residore aus. «Diese Haare und diese Augen können wir doch der Menschheit nicht vorenthalten! Sie müssen der ganzen Welt gehören!»

Gaspard starrte Hélène nur an. Seit dem Tage, da er sie in Lominval hinter der Kirche zum ersten Mal gesehen hatte, stand er in ihrem Bann, der immer noch der gleiche war. Es befremdete ihn jedoch, daß eine solche Schönheit der öffentlichen Bewunderung preisgegeben werden sollte. Gleich nach dem Tee schlug Emmanuel Residore vor, Hélène möge sich die Vorspanne einiger Filme ansehen, mit den Namen der Darsteller. Vielleicht entdeckte sie dabei Mama Jenny. Gaspard folgte Hélène wie ein junger Hund, der überall im Wege ist, als Monsieur Residore sie durch zahlreiche Gänge in einen Vorführraum schleppte.

Dieser große und reich mit chinesischen Stickereien und mit golden abgesetzten Skulpturen ausgestattete Raum hatte nur zwei Sesselreihen. Bidivert, den Monsieur Residore gerufen hatte, erhielt seine Anweisungen und ging in die Vorführkabine, um die gewünschten Streifen ablaufen zu lassen. Hélène verfolgte voller Hingabe diese Parade ergreifender und gleichsam in ihrem Spiel versunkener Künstlerinnen. Sogar Gaspard konnte seine Bewunderung nicht ganz unterdrücken, aber er hatte gleichzeitig auch den Wunsch, tief in den Wald hinein zu fliehen.

Nach der Vorführung verkündete Monsieur Residore, er habe Hélène im ersten Stock ein Appartement reserviert, und er blickte Gaspard dabei spöttisch an.

«Ich muß jetzt wohl gehen», sagte Gaspard.

Hélène fiel sofort ein: «Du mußt zu Niklaas zurückkehren. Ich sage dir dann, wie ich mich entschieden habe.»

«Aber es ist doch alles schon entschieden», rief Monsieur Residore aus. «Hélène hat ihre Berufung entdeckt und ihre Familie dazu, und schon ganz bald wird sie etwas von Mama Jenny hören.»
«Auf Wiedersehen», sagte Gaspard.
«Ja, wir werden uns trennen müssen», fuhr Hélène fort, «aber nicht so plötzlich. Nächste Woche sprechen wir uns noch einmal in Treinte.»
«Der Wille eines zukünftigen Stars ist mir heilig», schloß Monsieur Residore. «Bidivert fährt Sie, wann und wohin Sie wollen.»
Gaspard nahm Abschied. Es wurde vereinbart, daß Hélène am Nachmittag des kommenden Sonnabends nach Treinte fahren würde, worauf Bidivert von Emmanuel Residore die Anweisung erhielt, Monsieur Fontarelle zurückzubringen. Es wurde die gleiche schnelle Fahrt, die er schon einmal gemacht hatte; kaum fand er Zeit, darüber nachzudenken. Bei Niklaas auf dem Lagerplatz herrschte Trauer. Das alte Pferd hatte zu husten begonnen, und Niklaas meinte, es sei eine Bronchitis.
«Wir sind dieser Tage in der Gegend herumgezogen und haben auf den Dörfern gespielt. Die ewigen Steigungen, die es hier überall gibt, müssen das Pferd überanstrengt haben.»
Schließlich wurde Gaspard nach dem Hergang der Geschehnisse befragt.
«Es ist alles sehr gut gegangen», sagte Gaspard. «Mama Jenny ist eine Schauspielerin, und Hélène wird sie sicher bald finden, und sie wird auch wohl selbst spielen lernen. Monsieur Residore will sie persönlich ausbilden.»
Niklaas sagte dazu gar nichts. An jenem Tag und auch an den darauffolgenden Tagen konnten sie Treinte nicht verlassen, denn das Pferd hustete immer stärker. Niklaas sprach nur sehr wenig.
«Wir werden nach Antwerpen zurückkehren, auf unser Schiff, und du, Gaspard, du gehst wieder zu deiner Tante nach Lominval.»
«Ich muß Hélène erst noch sprechen am nächsten Samstag», erwiderte Gaspard.
«Du sollst sie auch sprechen, aber dann müssen wir alle Abschied nehmen.»

«Hélène hat ja dann auch wohl ihre Heimat gefunden.»
«Ihre Heimat», entgegnete Niklaas nachdenklich, «ich hätte bestimmt geglaubt, ihre Heimat sei etwas viel Schöneres.»
«Wie kann es denn etwas Schöneres geben als dieses Schloß und der See?» fragte Gaspard erstaunt.
«Wie?» wiederholte Niklaas und sah sein Pferd an, das auf dem Stroh lag, sagte aber nichts weiter.
Am nächsten Samstag fuhr Hélène im Auto vor, mit Bidivert am Steuer. Gaspard war ihr auf der Straße entgegengegangen; er wollte nicht, daß sie von Niklaas' Notlage erfuhr, denn er fürchtete ebenso wie dieser, daß Hélène Mitleid bekommen und ihnen Geld schenkten würde. Hélène sprang aus dem Wagen. Sie trug ein weißes Seidenkleid Gaspard, der sie ja nur in langen Hosen und Trikot kannte, sah sie jetzt auf einmal mit ganz anderen, bewundernden Augen an.
«Es klappt alles tadellos», sagte sie, während sie miteinander ein Stück die Straße entlanggingen. «Ich habe den ganzen Tag zu tun. Ich treibe viel Sport, und außerdem kann ich schon das Auto von Bidivert fahren und habe die Filmstudios in der Atelierstadt bei Chemy besucht. Ich bin sicher, daß ich Mama Jenny wiedersehen werde. Monsieur Residore hat mir versprochen, wir könnten dann zusammen in dem Schloß wohnen.»
«Bist du ganz sicher, daß du sie wiedersehen wirst?»
«Ganz sicher», erwiderte Hélène, «wir haben neue Hinweise bekommen.»
«Dann sind also deine Träume wahr geworden.» Hélène schwieg einen Augenblick.
«Monsieur Residore will Monsieur Drapeur verständigen. Ich glaube, es ist besser so.»
«Es wird schon alles werden», meinte Gaspard.
«Ja, es wird schon alles werden», wiederholte Hélène. «Und jetzt … du …»
Gaspard sah sie lange an.
«Ich gehe nach Lominval zurück», sagte er dann.
Sie beeilte sich, ihm zu versprechen, daß sie ihn in Lominval besuchen werde. Jedesmal, wenn sie einen Augenblick Zeit hätte; denn sie

würde wohl viel zu tun haben. Sie wollte ja arbeiten und eine gute Schauspielerin werden.

«Wenn du nicht kommen kannst, macht es auch nichts», sagte Gaspard.

«Doch, doch, ich komme bestimmt.»

Sie umarmte ihn und stieg wieder in den Wagen. Während der fünf Sekunden, die Bidivert bis zur ersten Kurve brauchte, winkte sie ihm noch zu, und dann ging Gaspard langsam zu Niklaas zurück. Niemand stellte Fragen. Jérôme und Ludovic übten gemeinsam eine Melodie auf ihren Instrumenten. Sie spielten ganz leise.

Wie man dazu kommt, gegen seine Fehler anzugehen

Am nächsten Morgen kümmerte sich Niklaas abermals um das Pferd, das er in Decken eingehüllt hatte, und er konnte zu seiner Freude feststellen, daß es sich aufzurichten und zu grasen vermochte.

«Ich fürchte trotzdem, daß es wieder anfängt. Es ist sehr alt, und die Nächte sind schon ziemlich frisch. Wir müßten diesen Schecken einfangen...»

«Welchen Schecken?» fragte Gaspard aufgeregt.

«Ich bin heute nacht zum Wald hinaufgegangen», sagte Niklaas, «ich konnte nicht einschlafen, und da habe ich auf dem Waldweg im Mondschein einen Schecken gesehen, vielleicht denselben, auf dem du wider Willen geritten bist, Gaspard. Es ist sicher ein herrenloses Pferd.»

Gaspard fiel ein, daß sie, als er mit Ludovic und Jérôme im Wald umhergeirrt war, von fern Hufeklappern gehört hatten.

«Ein schönes Pferd», sagte er, «aber es ist wild und wird sich wohl niemals vor einen Wagen spannen lassen.»

Sie redeten darüber lange hin und her und aßen ihr Mittagbrot an diesem Tag sehr früh, denn Gaspard wollte Abschied nehmen von seinen Freunden und nach Lominval zurückkehren. Er hatte am Abend zuvor angekündigt, daß er nach dem Mittagessen aufbrechen werde. Sie sahen seinem Abschied schweigend entgegen. Als sie gegessen hatten, reichte ihm Niklaas einen Brotbeutel mit einigen Mundvorräten und gab ihm auch etwas Geld. Ludovic schenkte ihm zum Andenken einige ihrer Liederblätter.

«Die Grenze überschreitest du oben im Wald», sagte Niklaas dann. «Wir begleiten dich bis zu einer Wegegabelung, die ich ausgekundschaftet habe. Von dort führt ein Pfad zum Schloß, und der andere führt zur Maas hinunter und kommt in der Gegend von Vireux heraus. Dort steigst du in den Zug. Ein Mann von Treinte hat mich auf diese Gabelung aufmerksam gemacht, die an einer großen Birke kenntlich ist. Und dann mußt du aufpassen, denn die Grenzbeamten schreiten den Hang nach dem Tal zu ab. Sobald der Weg abwärts führt, gehst du quer durch den Wald. Und wenn du wirklich erwischt wirst, kann dir auch nicht viel mehr geschehen, als daß sie dich zu deiner Tante nach Lominval bringen, und da willst du ja hin.»

Sie gaben Gaspard bis zur Wegegabelung das Geleit. In einer halben Stunde waren sie schon dort, und die drei wären noch weiter mitgegangen, doch Gaspard wollte lieber allein sein, und so sagten sie einander Lebewohl.

«Du wirst noch an mehrere Gabelungen kommen», machte ihn Niklaas aufmerksam, «aber nach der Auskunft, die mir der Mann aus Treinte gegeben hat, mußt du immer geradeaus gehen; nur einmal, in einem Tannenwald, hältst du dich links.»

Gaspard drehte sich zweimal um und winkte seinen Freunden zu, bis er sie im dichten Laub nicht mehr sehen konnte. Er schritt noch vielleicht drei Minuten so dahin, dann blieb er auf einmal unvermittelt stehen. Es ließ ihm keine Ruhe, daß der andere Pfad zum Schloß führte, und der Gedanke, daß er sich auf seinem Weg immer weiter von Hélène entfernte, war ihm unerträglich.

Er hockte sich hin, um nachzudenken, und wieder sah er Hélène vor sich, den Ausreißer, dem er in Lominval begegnet war, wild und stolz und engelhaft zugleich in dem trotzigen Entschluß, Heimat und Familie wiederzufinden. Die Hélène von heute war nicht mehr jenes Kind. Obwohl sie die Landschaft ihrer frühen Jugend nun entdeckt hatte und aller Voraussicht nach auch bald von Mama Jenny hören würde, wollte die Rechnung nicht ganz aufgehen. Es fehlte noch etwas, und das war eben Mama Jenny in Fleisch und Blut, und wenn Hélène wirklich eines Tages bei ihr sein wollte, hätte sie besser daran getan, aufs Geratewohl bis ans Ende der Welt zu gehen und Tage der ärgsten Not zu erdulden, als in diesem Schloß zu bleiben.

Gaspard verlor sich in solchen Überlegungen und gelangte zu keinem Entschluß. Trotz des überspannten Benehmens Emmanuel Re-

sidores war es für sie vielleicht doch das beste, den ersten sicheren Hinweisen, die man ihr gegeben hatte, Glauben zu schenken, und sie brauchte es außerdem mit Monsieur Drapeur nicht zu verderben. «Alles ist gut so», redete sich Gaspard wieder und wieder ein.
Indes drängte es ihn, Hélène noch einmal, nur noch ein einziges Mal, wiederzusehen, ihr Gesicht, ihr Haar und ihre leuchtenden Augen. Er kehrte um und ging bis zur Gabelung zurück. Niklaas und seine Jungen waren schon verschwunden. Er lauschte lange Zeit, doch das dichte Buschwerk verschluckte ihre Stimmen. Wiederum zögerte er, aber dann entschied er sich endgültig für den Pfad zum Schloß und schritt zwei Stunden lang durch den Wald dahin.
Der Pfad verlor sich inmitten der Akazien, wo die drei Freunde bei ihrem ersten Ausflug umhergeirrt waren. Er stieg an einer Lücke durch die Mauer, aber anstatt zum Bach hinunterzugehen folgte er der Mauer in der entgegengesetzten Richtung bis zu einer alten Tür, an der ein dornverwachsener Weg begann. Dieser Weg führte zur Rückseite des Schlosses.
Von hinten machten die Gebäude einen unbewohnten Eindruck. Gaspard kletterte an einer Regenrinne in die Höhe und gelangte im ersten Stock an ein Rundfenster, das keine Scheibe hatte. Er kroch mit dem Kopf voran hindurch und stieß zum Glück mit den Händen an das Geländer einer Holztreppe, auf die er ohne allzu großen Lärm hinunterspringen konnte. Einen Augenblick verharrte er ganz still, um sich zu vergewissern, daß ihn auch niemand gehört hatte; dann stieg er die Treppe hinab.
Die Treppe führte jedoch nicht ins Erdgeschoß, sondern in ein noch tiefer gelegenes Stockwerk. Große Mengen Gemüse lagerten hier auf flachen Korbschalen. Als er weiterging, wurde das Untergeschoß zu einem einzigen großen Saal voller Steinsäulen. Gaspard untersuchte jeden Winkel, denn er mußte eine größere Treppe ausfindig machen, die in bewohnte Regionen hinaufführte. Dann wollte er an der Ecke eines Ganges warten, bis Hélène vorüberkam, um sie zu überraschen und ein letztes Mal ohne jemandes Wissen mit ihr zu sprechen, wie in Lominval und an Deck der Jacht. Die Treppe, an die er schließlich geriet, war aus Stein. Er folgte ihr nach oben, aber in jedem Stock-

werk sah er sich einem schmalen Flur gegenüber, dessen Türen alle verschlossen waren. Erst im vierten Stock fand er eine Tür, die man nicht zugesperrt hatte. Er kam in einen Raum, der wohl als Billardsaal diente, schritt durch ein zweites Gemach, in dem drei Klaviere standen und Pulte, und gelangte endlich an eine größere Treppe. Als er wieder bis zum zweiten Stock hinuntergestiegen war, hörte er jemanden heraufkommen und verbarg sich in einem Zimmer, das ein Kleidermuseum zu sein schien. Wachsfiguren gab es da, die alle möglichen Kostüme trugen, holländische Damen, Generäle aus der Zeit des Empire. Die Gesichter dieser Figuren starrten ihn an, und ihm war, als verfolgten sie alle seine Bewegungen. Eiligst ließ er diesen Raum hinter sich. Der nächste war ganz mit Masken angefüllt, die an den Wänden hingen und auch an Holzsäulen. Gaspard lief es kalt über den Rücken. Er wollte abermals weitereilen, doch bald erkannte er, daß er sich in einer Art Galerie befand, deren Ausgänge hinter Tapeten verborgen waren, an denen ebenfalls Masken hingen. Er versuchte, ruhig Blut zu bewahren, und eigentlich waren die Masken, trotz ihrer durchlöcherten Blicke und riesigen Kinnladen, von eigenartiger Schönheit. Kaltes Bangen durchdrang ihn zwar, aber er sagte sich, er müsse ihnen gerade ins Angesicht sehen. Er ward auch seltsam friedlich ausschauende Figuren aus Stein und Marmor gewahr, doch dann entdeckte er wieder einen unförmigen, mit Strohhaar umgebenen Kopf, der Augen wie Rubine hatte und einen ganz weit aufgerissenen Mund. Er überwand sich und nahm das große Gesicht in Augenschein: In der Mitte des Mundes war ein Türknauf! Trotz seiner Furcht packte er zu, und ein Türflügel öffnete sich auf einen Vorplatz, der zur Haupttreppe gehören mußte. Gaspard atmete auf.

Er beschloß, jetzt mit größerer Vorsicht weiterzugehen. Das Geländer der Treppe ruhte auf einer Säulenreihe. Er tastete sich daran entlang über die mit breiten Teppichen belegten Stufen zum ersten Stock hinunter. Gaspard dachte schon, es könne ihm nach den Masken nichts Schlimmeres mehr begegnen, doch als er leise um die große Biegung der Treppe herumgeschlichen war, stand er einer Erscheinung gegenüber, die ihn zu Stein erstarren ließ.

Von unten kam ihm ein Mann entgegen, der gerade den Fuß auf die erste Stufe gesetzt hatte. Nur zwölf weitere Stufen trennten ihn noch von Gaspard. Der Mann war stehengeblieben; in seinen Augen funkelten Grausamkeit und Hohn. Gaspard hatte auf den ersten Blick das Gesicht Parpoils erkannt, umrahmt von seinem roten Bart. Eine Sekunde lang standen sie beide regungslos einander gegenüber, dann machte Gaspard kehrt und rannte, vier Stufen auf einmal nehmend, wieder nach oben.

War Parpoil erst einmal im Schloß, dann verfing sich Hélènes letzte Hoffnung ganz bestimmt früher oder später im Netz seines bösen Ränkespiels. Gaspard dachte zunächst nur daran, sich in Sicherheit zu bringen. Hals über Kopf stürmte er bis zum obersten Stock empor, stieß dort eine Tür auf, und hinter dieser Tür führte eine weitere Treppe zum Speicher.

Noch nie hatte Gaspard einen solchen Speicher gesehen. Das war ein richtiger Urwald, aus dem Schränke herausragten, Kisten, Baldachine, Stöße von Kübeln, ganze Reihen von Perücken und sogar Harfen. Mit einem Gefühl der Erleichterung stürzte er auf diesen Plunder zu; hier würde man ihn bestimmt nicht finden. Er tauchte zunächst hinter einem Koffer unter, und kroch dann vorsichtig an der Wand entlang, um vielleicht einen zweiten Ausgang zu entdecken, durch den er wieder in die unteren Geschosse und sodann ins Freie entweichen konnte. Bald vernahm er die Schritte Parpoils, der hastig hier und dort herumstöberte, und dann wurde es auf einmal ganz still. Gaspard schlich auf allen vieren hinter Kisten verborgen weiter und zwängte sich zwischen zwei Schränken hindurch. Am Ende dieses schmalen Ganges stand eine Puppe ohne Kopf, die ein mottenzerfressenes Abendkleid trug. Gaspard kam gerade aus diesem Durchlaß hervor, da erschien das Gesicht Parpoils über der Puppe, als habe sie plötzlich ihren Kopf aus dem Rumpf herausgeschnellt. Gaspard spürte es auf den Fußsohlen prickeln und kroch wieder zurück. Zum Glück fand er Tapetenstoffe, zwischen denen er hindurchschlüpfen konnte. Dutzende solcher Tapeten hingen an Drähten herab. Gaspard beschloß, notfalls stundenlang an diesem Ort auszuharren, ohne sich zu rühren.

Auf dem Speicher herrschte weiterhin Grabesstille. Nach einer halben Stunde bekam Gaspard einen Krampf und rollte sich längelang unter die Tapeten, um sich ein wenig zu strecken. Dabei geriet er in einen schmalen freien Raum, den ringsherum breite Seidenbänder mit japanischen Mustern begrenzten. Gaspard stieß an eines dieser Bänder gerade an der Stelle, wo sich unter dem hauchdünnen Stoff die Hand einer Figur abzeichnete. Tödlicher Schreck lähmte ihn, als er sah und spürte, daß diese Hand nach der seinen griff! Parpoil stand hinter der Seide, und Gaspard war ihm auf Gnade und Ungnade ausgeliefert.
Er sträubte sich so wild, daß überall Tapeten herabfielen, die seinen Verfolger behinderten. Er bekam seine Hand frei, flüchtete sich unter einen Stapel von Tischen und versuchte dann wieder die Außenwand des Speichers zu erreichen.
Noch einmal trat Parpoil in Erscheinung. Als Gaspard vor einer leeren Standuhr vorbeischlich, erblickte er plötzlich sein rotbärtiges Gesicht an der Stelle des Zifferblatts, und seine Hände, die hinter dem Pendelfenster hervorkamen, öffneten blitzschnell die kleine Tür. Parpoil streckte den Arm vor und rief:
«Je te tiens, mon garçon!»
Er hatte ihn aber noch keineswegs, denn Gaspard wich zurück, um dem Griff zu entgehen, und sein Absatz fuhr dabei gegen mehrere Gardinenstangen. Er selbst fiel auf den Rücken, und auch Parpoil stürzte. Gaspard raffte sich als erster wieder auf, und ausgerechnet in diesem Augenblick entdeckte er gerade vor sich eine kleine Treppe. Er ließ sich das Geländer hinabgleiten: Es war dieselbe Treppe, über die er hereingekommen war. Er fand wieder zu seiner runden Fensterluke, stieg hinaus, klammerte sich an die Regenrinne und rutschte daran hinunter in das hohe Gras auf der Rückseite des Schlosses.
Damit war er jedoch noch lange nicht aller Schrecken ledig. Er lief über die Wiesen des Parks auf den Waldrand zu, schlüpfte durch zwei Dickichte und gelangte schließlich auf einen Pfad; aber da der Wald den Park auf allen Seiten umgab, wußte er nicht, welche Richtung er einschlagen sollte. Kurz entschlossen entschied er sich für links. Er hatte jedoch keine hundert Schritte zurückgelegt, als er Parpoil auf

sich zukommen sah. Warum stellte dieser Mensch ihm nur mit solcher Ausdauer nach? Was konnte ihm schon daran liegen, eines Jungen habhaft zu werden, der jetzt jede Hoffnung auf ein Wiedersehen aufgegeben hatte und nur mehr schleunigst das Weite suchte?
«Du entkommst mir nicht!» schrie Parpoil auch noch obendrein.
Es blieb Gaspard nichts anderes übrig, als auf dem Pfad davonzulaufen, so schnell er konnte. Er wagte sich nicht recht in den Wald hinein, wo er Gefahr lief, im dichten Unterholz keinen Ausweg mehr zu finden. Parpoil fiel nur wenig zurück; er schien sich nicht verausgaben zu wollen, als rechne er bestimmt damit, daß der Junge bald vor Erschöpfung zusammenbrechen würde.
Die Wälder um das Schloß waren nicht weniger seltsam als das Schloß selbst. Der Pfad endete auf einer ganz kleinen, runden Lichtung, die eine Hagebuchenhecke so dicht und fest einschloß wie ein Zaun. Gaspard sah sich bald am Saum dieser Lichtung in die Enge getrieben.
Er hatte lediglich die schwache Hoffnung, sich Parpoils Zugriff noch eine kleine Weile entziehen zu können. Auf der Lichtung, die früher heimlichen Zusammenkünften gedient haben mochte, wuchsen nämlich hier und da hohe Disteln, Weidenröschenbüsche und Hekkenkirschen, und Gaspard versuchte nun, um diese Hindernisse herumzulaufen und seinen Verfolger zu täuschen. Doch das Spiel nahm bald ein Ende, denn er geriet dabei zwischen Büschen, die sich an die Hagebuchenhecke unmittelbar anschlossen, in eine Art Sackgasse und war Parpoil hilflos ausgeliefert, der in zehn Schritt Entfernung unbeweglich stehenblieb und hämisch seinen Triumph auskostete.
»Maintenant, jeune homme! Jetzt wollen wir uns mal etwas näher miteinander befassen», sagte er. «Ich werde mir einen schönen Stock abschneiden und dich gehörig durchhauen, damit du endlich begreifst, daß man seine Nase nicht in fremder Leute Angelegenheiten steckt. Und daß du nur Bescheid weißt, junger Mann: Du kannst ruhig schreien, hier hört dich niemand. Und wenn du dann wieder zu dir kommst, dann scher dich zum Teufel, aber schnell! Nicht daß ich etwa die Absicht hätte, dich umzubringen! Keineswegs! Nur eine kleine Lektion will ich dir erteilen, auf die du gewiß neugierig bist,

denn du liebst doch das Abenteuer, oder? Ich dachte, für dich gibt es nichts Schöneres als Träume. Sollte ich mich da getäuscht haben? Hélène träumt nämlich zur Zeit, und dabei darf sie nicht gestört werden, du Nichtsnutz!»
Was wollte Parpoil damit sagen? Gaspard sah ihn geradewegs an. Ein süßliches Lächeln verzerrte das von dem roten Bart eingerahmte Gesicht. Doch da veränderte es ganz plötzlich seinen fratzenhaften Ausdruck: Das höhnische Grinsen machte einem namenlosen Erstaunen Platz, und dann weiteten sich die Augen vor Entsetzen, und zugleich war Gaspard, als fahre ein Windstoß mit ungestümer Gewalt durch die Büsche. Ein großer Schatten glitt vor ihm über die Hecke, und da sah er, wie ein scheckiges Pferd zu Boden sprang und auf Parpoil losstürzte.
Parpoil war sofort davongeeilt, aber das Pferd hatte ihn bald eingeholt und biß ihn in die Schultern und in den Rücken. Parpoil flüchtete wie von Sinnen weiter den Pfad entlang. Er rief vergeblich um Hilfe. Das Pferd blieb ihm auf den Fersen und zerriß ihm die Kleider. Gaspard eilte der wilden Jagd hinterdrein, um zu sehen, was geschah. Parpoil war jedoch von solchem Entsetzen gepackt, daß er bald mit dem Pferd im Dunkel des Waldes untertauchte. Nach einer halben Stunde kam Gaspard an eine Gabelung, und dort sah er das Pferd friedlich grasen. Parpoil blieb verschwunden. Gaspard näherte sich langsam dem Tier, das er als seinen Schecken wiedererkannte. Eigentlich war es ein ganz gewöhnliches Pferd wie andere Pferde auch, es hatte nur unberechenbare Launen. Eben ein herrenloses, herumstreunendes Pferd, wie Niklaas gesagt hatte.
Das Tier hob den Kopf und schüttelte seine lange Mähne. Seine Augen glänzten wie sanftes Feuer. Es ließ Gaspard herankommen, und er faßte es um den Hals und barg seinen Kopf in der weichen Mähne. Wie gern hätte er gesagt:
«Mon cheval, mein gutes Pferd, jetzt werde ich Hélène nie wieder sehen! Zeig mir noch einmal die schönen Lande, den Wald, die Maas, und laß mich Hélène wiederfinden!»
Das Pferd hatte sich nicht gerührt und schien nur darauf zu warten, daß der Junge über es verfügte. Gaspard beschloß, auf seinen Rücken

zu springen, aber in dem Augenblick, als er die Hände aufstützen wollte, enteilte ihm das Pferd und trottete langsam über einen Waldweg davon. Gaspard blickte ihm traurig nach. Nach hundert Schritten blieb der Schecke jedoch stehen und wandte den Kopf. Gaspard ging wieder auf ihn zu, und abermals trabte das Tier davon, um ein Stück weiter erneut stehenzubleiben. Auf solche Weise durchquerten sie zwei, drei Kilometer Hochwald. Schließlich brach das Pferd aus und stürzte mitten durch Gesträuch und Bäume in den Wald hinein. Obwohl Gaspard nicht daran denken konnte, es je einzuholen, setzte er verbissen die aussichtslose Verfolgung fort. Jedesmal wenn er es aus den Augen verloren hatte, lief er, so schnell er konnte, auf die Stelle zu, an der es eben noch zu sehen gewesen war. Endlich gelangte er völlig außer Atem an einen Waldrand und ließ sich ins Gras fallen, während er auf dem weichen Boden in der Ferne noch das Hufestampfen hörte.

Er blieb lange Zeit ausgestreckt liegen. Der Nachmittag war zu Ende gegangen, und die Sonne stieß bereits an die Zinnen der Wälder.

«Ich werde den Weg ins Tal schon finden», sagte sich Gaspard, «und dann steige ich zur Maas hinunter. Im Wartesaal von Vireux kann ich ja schlafen.»

Er hatte seinen Brotbeutel verloren und verspürte großen Hunger. An den Büschen vor dem Waldsaum fand er noch einige wenige Brombeeren, und dann versuchte er sich zu orientieren.

Er befand sich am Rand einer langen Wiese, die der Wald wie eine tiefe Bucht fast ganz umschloß. Sie war ein einziges Blütenmeer. Nach dem Ende zu verbreiterte sich die Wiese und lief in weite Felder aus, auf denen ganz im Hintergrund ein Haus stand. Dorthin wandte sich Gaspard, und als er die Wiese hinter sich gelassen hatte, erkannte er plötzlich das Haus: Es war der kleine Bauernhof Théodule Residores, des Sohnes von Emmanuel Residore. Warum hatte er nur mit keinem Gedanken an ihn gedacht in all seinen Nöten? Wenn der Vater den Sohn auch nicht bei sich haben wollte, weil er in seinem Sprößling nichts entdecken konnte, was seinen übersteigerten, schillernden Ehrgeiz befriedigte, so verkehrten sie doch wohl noch miteinander, denn beide hatten sich ja als sehr

freundliche, hilfsbereite Menschen erwiesen. Gaspard konnte zu jeder Zeit bei Théodule Rat und Hilfe finden. Als die Nacht hereinbrach, langte er vor dem Haus an. Théodule selbst traf auch gerade erst ein. Im Nähertreten sah Gaspard einen Lieferwagen aus dem Wald herauskommen, in dem Théodule und sein alter Gehilfe Marval saßen. Sie stiegen aus. Théodule begrüßte Gaspard, ohne besonderes Wohlwollen zu zeigen.
«Bonsoir, Gaspard Fontarelle», sagte er nur.
«Du kommst ziemlich spät.»
«Ich bin nur ganz zufällig hierhergekommen», entgegnete Gaspard.
«Ich bin auf dem Heimweg nach Lominval.»
Théodule war noch genauso taub wie zu der Zeit, als Gaspard ihn zum erstenmal aufgesucht hatte.
«Komm herein», sagte er.
«Warum hast du mir nie von deinem Freund aus Antwerpen berichtet?»
«Ich hatte keine Zeit, aber jetzt kann ich dir einiges erzählen.»
«Zu spät», erwiderte Théodule, «viel zu spät. Die Elektriker sind im Schloß.»
Er ließ Gaspard verblüfft stehen, der aus dieser Mitteilung nicht klug werden konnte, und rief der Magd zu, sie solle ihnen sofort das Essen auftragen. Mit Freuden sah Gaspard die Alte eine dampfende Suppenschüssel auf den Küchentisch stellen. Théodule schwieg, und Gaspard versuchte vergebens, ihm einiges von seinen Erlebnissen zu erzählen. Sein Gegenüber war durch die Taubheit wie von einer Mauer umschlossen. Vielleicht verstand er dann und wann ein paar Worte, aber dieses wenige vermochte nicht seine Neugierde zu wecken.
Nach dem Omelett brachte die Magd eine ganze Schüssel voll Stachelbeeren.
«Ich komme vom Schloß», begann Théodule endlich mit seiner Falsettstimme. «Mein Vater hat ja keinen Verstand. Wer in unserer Familie hat überhaupt je Verstand gehabt? Wir haben uns eine gute Stunde lang unterhalten, aber ich war heute das letzte Mal in seinem Salon. Ich erfuhr die ganze Geschichte vor drei Tagen. Ein Diener hat

mich verständigt. Ich habe meinen Vater ausgefragt, der zuvorkommend war wie immer. Obwohl ich seine Hoffnungen enttäuscht habe, ist er nämlich stets sehr nett zu mir. Er hat sich sogar die Zeit genommen, mir alles, was ich nicht verstehen konnte, auf ein Stück Papier zu schreiben.»

«Was ist denn geschehen?» fragte Gaspard.

Daß Théodule ihn auch hörte, wagte er allerdings nicht zu hoffen.

«Was geschehen ist?»

Die Worte mußten wie durch ein Wunder an sein Ohr gedrungen sein.

«Ich dachte mir gleich, daß dein Freund aus Antwerpen ein Mädchen ist», fuhr er dann fort. «Ich habe sie von weitem im Park sehen können. Sie ist der Ausreißer, der damals zu mir kam. Und dann hat mir mein Vater erzählt, daß Hélène Drapeur von einem gewissen Gaspard Fontarelle aufs Schloß gebracht worden sei, wo sie hoffe, etwas von ihrer Familie zu erfahren. Aber er hat Drapeur gleich nach deinem ersten Besuch angerufen. Auf den Rat seines Sekretärs hin hat Drapeur dann meinen Vater gebeten, Hélène ruhig bei sich aufzunehmen und ihr durch Vorspiegelung falscher Tatsachen einzureden, daß sie auf dem Schloß die Aussicht hätte, ihre Angehörigen wiederzufinden. Und mein Vater soll sie so lange in diesem Glauben bestärken, bis sie nicht mehr an ihre Träume denkt, die ja doch völlig sinnlos seien. Das Land, das sie sucht, gebe es ja gar nicht, genauso wenig wie ihre in alle Winde verstreute Familie, von der vielleicht überhaupt niemand mehr lebe. Ich habe auch herausbekommen, daß Parpoil euch in Temschen im Garten belauscht hat, Hélène und dich. Er hat es sogar fertiggebracht, Hélène mit dir davonlaufen zu lassen, damit er sie nur um so besser hinters Licht führen konnte. Er war noch vor euch auf dem Schloß, stell dir vor!»

Théodule schlug mit der Faust auf den Tisch.

«Und eigentlich haben sie ganz recht! Wir müssen auch nicht immer selbst wissen wollen, was wir zu tun haben. Sie könnten aber wenigstens ab und zu einmal auf das hören, was einer denkt, der noch nicht ganz so erwachsen und – und erhaben ist wie sie! Hélène hat eine Heimat, die sie wiederfinden muß. Mein Vater sagt, er war ganz

gerührt, als sie ihm von ihrem Land erzählt hat. Aber er behauptet, er muß sich in acht nehmen, weil er so leicht sentimental wird.»
«Aber welche Heimat soll sie denn noch suchen?» fragte Gaspard erstaunt. «Man kann sich doch keine schönere vorstellen als den Park mit dem See und den Palmen und Birken. Und der Name Jenny steht doch auch auf einem Fensterladen geschrieben, das habe ich genau gesehen ...»
Théodule lauschte jetzt den Worten Gaspards mit äußerster Aufmerksamkeit. Den Namen Jenny verstand er:
«Diese Jenny gibt es, also dafür lege ich meine Hand ins Feuer; aber bei meinem Vater finden wir sie nicht. Irgendwo ist da noch ein Geheimnis, hinter das wir bis jetzt nicht gekommen sind.»
Théodule berichtete weiter, daß Emmanuel Residore mit dem ganzen Geschick des Filmproduzenten die Pläne Monsieur Drapeurs auszuführen im Begriffe war, wobei er außerdem hoffte, aus Hélène seinen Nutzen zu ziehen, indem er einige Filme mit ihr drehte. Hélène hatte sogleich voller Begeisterung zugestimmt. Das neue Leben entriß sie dem strengen alltäglichen Einerlei im Hause Monsieur Drapeurs. Sie ging zum Film und glaubte, dadurch gleichzeitig auch Mama Jenny am schnellsten wiederzufinden. Sie hatte aber in Wirklichkeit weniger Bewegungsfreiheit denn je. Den ganzen Tag hindurch saß sie über Textbüchern, trieb sie Gymnastik, steuerte sie Rennwagen, und obendrein hatte Monsieur Residore noch die Absicht, sie auf akrobatische Rollen zu spezialisieren. Warum, wußte er selbst nicht.
Jeden Tag wurde sie in die Filmateliers gefahren. Zwanzig Kilometer weiter südlich hatte nämlich eine Produktionsgesellschaft eine kleine Atelierstadt errichten lassen, wo den Regisseuren geräumige Studios zur Verfügung standen und der ganze Hintergrund einer äußerst vielgestaltigen Landschaft. Théodule kannte diese Stadt sehr gut, sie lag ganz in der Nähe von Chemy. Es war gewiß lobenswert, daß Monsieur Residore und seine Leute für ihre Filme so gute Voraussetzungen schafften. Jedenfalls kam es, wie es kommen mußte: Diese Märchenstadt hatte es Hélène auf den ersten Blick angetan. Sie wohnte den Aufnahmen bei, und man hatte ihr versprochen, sie in

einem Film mitwirken zu lassen, sobald sie mit den Grundbegriffen der Bühnenkunst vertraut war, die ein alter Schauspieler unter höchstpersönlicher Oberaufsicht von Monsieur Residore ihr beibringen wollte.

Hélène wurde von morgens bis abends streng überwacht, ohne daß sie es merkte. Sie mußte in dieser neuen Umgebung nach und nach jegliche Verbindung mit der Außenwelt verlieren. Ohne Monsieur Residores Erlaubnis konnte niemand mit ihr sprechen. Ja, und dann war heute nachmittag Parpoil in ganz erbarmenswürdigem Zustand aufs Schloß zurückgekommen. Er hatte erzählt, er sei im Wald auf den jungen Fontarelle gestoßen. Dieser habe aber einen großen, starken Mann auf einem Schecken zum Spießgesellen, der gegen ihn, Parpoil, tätlich geworden sei, und es stehe ganz außer Zweifel – er rief alle Heiligen als Zeugen an –, daß Gaspard für einen Banditen Spitzeldienste leiste, der einen Anschlag auf das Schloß plane.

«Ja, das sind so die neuesten Nachrichten», sagte Théodule. «Ich selbst darf das Schloß nicht mehr betreten, und mein Vater mit seinem Hang zum Maßlosen hat heute abend die Elektriker aus der Atelierstadt kommen lassen, damit sie an allen Ecken und Enden seines Palastes Alarmglocken anbringen.»

Von selbst würde Hélène nie die Lügen durchschauen, mit denen man sie umgab.

«Wenn sie wüßte ...!» seufzte Gaspard.

«Ich habe Hélènes Augen gesehen, als sie sich das erstemal hier herumgetrieben hat», sagte Théodule, «und ich kann eigentlich nicht glauben, daß sie eines schönen Tages ihre Familie verleugnet und alles, was ihr teuer ist, nur um Schauspielerin zu werden.»

Théodule rief den alten Marval und die Magd herbei. Er forderte sie auf zu dolmetschen und bat Gaspard, ihm alles zu erzählen, was er von Hélène wußte. Das gab eine lange Sitzung. Mit Hilfe heftiger Gebärden bemühten sich die beiden alten Leutchen, Gaspards Erlebnisse nachzuerzählen: die Geschichte Hélènes, die Entdeckung des Bilderbuchs, das den Beweis lieferte für das große Land, die Reise nach den Bermudas, der Unfall und das Krankenlager Hélènes, Niklaas' Fahrt mit Ludovic, Jérôme und Gaspard durch die belgischen

Lande und schließlich der endgültige Abschied von Hélène und die Erkrankung des Pferdes.
«Wir müssen Niklaas und seine Jungen suchen», sagte Théodule, «und das Pferd hier gesundpflegen.»
Théodule freute sich sehr darauf, Ludovic und Jérôme wiederzusehen, mit denen er einst so manche schöne Fahrt auf der Schelde unternommen hatte, bis er dann schließlich mit ihnen ein Opfer jener schrecklichen Explosion wurde, die ihm das Gehör raubte, während Jérôme fortan unter chronischer Angst litt und Ludovic an unbezähmbarem Zorn.
«Ich freue mich wirklich sehr, sie wiederzusehen!» rief er aus.
Aber da ist noch der Schecke …», warf Gaspard ein.
«Ja, richtig, das ist tatsächlich unglaublich», sagte Théodule, «diese Geschichte mit dem Schecken, der dich zuerst davongetragen, dann einen Porzellanladen zertrümmert und heute auch noch diesen Parpoil zum Teufel gejagt hat! Vielleicht ist es ein bösartiges Pferd …»
Sie scheuten sich jedoch einer wie der andere, von dem Pferd zu sprechen, wie das immer ist, wenn man an das Unerklärliche rührt.
«Aber wie verständigen wir nur Hélène?» fuhr Théodule fort.
«Ist sie nicht trotz allem glücklich?» fragte Gaspard. «Wozu sollen wir uns noch einmal einmischen? Ich glaube, es ist das beste, ich gehe nach Lominval zurück. Es ist sowieso alles aus. Ich werde sie nie mehr …»
Diesmal verstand Théodule nichts, trotz der erklärenden Gebärden Marvals und der Magd. Doch er las die schmerzliche Trauer auf Gaspards Gesicht.
«Wer weiß, was noch alles passiert», sagte er. «Zuerst wollen wir jetzt Niklaas suchen.»
Gaspard schlief wieder in dem Zimmer, das ihn schon einmal beherbergt hatte. Am nächsten Morgen bat Théodule den alten Marval, den Lieferwagen aus dem Schuppen zu holen. Ehe Gaspard einstieg, blickte er über die große Wiese, auf der viele Zelte standen. Es war noch mitten im Sommer, und von Jahr zu Jahr suchten mehr Ausflügler diesen Platz auf, den Théodule ihnen zur Verfügung stellte.
«Vielleicht kennt einer von ihnen das große Land», meinte Gaspard.

Auch Théodule sah zu den Zelten hinüber. «Man darf die Hoffnung nie aufgeben», sagte er.
Sie nahmen neben Marval Platz, der sich ans Steuer setzte, und fuhren ins Tal hinab und dann über Agimont in Richtung Treinte. Ein gutes Stück Wegs vor dem Dorf kam ihnen schon Niklaas' Wagen entgegen. Jérôme und Ludovic trotteten nebenher, Niklaas hielt locker die Zügel in der Hand. Théodule stürzte auf Jérôme und Ludovic zu.
«Warum haben wir bloß nicht früher an dich gedacht!» riefen die Brüder. «Gaspard hatte uns doch gesagt, daß du nicht im Schloß wohnst.»
«Wenn ich gewußt hätte, daß ihr so nahe seid!» schrie Théodule, der natürlich nichts verstanden hatte.
«Da bist du ja wieder», sagte Niklaas zu Gaspard. «Wie geht denn das zu? Du bist also nicht nach Lominval zurückgekehrt?»
«Wir haben etwas Neues erfahren.»
«Neues?» rief Niklaas aus. «Mon fils, jedenfalls dürfen wir nicht noch mehr Verwirrung in die Dinge bringen. Wie du siehst, hat sich auch bei uns etwas verändert. Das Pferd kann wieder gehen, und ich glaube, die Deichsel bekommt ihm ganz gut. Freilich – wer weiß, wie lange noch ...»
Sie erzählten von der Hinterlist Monsieur Residores, worauf Niklaas nur mit den Schultern zuckte und sagte: «Mes enfants, das ändert an der Sache sicher gar nichts. Wenn ihr Hélène verständigen wollt, so ist dagegen nichts einzuwenden; aber es wird euch nicht gelingen. Hütet euch, sie weiterhin von dem Ort fortlocken zu wollen, an dem sich ihr Leben offenbar erfüllen soll.» – Théodule sagte, zu Niklaas gewandt, er sei vor allem gekommen, um ihn für eine Weile auf seinen kleinen Bauernhof einzuladen; wenigstens solle er so lange bleiben, bis das Pferd wieder ganz gesund sei. Mit seinen Papieren konnte Niklaas ja ohne weiteres die Grenze überschreiten, und der Name Residore war den Beamten zudem ein Begriff, so daß sie keine langen Formalitäten zu befürchten brauchten.
Da Niklaas dem Pferd eine Ruhepause gönnen mußte, machten sie vor einem Dorfe halt. Gaspard und Théodule blieben bei Niklaas

und seinen Jungen. Sie hatten sich den Nachmittag und fast die ganze Nacht zu erzählen und schliefen anschließend alle in Niklaas' Wagen. Der alte Marval fuhr mit dem Lieferauto zum Bauernhof zurück. Am anderen Tag überschritten sie die Grenze. Théodules Anhänglichkeit und Hilfsbereitschaft berührte Niklaas sehr, und während der folgenden Tage hörte er sich geduldig die tausenderlei Pläne an, die die Jungen schmiedeten.

Es war kurz nach dem 25. August. Das Pferd erhielt die beste Pflege, sogar der Tierarzt wurde geholt. Im übrigen halfen sie alle Théodule bei der Arbeit auf seinem kleinen Bauernhof. Die Ernte war schon lange eingebracht und die Zeit des Grummets gekommen. Abends unterhielten sie sich draußen vor der Tür unter dem friedlichen Sternenhimmel, und so kamen sie denn auch schließlich überein, wie sie es anstellen wollten, Hélène zu verständigen.

Die Filmstadt war auf einem Hügel vor den Toren des Ortes Chemy gelegen und bestand aus einer Ansammlung provisorisch errichteter Gebäude. Da man auf dem Schloß Emmanuel Residores nicht an Hélène herankommen konnte, hieß es, alle ihre Schritte zu überwachen und zu versuchen, in die Studios hineinzugelangen, wenn sie dort eintrat, um sich mit den Geheimnissen des Filmens vertraut zu machen. Damit niemand mißtrauisch würde, sollten zuerst Jérôme und Ludovic auf Kundschaft gehen, denn beide kannte Emmanuel Residore ja noch nicht, und zwar sollten sie eine Botschaft mitnehmen und versuchen, sie entweder persönlich zu überbringen oder weiterzuleiten.

Niklaas trug immer noch eine bekümmerte Miene zur Schau:

«Ich hätte Gaspard nicht ermutigen dürfen, als er Hélènes Land suchen wollte», sagte er. «Aber da die Dinge nun einmal so liegen, macht meinetwegen noch diesen einen Versuch. Ich glaube allerdings nicht, daß ihr viel Glück habt.»

Die Jungen fuhren also zunächst mit dem Lieferwagen nach Chemy. In einer Gasse ließen sie das Fahrzeug stehen. Die Filmstadt begann ohne große Ankündigung gleich hinter dem Ortsausgang. Eine breite betonierte Straße führte zu ihr hin. Die Jungen mieden aber diese Straße, schlugen einen Bogen und schlichen an der äußeren Einfriedung entlang, die aus den fensterlosen Rückwänden langer Schuppen und aus Häuschen mit Dachluken bestand. Eine oben mit Glasscherben bespickte Mauer versperrte die Zwischenräume von einem Gebäude zum anderen. Hier und da ragten Gerüste und große Kulissen in die Höhe. Auf der einen Seite fiel ein in die Wiesen eingeschnittener Steilhang ab, der zum Wald hinführte. Als die Jungen an diesen Teil der Umfassung gelangten, hörten sie das Gebrüll eines Löwen. Anscheinend hatte sich Emmanuel Residore für einen exotischen Film eine kleine Menagerie zugelegt, und höchst wahrscheinlich verfügte er auch über einen ganzen Urwald mit künstlichen, aus Pappe nachgebildeten oder gar mit echten Palmen in einem Gewächshaus.

«Über diese Mauern kommen wir nicht hinüber», sagte Théodule. «Einer von uns muß versuchen, sich durch den Haupteingang hineinzuschmuggeln.»

Es konnte natürlich nicht ausbleiben, daß Jérôme wieder seine Befürchtungen äußerte und Ludovic ihn wie gewöhnlich anfuhr. Ehe sie jedoch etwas unternahmen, wollten sie dieses Haupttor aus der Ferne beobachten, um herauszufinden, auf welche Art man sich am besten Zugang verschaffen konnte. Drei Nachmittage lang hielten sie so unverwandt Ausschau. Jérôme und Gaspard stellten sich auf der einen Seite auf die Lauer, Théodule und Ludovic ein wenig abseits auf der anderen, und alle vier standen sie hinter Ziersträuchern verborgen, die man ringsherum angepflanzt hatte. Das Ergebnis ihrer Beobachtungen war nicht sehr befriedigend.

Links stand ein kleines Hotel, dessen Fenster auf eine Terrasse hinausgingen. Dieses Hotel beherbergte jeweils die Schauspieler und Mitarbeiter, die an den Aufnahmen beteiligt waren. Zur Rechten lag ein Bürogebäude. Sie sahen Lieferwagen vorfahren und Autos, denen die verschiedensten Leute entstiegen. Niemand gelangte hinein, der nicht von einem Pförtner in blauer, mit goldenen Knöpfen verzierter Uniform überprüft wurde. Ludovic, der sich ein Stück weiter vorgewagt hatte, erblickte einen Empfangsraum und einen riesigen Schalter, hinter dem ein Angestellter saß, dessen Argusaugen nichts entging. Kurz, es waren heilige Hallen, aus denen man alle Neugierigen

verbannte. Jeden Tag gegen drei Uhr kam wie ein Windstoß ein großes, grünes Auto angerast, das vor dem Tor heftig bremste, und dann sprang Hélène heraus, gefolgt von Bidivert. Sie hatte jetzt einen Gang, dessen einstudierte Eleganz jedes Publikum in Erstaunen setzen mußte. Ihr Gesicht und ihre manchmal verlegenen Gesten verrieten jedoch eine leise Unruhe. Ihre Augen blickten abwesend.
Endlich schritten sie zur Tat. Zunächst wurde Jérôme vorgeschickt. Er sollte einfach sagen, er wolle Monsieur Bidivert sprechen, und, wenn er Einlaß gefunden hatte, versuchen, sich in dem Gewirr der Gebäude davonzumachen und auf gut Glück Hélène aufzuspüren und ihr einen Brief zu übergeben, der in kurzen Worten von der neuen Lage berichtete. Sie hatten gehofft, Jérômes ängstliche Miene werde keinen Verdacht erregen. Das Unterfangen scheiterte jedoch wider Erwarten schnell: Der Pförtner schickte Jérôme zu dem Schalterbeamten, und dieser überschüttete ihn mit Fragen, ließ ihn ein Formular ausfüllen und sprach in so barschem Ton, daß der Junge vor Schreck wieder davonstürzte.
«Ihr könnt euch gar nicht vorstellen, wie streng das alles organisiert ist», sagte Jérôme. «Da kommen wir nie durch!»
Ludovic erbot sich, seinem Bruder zu beweisen, daß diese Ansicht unbegründet sei, und am nächsten Morgen trat er mit der ganzen Unverfrorenheit, deren er fähig war, auf den Pförtner zu. Er gelangte auch hinein, und schon glaubten die anderen, er habe sein Ziel erreicht, denn es verging eine Stunde, und er kam immer noch nicht zurück. Schließlich erschien er aber wieder, und zwar in Begleitung von Bidivert höchstpersönlich, der ihn derart am Kragen gepackt hielt, daß an der besonderen Herzlichkeit des Empfangs, den er ihm hatte zuteil werden lassen, nicht zu zweifeln war. Zu guter Letzt bekam Ludovic noch einen kräftigen Schubs, und dann stand er wieder draußen.
«Das sind einfach unmögliche Leute!» schimpfte er. «Ich habe mit Engelszungen alles mögliche herunterdeklamiert: daß Bidivert unser Freund sei und daß er meinem Bruder das Leben gerettet habe, undsoweiter undsoweiter. Darauf haben sie mich in ein Wartezimmer geschickt, und dort bin ich eine Stunde lang wie in einem Käfig

auf und ab gegangen, ohne eine Hintertür zu finden. Na, und wie es dann ausgegangen ist, das habt ihr ja selbst gesehen.»
Kurz, das Leben dieser Filmstadt wurde von einem unerbittlichen Mechanismus gelenkt und überwacht. Als Niklaas von dem Scheitern aller ihrer Versuche erfuhr, sagte er, das erscheine ihm nur ganz natürlich:
«Wir sind nicht befugt, uns um Hélène Sorgen zu machen. Gaspard kehrt nach Lominval zurück, ich ziehe wieder durch das Land, und Théodule arbeitet weiter auf seinem Hof. Später werdet ihr Hélène auf der Leinwand sehen, wenn ihr zufällig in ein Kino geht. Sie ist dann eine Schauspielerin unter vielen, wie wir bescheidene Arbeiter unter vielen sind. Warum sollen wir ihr die Hoffnung rauben? Was können wir ihr denn dagegengeben? Sie wird schon bald selbst wissen, was sie zu tun hat.»
Diese weisen Worte vermochten die Jungen jedoch nicht zu überzeugen. Sie hatten sich nach Einbruch der Nacht wieder vor der Tür unter dem Sternenhimmel versammelt. Im stillen Frieden der Wälder in der Runde kam ihnen Théodules Bauernhof ganz verloren vor, und jedes Wort verklang wie ein sehnsuchtsvolles Lied.
«Wir haben manches Schöne erlebt», fuhr Niklaas fort. «Du, Gaspard, bist sogar zu den Bermudas gereist, und wir sind zusammen mit dir über die Landstraßen Belgiens gezogen. Du hast vieles gesehen und gelernt, worüber du nachdenken kannst, wenn wir alle wieder unserem gewohnten Tagwerk nachgehen.»
«Mehr verlange ich ja gar nicht», sagte Gaspard. «Hélène und ich, wir haben ja doch nichts gemein. Aber mir ist, als könne das alles nicht einfach so zu Ende gehen.»
«Was willst du denn noch?» fragte Niklaas.
«Wenn wir nicht so unwissend wären», sagte Gaspard, «wenn wir besser wären und weniger Fehler hätten, wüßten wir, was zu tun ist, und dann würden wir auch herausfinden, was wir wollen.»
Am Himmel über den Bäumen sah man eine Sternschnuppe dahingleiten.
«Wenn eine Sternschnuppe fällt, soll man sich etwas wünschen, heißt es», flüsterte Niklaas. «Wünschen wir uns, daß wir zunächst unsere

Fehler ablegen, und dann wird das Leben schon viel schöner aussehen. Am Ende versteht ihr dann auch besser, was ihr tun müßt, und eines Tages begegnen wir vielleicht Hélène und sprechen mit ihr, und alles hat wieder seine Ordnung.»
Niklaas' Ratschläge richteten aber nichts aus. Die Jungen ließen nicht locker; sie wollten alles daransetzen, Hélène zu sehen. Zuerst ihre Fehler ablegen? Was hätten sie denn davon?
«Eh bien», sagte Niklaas, «wir könnten dann immerhin noch einige Zeit zusammenbleiben. Es wäre eine Beschäftigung wie jede andere und genauso angenehm wie Angeln auch. Wenn Théodule nichts dagegen hat, verbringen wir bei ihm noch einige schöne Tage auf der Suche nach der Weisheit.»
«Eine Woche? Zwei Wochen?» wollte Gaspard wissen.
Ohne Zweifel war Niklaas der Ansicht, die Tugend bestehe zunächst darin, sich Zeit zu nehmen, und so redeten sie hin und her. Jérôme verkündete, sein größter Wunsch sei, keine Angst mehr zu haben, und Ludovics höchster Traum war es, in jeder Lebenslage ruhig Blut zu bewahren. Aber einer wie der andere wußte, daß das noch schwieriger war, als das große Land zu entdecken. Théodule, der sicher wie stets nur ein Viertel von all dem verstand, rief plötzlich aus, ihn könne nichts auf der Welt von der Taubheit heilen, die ihn befallen habe. Gaspard saß nur da und schwieg ganz still. Wie sollte er für sein Teil der Schicksalhaftigkeit der Katastrophen entrinnen? Gewiß konnte sich kein Mensch auf Erden ihren Launen entziehen.
In jenen letzten schönen Tagen weidete das Pferd, das sich allmählich von seiner Krankheit erholte, draußen auf der Wiese, während sie gemeinsam Feldarbeiten verrichteten oder lange Stunden hindurch von diesem und jenem sprachen. Vom Zeltplatz kam selten jemand herüber auf den Hof, es sei denn, es bat einer um etwas Wasser, Milch oder Lebensmittel. Von Zeit zu Zeit besuchten sie die Urlauber und sprachen mit ihnen, und eines Abends gaben ihnen Niklaas, Ludovic und Jérôme ein kleines Konzert. Es war immer noch Hochsommer und mitten in der Ferienzeit, und auf Feld und Wald lag der Schein der Freude. Nur Hélène fehlte, und es war ganz heilsam, daß sie sich

dessen bewußt wurden und etwas im Gedanken an sie taten. Mehr als alle Worte Niklaas' war es dieses Gefühl, das Jérôme dazu bewegte, den Kampf mit seinem lästigen Übel aufzunehmen. Jeder sagte: Wenn wir anders wären, würde sich alles wandeln, und dann würden wir auch das große Land entdecken. Das waren aber nur leere Redensarten. Jérôme hingegen beschloß, ganz allein bei Nacht in den Wald zu gehen. Die Haare standen ihm zwar zu Berge, aber er schritt mitten durch das geheimnisvolle Dunkel und die leisen Geräusche der Finsternis. Man sah ihn mit geweiteten Augen zurückkommen, und er zitterte, als sei er einem Eiskeller entstiegen. Ludovic übte sich daraufhin mit Hilfe Gaspards in der Zügelung seiner ungestümen Wutausbrüche. Gaspard mußte ihn reizen und ihm unangenehme Dinge sagen, auf die Ludovic höflich zu antworten sich bemühte. Er kochte innerlich kaum weniger als zuvor, aber er sprach in sanftem Ton. Allerdings endete diese Unterhaltung unweigerlich immer mit einer Balgerei, da Ludovic es einfach nicht ertragen konnte, daß Gaspard ihm jedesmal vorhielt, seine Ohren röteten sich mehr, als angebracht sei.

Théodule gar ertappten sie dabei, wie er versuchte, den Stimmen der Vögel zu lauschen.

«Wenn ich genau achtgäbe», sagte er, «könnte ich das Lied der Amsel vernehmen. Aber ich habe ja auch nicht mehr Verstand im Kopf als mein Vater!» Schließlich behauptete er, ganz oben in den Lüften den Schrei eines Bussards gehört zu haben.

«Den Schrei eines Bussards ...», sagte Niklaas, «was mag der wohl bedeuten?»

Gaspard überlief es kalt, als er diese Worte hörte. Er war für sein Teil ganz fest entschlossen, lieber zu sterben als noch einmal Zwischenfälle hervorzurufen.

«Gute Vorsätze», stellte Niklaas fest, «und lobenswertes Bemühen. Aber ist uns gegeben, auf mehr zu harren, als auf das Licht des Himmels?»

Endlich brach der letzte Tag an, den sie gemeinsam verbringen wollten (sie hatten sich wohl oder übel eine Frist setzen müssen). Es war ein Septembersonntag. Théodule hatte noch einmal vergeblich ver-

sucht, mit seinem Vater zu sprechen. Monsieur Residore gab vor, ganz mit der Idee eines neuen Films beschäftigt zu sein, und in diesem Fall durfte er von niemandem auf der Welt gestört werden.
Nachdem sie an jenem Sonntag mit dem Lieferwagen nach Vireux zur Messe gefahren waren, wollten sie den letzten Tag festlich mit einem Picknick begehen. Der Lieferwagen wurde mit Proviant beladen, und Niklaas fuhr ihn den Hängen des Maastals entgegen auf einen Waldweg. Am Eingang einer Lichtung, von wo aus man tief unten im Tal den Fluß sehen konnte, machten sie halt und breiteten im Schatten großer Eichen ihre Vorräte aus.
«Ein schönes Tal», sagte Niklaas, indem er eine Flasche entkorkte, «eines der schönsten Täler auf der ganzen Welt.»
Den Hang hinab wogten die Wipfel der Bäume im Wind, über dem blauen Wasser, das zwischen dem Blätterwerk einer großen, lieblichen Talschlucht dahineilte. Man hörte in der Ferne das Tuten eines Schleppkahns, das aus den Tiefen des Waldes widerhallte.
«Ich kenne die Gegend sehr gut», fuhr Niklaas fort. «Ich habe sie vor langen Jahren einmal durchwandert. Man kommt aus dem Wald heraus und sieht hier Fabriken und dort weltabgeschiedene Städtchen. In diesem Tal arbeiten die Leute viel. Wir haben das Glück gehabt, mit unserem Wagen umherziehen zu können, drum ist es nun billig, daß wir ebenfalls wieder an unser Tagwerk gehen wie alle hier im Tal und wie auch Hélène.»
Mit jeder Minute, die verrann, wurde ihnen deutlicher bewußt, daß nun der Alltag wieder begann. Doch die Jungen dachten weder an Arbeit noch an Niklaas' mahnende Worte. In der Luft und im Wald ringsum war etwas Machtvolles, das ihnen neue Zuversicht gab. Niemals würden sie das vergessen.
Wenn man in dieses schöne Tal blickt, kann man schon auf den Gedanken kommen, die ganze Erde sei das große Land, aber das befriedigt uns nicht restlos. Man sagt sich doch dann, wir müßten die Erde noch viel schöner machen, indem wir zum Glück der Menschen beitragen und uns unablässig um das Gute bemühen. Es will scheinen, als bleibe das Leben stets unvollkommen, und doch möchte man es immer wieder noch ein letztes Mal versuchen …

Keiner traute sich, mit Worten an Hélènes großes Land zu rühren; sogar Niklaas vermochte nicht auszudrücken, was er wirklich dachte. So tranken sie, als das Mahl zu Ende ging, mit großem Ernst auf Hélènes Wohlergehen und auf die Erinnerung an das unbekannte, wohl immerferne Land.
Niemand weiß, warum sich in diesem Augenblick aller Gesichter Gaspard zuwandten. Ganz sicher erwarteten sie etwas von ihm, von ihm, der nichts vermochte und zu nichts etwas konnte. Schließlich meinte Niklaas im Scherz:
«Und du, Gaspard – wenn du nicht nach Lominval zurückkehren willst, mußt du jetzt schon eine noch nicht dagewesene Katastrophe heraufbeschwören.»
«Nein, lieber nicht!» rief Gaspard schreckerfüllt.
Aus Scherz wird bisweilen Ernst, und es geschieht immer wieder etwas, woran man nicht im entferntesten gedacht hat. In demselben Augenblick nämlich, als Niklaas zum Spaß diese Bemerkung machte, hörte man im Unterholz ein leises Rascheln. Sie wandten sich um, und da erblickten sie alle im grünen Laub den schönen Kopf des Schecken. Sie erschauerten einer wie der andere, und Gaspard sagte, wie um das Schicksal zu bannen:
«Er ist mein Freund!»
Das Pferd rührte sich nicht von der Stelle und schien darauf zu warten, daß man ihm das Halfter umlegte.
«Ich möchte ihn nur noch ein letztes Mal streicheln», sagte Gaspard. Er erhob sich und ging auf das Dickicht zu, aber das Pferd machte kehrt und verschwand. Da sprangen sie alle auf und schwärmten, ohne daß es verabredet worden wäre, in den Wald aus, um das Pferd zu umzingeln. Das Unterholz bestand hier hauptsächlich aus nicht allzu dicht beieinanderstehenden Hagebuchen und Haselnußstauden, die sich nur stellenweise zu einem dunklen Dickicht zusammenfanden. Das Pferd hatte sich nicht weit entfernt; sie sahen es bald durch die Zweige hindurch. Als sich jedoch der Kreis enger schloß, eilte es abermals davon. Sie verfolgten es weiter und standen endlich um eine buschverwachsene Mulde herum einander gegenüber.

«Hier kann es nicht sein», rief Niklaas, «ich meine, ich hätte es ein Stück weiter weg fortgaloppieren hören!»
«Durchsuchen wir trotzdem erst das Gebüsch», sagte Ludovic. «Da drin bewegt sich etwas.»
Gaspard trat als erster näher. Er hob eine Waldrebenschlinge zur Seite und einige Zweige, um sich einen Weg zu bahnen. Doch da fuhr er plötzlich so schnell zurück, daß er der Länge nach hinfiel: Ein riesiger Bär kam aus dem Dickicht hervor.

Das große Land wird endlich gefunden

Niklaas stand währenddessen nichtsahnend noch auf der anderen Seite des Gebüsches. Als Jérôme und Ludovic den Bären erblickten, blieben sie wie angewurzelt stehen. Sie waren einer wie der andere zwanzig Schritt von Gaspard entfernt und dachten nicht einmal daran, sich in Sicherheit zu bringen.

Der Bär war, nach links und rechts äugend, weitergetappt. Das prächtige Fell lockte sich auf seinem schweren Leib, der sich mit behutsamer, hinterhältiger Trägheit vorwärts bewegte. Seine Augen funkelten. Auch Gaspard, der hingestreckt auf dem Rücken lag, wagte sich nicht zu rühren. Als die große Schnauze des Bären über ihm war, rollte er sich zusammen. Da wandte das Tier den Kopf: Jérôme kam ganz langsam auf ihn zu.

Es ist gut, wenn man gegen seine Fehler ankämpft, aber ohne eine Gnade des Himmels ist alles Mühen umsonst. Vielleicht hatte Jérôme so sehr Angst, daß er gar nicht mehr wußte, was er tat. Wenn man plötzlich einer ganz schrecklichen Gefahr gegenübersteht, scheint sich die gesamte Natur zu verändern. Der blaue Himmel hinter den Zweigen und die atemlose Stille wurden auf einmal unwirklich. Jérôme blieb nicht weit von dem Bären stehen. Er verharrte unbeweglich, einem verzweifelten Zögern ausgeliefert. Gaspard war aufgestanden, und da kam auch Ludovic näher. Gaspard wich ein wenig zurück und drückte sich, von Entsetzen gepackt, an einen Baum. Der Bär stellte sich auf die Hinterbeine.

Dies geschah alles in wenigen Augenblicken. Man hörte Niklaas sich durch das Gebüsch hindurchkämpfen. Der Bär tappte schwerfällig auf Gaspard zu. Jérôme und Ludovic standen jetzt hinter dem Tier.

Der Bär überragte Gaspard um mehr als Armeslänge. Er schlug seine Vordertatzen über dem Kopf des Jungen in den Stamm, daß die Krallen tief in die Rinde eindrangen.

Das Benehmen des Bären war höchst seltsam. Er schien von einer grausamen Neugierde beseelt und seine Wildheit hinter Tücke und Mißtrauen zu verbergen, obwohl er bei weitem der stärkere Teil war. Jérôme war noch näher herangekommen. Man mußte annehmen, daß er plötzlich den Verstand verloren hatte. Wenn er den Arm ausstreckte, konnte er den Bären berühren, und er tat es auch wirklich und griff in das dichte Fell.
Der Bär ließ sich wieder auf die Vorderfüße fallen, als gehorche er der Hand Jérômes, und da geschah das, was an dieser Geschichte so seltsam und bemerkenswert ist: Jérômes Gesicht war ein einziges Lächeln! Ludovic gar begann, irgendeiner wunderbaren Eingebung folgend, in sanftem Ton zu sprechen. Er stellte zunächst lediglich fest: «Vielleicht ist der Bär zahm.»
Gaspard riß die Augen auf so groß wie Untertassen. Er wußte, daß eine Katastrophe in Gang gekommen war, und daß er auf jeden Fall darunter zu leiden hatte. Doch der Bär spitzte zu Ludovics Worten die Ohren. Jérômes Hand ruhte noch immer auf seinem Fell.
«Er trägt ein Halsband», sagte Ludovic.
Es ist einfach nicht anders denkbar: Ludovics Worte müssen in diesem Augenblick so schön und sanft geklungen haben wie ein süßes Lied, denn der Bär setzte sich nieder und hörte mit verwunderlicher Aufmerksamkeit zu.
«Laß uns in Frieden», sagte Ludovic. «Wir tun auch niemandem etwas zuleide.»
Dies war der Augenblick, in dem Théodule hinzukam. Er hatte sich ein wenig weiter als die anderen entfernt, während sie das Pferd verfolgten, und war erst nach einem Umweg an das Gebüsch gestoßen. Er hatte der ganzen Szene beigewohnt und war lautlos nähergeschlichen. Die Art, wie er nun in das Geschehen eingriff, war womöglich noch überraschender als das ungewöhnliche Benehmen Ludovics und obendrein völlig unnütz. Er sagte nämlich nur:
«Ich höre jetzt die Vögel singen.» Zweifellos hatte auch ihn ein heilsamer Schreck überfallen und ihm das Gehör wiedergegeben. Zugleich hingerissen und ratlos angesichts der gefährlichen Situation, fügte er noch hinzu: «Ich danke allen Heiligen im Himmel!»

Einige Sekunden vergingen, indes Théodule aufmerksam einem Amsellied zu lauschen schien, das auch die anderen Jungen hörten, obwohl sie doch alle Ursache hatten, nur auf den Bären zu achten.
Théodule fand als erster wieder in die Wirklichkeit zurück. Er gab den Freunden durch Zeichen zu verstehen, sie sollten sich so vorsichtig wie möglich entfernen, um nicht den Zorn des Tieres zu wecken, das für den Augenblick alles um sich her vergessen zu haben schien. Jérôme und Ludovic standen schon ein Stück abseits, und Gaspard brachte sich zunächst einmal hinter seinem Baum in Sicherheit.
«Der Lieferwagen!» flüsterte Théodule.
Gaspard, Jérôme und Ludovic erblickten den Wagen hinter den Bäumen. Sie hatten im Wald einen Bogen geschlagen und waren wieder ganz in die Nähe ihres Ausgangspunktes, der Lichtung, zurückgekommen. Wenn es ihnen gelang, schnell den Wagen zu erreichen, konnten sie sich darin einschließen. Das war jedenfalls die vernünftigste Lösung. Gaspard tat ganz vorsichtig ein paar Schritte. Jérôme und Ludovic wichen ebenfalls zurück. Der Bär saß immer noch schwerfällig da und wiegte den Kopf von links nach rechts, als schwanke er zwischen zwei Entschlüssen. Die Jungen blieben stehen und wagten kaum zu atmen; dann taten sie wieder einige Schritte und hielten abermals an. Théodule gab mit der Hand das Zeichen zum Weitergehen und Stehenbleiben.
«Auf, los!» rief er schließlich.
Alle stürzten sie blitzschnell auf den Lieferwagen zu. Als sie ihn schon fast erreicht hatten, merkten sie, daß der Bär sich ihnen an die Fersen heftete. Das Tier hatte zum Sprung angesetzt, und jeder fühlte im Geist bereits sein schweres Gewicht auf den Schultern. Doch der Bär zeigte keinerlei Angriffslust. Er fuhr wie der Wind zwischen Jérôme und Gaspard hindurch, die er mit seinem Fell streifte, und blieb hinter dem Lieferwagen stehen.
Den Jungen, die schon die offenen Türen des Laderaums vor sich sahen, war nun jede Hoffnung genommen. Sie hielten mitten im Lauf inne. Der Bär hatte sich zu ihnen herumgedreht und schien sich über sie lustig zu machen. In diesem Augenblick trat Niklaas aus dem Gebüsch heraus.

Als er sah, daß die Jungen nicht mehr da waren, ging er zurück zum Picknickplatz. Er rief:
«Da ist so wenig ein Pferd wie ...»
Das Wort blieb ihm im Halse stecken, als er den Bären erblickte, der sich erneut niedergesetzt hatte und die völlig verwirrten Jungen anstarrte.
«Eh bien!» rief Niklaas aus.
Warum er das rief, wußte er selbst nicht. Niklaas' Stimme war dunkel und klangvoll. Als der Bär den Ausruf hörte, richtete er sich plötzlich auf, machte kehrt und sprang in den offenen Wagen hinein. Sogleich eilte Théodule herzu, um die Türen zu schließen. Ludovic, Gaspard und Jérôme halfen ihm, die Eisenstange vorzuschieben und den Stift hindurchzustecken. Diese gewöhnlich so einfachen Handgriffe erwiesen sich als ziemlich schwierig, denn die Jungen bebten an allen Gliedern.
Dann ließen sie sich ins Gras fallen und holten tief Luft. Sie sahen mit unermeßlicher Freude vor sich wieder das tiefe Tal und die Wasser der Maas und wurden nicht einmal gewahr, daß Niklaas sie ungeduldig nach dem Hergang dieses neuerlichen Abenteuers fragte.
Sogar als sie sich wieder beruhigt hatten, vermochten sie nur mit großer Mühe Auskunft zu geben. Ludovic glaubte, am Hals des Bären ein dünnes Metallband bemerkt zu haben, aber im allgemeinen tragen Bären keine Halsbänder, und so wollte er sich nicht auf diese Behauptung versteifen. Es stand jedoch außer Zweifel, daß das Tier aus einer Menagerie ausgebrochen war, wie das dann und wann schon einmal geschieht. Théodule war am freigebigsten mit Erklärungen. Er hatte bei dem Abenteuer sein Gehör wiedererlangt und gefiel sich darin, den Schwingungen seiner eigenen Stimme zu lauschen.
«Gott gebe es», sagte Niklaas lächelnd. «Jérôme ist von nun an ein mutiger Held und Ludovic der friedlichste Junge von ganz Belgien. Und Théodule, ja, der hört bald auf fünfzig Meilen das Meer rauschen.»
«Das ist alles ganz schön und gut», meinte Gaspard, «aber was machen wir mit dem Bären?»

Ja, was sollten sie mit dem Bären anfangen? Wie gingen sie am besten den Ungelegenheiten aus dem Wege, die der Besitz eines solchen Raubtiers mit sich bringen mußte?

«Niklaas», sagte Gaspard, «du hast gemeint, ich sollte noch eine dumme Geschichte machen. Eh bien! Jetzt seid ihr wohl alle zufrieden. Aber wenn ihr glaubt, daß die Geschichte damit auch zu Ende ist ...»

«Voyons», sagte Niklaas, «nur mit der Ruhe, es wird sich schon etwas finden.»

«Was soll mit dem Bären geschehen?» Gaspard wiederholte seine Frage. «Wollt ihr ihn aufs Polizeirevier bringen? Oder wollt ihr eine Anzeige in die Zeitung setzen? Bis ihr euch entschlossen habt, hat er hundertmal Zeit gehabt, den Lieferwagen aufzubrechen und dem ersten besten an den Hals zu springen.»

Die Lage war viel weniger rosig, als man gedacht hatte. Die Wände des Lieferwagens konnten in der Tat den Riesenkräften eines großen Bären nur schwerlich standhalten.

Gaspard meinte, man solle Hilfe herbeiholen. Zwei, drei Jäger mit Gewehren könnten mitkommen, und dann war es vollkommen ungefährlich, den Bären fortzuschaffen und hinter Gitter zu bringen.

Niklaas wandte dagegen ein, das Tier könne aber jeden Augenblick die Wände eindrücken und ihnen nachlaufen, und deshalb sei es besser, sie setzten sich in den Wagen und fuhren los. Wenn der Bär tatsächlich ausbrach, waren sie mit ihrem Achtzigkilometertempo im Vorteil. Diesen Rat wollten sie dann auch befolgen, und wenn alles gut ging, konnten sie den Bären auf dem Bauernhof in die Garage einsperren.

Niklaas, Jérôme und Théodule zwängten sich also auf die Sitzbank, Gaspard und Ludovic hielten sich an den Kotflügeln fest, und dann ratterten sie auf gut Glück los. Niklaas, der den Wagen steuerte, fuhr ganz vorsichtig. Die Fahrt verlief ohne jeden Zwischenfall. Gewiß fand der Bär, mit dem Leben hinter Gittern vertraut, an seinem Gefängnis, in das er sich beim Klang von Niklaas' Stimme selbst hineingestürzt hatte, nichts Außergewöhnliches. Zwei Stunden später langten sie auf dem Hof an. Der Wagen wurde in die Garage

gefahren, und als der eiserne Laden heruntergerasselt war, hatten sie alles Menschenmögliche getan und brauchten eigentlich nur noch in Freudenrufe auszubrechen, wovon sie jedoch Abstand nahmen.
«Nun, Gaspard», sagte Niklaas, «du siehst, es ist uns nichts geschehen, und wir können ganz beruhigt sein. Mein Scherz ist ohne Folgen geblieben, und morgen trennen wir uns wie ausgemacht. Der Bär wollte uns wohl nur zeigen, daß nicht jedes Mißgeschick gleich eine Katastrophe ist und daß wir mit den erlebten Abenteuern zufrieden sein und mit Freuden an unseren gewohnten Platz im Leben zurückkehren sollen.»
Es blieb nichts mehr zu besprechen. Niklaas würde am nächsten Morgen in aller Frühe mit seinen Jungen aufbrechen, und das Pferd sollte sie in kleinen Tagereisen nach Antwerpen bringen. Gaspard wollte mit dem Zug nach Revin fahren. Théodule hatte vor, ihn an den Bahnhof zu bringen und sich dann des Bären zu entledigen. Es war ihnen nämlich der Gedanke gekommen, das Raubtier könne zu der Menagerie der Filmstadt gehören; auf jeden Fall würde Théodules Vater etwas mit ihm anzufangen wissen, bis sein Besitzer gefunden war.
Nach dem Abendessen blieben sie noch zwei, drei Stunden auf und wurden des Erzählens nicht müde. Auch der alte Marval und die Magd nahmen am Gespräch teil. Nur Gaspard schwieg still.
Am nächsten Morgen verabschiedeten sich Niklaas und seine Söhne und zogen mit ihrem Fuhrwerk davon. Gaspard und Théodule gaben ihnen das Geleit bis zu der Straße, die ins Maastal hinabführt. Als die letzten Grüße gewechselt waren und der Wagen holpernd ihren Blikken entschwand, vernahmen sie noch eine Weile das Quietschen der Achsen, das sich jedoch bald in der Tiefe des Waldes verlor, und dann kehrten sie zum Bauernhof zurück.
«Dein Zug fährt ja erst am Nachmittag um zwei Uhr», sagte Théodule. «Wir haben noch viel Zeit.»
Gegen elf Uhr aßen sie ziemlich einsilbig ihr Mittagbrot. Théodule konnte es nicht lassen, mit verzückter Aufmerksamkeit den leisesten Geräuschen zu lauschen. Von Zeit zu Zeit klopfte er mit dem Messer an sein Glas um des Vergnügens willen, welches das helle Klingen seinem Ohr bereitete.

«Jetzt wirst du auch das Glockenspiel von den Münstertürmen hören können», meinte Gaspard.
Théodule war völlig verwandelt. Sein Gesicht trug nicht mehr die Züge eines mit frühzeitiger Verantwortung beschwerten Kindes.
«Ich höre von hier aus die Leute auf dem Zeltplatz singen», sagte er.
«Das ist nicht möglich«, erwiderte Gaspard.
«Ich höre sogar den Bären in der Garage brummen!»
Gaspard spitzte die Ohren. Wohl drangen in den Lüften verwehende Liederklänge herein, aber nicht das leiseste Brummen eines Bären.
«Ich werde jetzt telephonieren», sagte Théodule.
«Du hast ein Telephon?» rief Gaspard erstaunt aus.
«Ich benutze es heute zum erstenmal», erklärte Théodule feierlich.
«Wen willst du denn anrufen?»
«Meinen Vater.»
Théodule öffnete einen kleinen Schrank und nahm den Hörer ab. Nach einer Weile konnte er Emmanuel Residore Guten Tag sagen. Gaspard verstand einen Teil ihres Gesprächs.
«Ich kann wieder hören», sagte Théodule. «Wir sind gestern mit dem Lieferwagen durch den Wald gefahren, und da hat uns ein Bär verfolgt. Er ist in den Wagen hineingesprungen ... Wir hatten die Türflügel geöffnet, um Holz aufzuladen. Der Wagen steht jetzt in der Garage ... Der Bär ist ganz friedlich, er rührt und regt sich nicht ... Also gut, Marval und ich fahren dann mit dem Lieferwagen heute nachmittag gegen drei Uhr nach Chemy.»
Als er aufgelegt hatte, blickte er Gaspard an.
«Der Bär gehört zu der Menagerie der Filmstudios. Sie haben ihn im Hof herumlaufen lassen, weil sie angenommen hatten, er würde keine Dummheiten machen, und da ist er über die Umfassungsmauer geklettert. Marval und ich bringen ihn nachher im Lieferwagen hin. Kommst du mit?»
«Nein», sagte Gaspard.
«Es kann gar nichts passieren», meinte Théodule.
«Ich darf meinen Zug nicht versäumen.»
«Wir sind vor sechs Uhr wieder zurück, und um sieben Uhr geht ja noch ein Zug.»

«Kommen wir auch bestimmt gleich wieder zurück?» wollte Gaspard wissen.
«Wir kommen bestimmt gleich wieder zurück», versicherte Théodule. So schiebt man immer mit dem besten Gewissen von der Welt die Stunde der Trennung hinaus, wie wir das bei unseren jungen Freunden schon mehrmals feststellen konnten. Die Trennung erscheint als eine so verhängnisvolle Schicksalsfügung, daß es tröstlich ist, nur einige wenige Stunden zu gewinnen, und eine jede Geschichte ist, wenn ihr es genau bedenkt, immer wieder nur eine Geschichte von Leuten, die sich unterhalten, miteinander streiten oder sich möglichst lange verabschieden, um ihr Zusammensein auf einer Erde zu verlängern, auf der alles vergänglich scheint und alles vom Strom der Zeit entführt wird.
Théodule ließ eine Flasche Moselwein bringen, und als sie gegen drei Uhr abfuhren, waren sie frohen Mutes. Ohne es sich einzugestehen, dachten sie beide im stillen daran, daß sie in Chemy kurze Zeit nach Bidivert eintreffen mußten, der ja dann inzwischen wohl schon mit Hélène in dem großen, grünen Wagen vorgefahren war. Marval saß am Steuer, und er wollte es auch übernehmen, mit dem Empfangsbüro der Filmstadt zu verhandeln.
Es kam alles genauso, wie sie es sich vorgestellt hatten. Der grüne Wagen parkte vor dem Eingang zu den Studios, und der alte Marval erzählte dem Pförtner die Geschichte mit dem Bären. Der Pförtner wußte aber schon Bescheid. Man telephonierte von einem Büro zum andern, und dann trat ein Angestellter an den Wagen, um sich von dem Vorhandensein des Bären zu überzeugen. Er warf nur einen kurzen Blick durch die hintere Luke. Der Bär schlief.
«Seien Sie vorsichtig!» warnte ihn Marval indes. «Vorhin hat er mir beinahe den Bart ausgerissen, als ich ihm durch die Luke ein paar Worte sagen wollte. Er tut nur so, als schlafe er, und dann springt er plötzlich auf. Ich habe jeden Augenblick gedacht, er rennt die Wände ein.»
«In Ordnung», sagte der Angestellte. «Fahren Sie diesen Weg entlang. Etwa hundert Meter von hier wird Ihnen ein Tor in der Umfassungsmauer aufgemacht, und dann fahren Sie geradeaus die Straße hinun-

ter. Biegen Sie nicht nach links und nicht nach rechts ab. Es gibt nämlich Wege, die laufen wie ein V, da täuscht man sich leicht. Zur Rechten sehen Sie übrigens auf Schildern die Namen der einzelnen Studios.»

Der Mann hatte diese Anweisungen mit rasender Geschwindigkeit herausgesprudelt, denn hinten im Wagen war der Bär unruhig geworden.

Sie fuhren ohne Zwischenfall durch das angegebene Tor und dann langsam über die Straße dahin. Sie begegneten niemandem; anscheinend war Alarm gegeben worden. Bei der Menagerie stand wahrscheinlich schon ein Wärter, um den Bären mit der nötigen Vorsicht in Empfang zu nehmen. Die leise Beunruhigung, die Marvals Worte in der Filmstadt verursacht hatten, brachte die Jungen auf eine neue Idee. Hatten sie anfangs vielleicht gehofft, Hélène zufällig zu treffen, so schien sich ihnen jetzt die wunderbare Gelegenheit zu bieten, zumindest eine Zeitlang frei und ungestört auf den kleinen Straßen umherzulaufen. Sie konnten sich ja auch verstecken und später Hélène in dem Labyrinth suchen; sie würden sie wahrscheinlich nicht finden, aber sie vermochten doch den ersten Impuls nicht zu unterdrücken. Gaspard packte Théodule heftig am Arm.

Rechts standen die Atelierschuppen in schräger Reihe. Schilder hingen daran: ‹Studio Emmanuel›, ‹Studio Dschungel› und endlich ‹Studio Hélène›. Auf der Höhe dieses Schildes öffneten Théodule und Gaspard die Tür und sprangen ab, während der Lieferwagen langsam weiter seines Wegs fuhr.

«Der Moselwein!» sagte Gaspard, als er mit den Füßen den Boden berührte.

Der Name Hélènes, der noch ganz frisch war, schien ihnen zu verraten, wo sie die Gesuchte finden konnten.

Hélène brauchte sich jedoch keineswegs unter allen Umständen in diesem Studio aufzuhalten, und sie merkten auch bald, daß sie in die Irre liefen und eine große Dummheit begangen hatten. Aber jetzt konnten sie ihren Entschluß nicht mehr rückgängig machen.

Sie betraten ohne zu zögern das Innere einer großen Halle. Dort standen Gerätschaften aller Epochen herum, besonders Möbeleinrichtungen prunkvoller Salons. Einige Requisiten waren vor einem Platz aufgebaut, der den Filmkameras vorbehalten war. Zwei niedliche Stübchen und eine Schloßhalle mit Rüstungen. In einem der Stübchen saß auf einem Sessel ein Angestellter im Arbeitskittel. Der Mann stand auf und wollte ihnen entgegengehen, da machten sie kehrt und liefen wieder hinaus. Sie flüchteten ins Nachbargebäude. Der Mann war ihnen nicht gefolgt.

In dem anderen Studio herrschte mehr Leben. Bühnenarbeiter stellten gerade große Kulissen auf, die in Abständen hintereinander angeordnet waren. Die beiden Jungen drückten sich hinter Bretterwände und sahen den Arbeitern zu. Auch hier bestand keine Aussicht, daß sie Hélène begegneten. Zwei Minuten lang vielleicht betrachteten sie sich das Bühnenbild. Im Vordergrund war ein Gestell aus Pappe, das eine Sandwüste mit Gestrüpp darstellte. Dahinter ragten Felsen auf und schließlich ein schneebedeckter Grat, den Scheinwerfer anstrahlten.

Daß sie diese kurze Zeit vertrödelten, war ein Fehler. Sie hörten nämlich plötzlich die Stimme eines Lautsprechers: «Zwei Jungen sind in die Studios eingedrungen. Bitte alle Türen schließen und die Eindringlinge aufgreifen.»

Der Angestellte im Magazin mußte sie sofort gemeldet haben, als er sie erblickte. Diese Filmstadt war eine große Maschinerie, in der Telephonanrufe nichts kosteten, Telephonanrufe, die die beiden Jungen sicher schneller zur Strecke brachten als eine Hundemeute. Gaspard und Théodule hatten sich gerade von ihrem Schreck erholt, als auch schon ein Arbeiter losstürzte, um die Tür zu schließen, durch die sie hereingekommen waren, und ihnen damit endgültig den Ausgang versperrte. Die anderen Arbeiter stoben auf Anordnung des Abteilungsleiters auseinander, um nachzusehen, ob die gemeldeten Jungen sich vielleicht in einem dunklen Winkel des Studios verbargen.

Gaspard und Théodule waren zwischen zwei Kulissen geschlüpft. Über sich sahen sie den hohen, schneebedeckten Berg, der im Licht der Scheinwerfer erglänzte. Wenn es doch ein richtiges Gebirge gewesen wäre, daß sie durch die Schneerinnen hätten davonlaufen können! Die Suche näherte sich ihrem Versteck.

Die Jungen flüchteten aufs Geratewohl durch die Halle, während die Arbeiter aufschrien und sich durch gegenseitige Zurufe verständigten, um sie hinter einer anderen Kulisse in die Enge zu treiben. Gaspard und Théodule krochen unter den Holzgestellen hindurch. Sie kamen gerade vor dem Gebirge heraus, das eine riesige Fläche war, die an Seilen herabhing.

«Wir schneiden die Seile durch!» sagte Théodule.

Gaspard zog ein Messer hervor und schnitt das nächstbeste Seil durch. Flaschenzüge quietschten, die Kulisse erbebte. Er durchschnitt ein weiteres Seil, und sie konnten sich gerade noch in Sicherheit bringen, während ein Arbeiter unter Flüchen ebenfalls zurücksprang.

Die Kulisse fiel herab, zerschmetterte die Gerüste, und stieß zwei niedrig gelegene Fenster ein.

«Schnell», sagte Théodule, «mach einen Buckel!»

Gaspard ließ ihn zu einem der Fenster hochsteigen, und sobald Theodule oben festen Halt hatte, zog er den Freund nach. Dann sprangen sie beide hinaus.

Zu ihrer Überraschung standen sie nun in einem engen Gang. Vor ihnen erhoben sich hohe Stoffbespannungen, von denen sie nur die Rückseite sahen. Sie eilten den Gang entlang und entdeckten sogleich einen kleinen Zwischenraum zwischen den Gestellen, durch den sie sich hindurchzwängten. Sie schritten vorsichtig weiter und gelangten an das Ende eines riesigen dunklen Raumes, in dem sich seltsame Lichter hin und her bewegten. Sie befanden sich ohne Zweifel inmitten einer der letzten Schöpfungen Emmanuel Residores.

Wo die Decke sein mußte, erblickten sie bald große Schleier, durch die von Zeit zu Zeit die Lichter der Scheinwerfer eilten. Diese Schleier stellten einen blauen Himmel mit weißen und schwarzen Wolken dar, den Blitze zerfurchten.

«Das ist sein berühmtes Dschungelgewitter», flüsterte Théodule. «Seit einem Vierteljahr erzählt er mir schon davon.»

Hier waren sie wenigstens vor der Außenwelt sicher, und bestimmt war Emmanuel Residore zu sehr damit beschäftigt, seine geheimnis-

volle Apparatur in Gang zu setzen, als daß er sich durch etwas stören ließ. Der künstliche Himmel erlosch ganz plötzlich.
Da tauchten aus dem Schatten auf einmal die Umrisse eines Waldes auf, dessen riesige Baumstämme und Lianen Muster aus tiefem Schwarz bildeten. Dann kam am Ende einer Art Weg eine Lichtung zum Vorschein, und auf dieser Lichtung standen halbnackte Männer mit Fackeln, die lodernde Flammen warfen.
Die beiden Jungen packte das Entsetzen, und vielleicht hätten sie sich vor Schreck nicht vom Fleck gerührt, wenn der Leuchtkegel eines Scheinwerfers, der über ein Stück Pappwald glitt, nicht plötzlich zwei Gestalten angestrahlt hätte. Die Erscheinung dauerte nur eine Viertelsekunde, aber Gaspard hatte Parpoil und Hélène schon erkannt. Das Mädchen trug lange Hosen und eine Bluse. Eine leuchtend weiße Bluse, über die das Lockenhaar hinabfiel, das im Strahl des Scheinwerfers aufglänzte. Théodule stieß Gaspard mit dem Ellenbogen an.
«Du kennst Parpoil nicht!» flüsterte Gaspard. «Dieser Mensch ist Hélènes Unglück, was auch immer geschieht.»
«Wir müssen hingehen und ihre Aufmerksamkeit auf uns lenken», sagte Théodule.
Die Jungen waren entschlossen, das Unmöglichste zu versuchen, ehe sie vielleicht erwischt wurden. Man hörte ein Donnergrollen, und dann sagte eine Stimme – die Stimme Emmanuel Residores:
«Bitte noch einmal die Szene vor dem Gewitter; und daß mir die Wilden dahinten ihre Fackeln richtig hochhalten!»
Trotz dieser Anweisungen, die den langweiligen Charakter der Proben enthüllten, machten sich Gaspard und Théodule nicht ohne Zittern auf den Weg. Gaspard dachte an die Gewitter damals in Lominval. Während sie sich mühselig zwischen Bäumen aus Stoff, Pappe und Aluminium hindurchwanden, trat eine tiefe Stille ein. Die letzten Vorbereitungen vor der großen Wiederholung wurden getroffen. Nirgends sah man Aufnahmegeräte oder Kameraleute.
«Zuerst die richtige Atmosphäre schaffen!» schrie Emmanuel Residore wieder dazwischen.
Trotz aller Atmosphäre lagen aber unter den Bäumen des jungfräuli-

chen Dschungels ganz profane Balken umher. Gaspard stieß an einen solchen Balken, und Théodule konnte ihn nicht mehr festhalten. Keiner von beiden wußte, wo sie sich im Augenblick befanden. Ein Stoffvorhang, der Farnbäume darstellte, versperrte ihnen den Blick auf die Lichtung, der sie vorsichtig zugestrebt waren. Gaspard stürzte kopfüber in die Bespannung, die entzweiging, und purzelte, gerade als die ersten großen Blitze des Gewitters eingeschaltet wurden, vor den Eingang der Lichtung. Aus dem Lautsprecher ertönte eine Stimme:

«Nehmt diesen Kerl fest und bringt ihn her!»

Es war die Stimme Parpoils. Gleich darauf ließ sich Emmanuel Residore in theatralischem Ton vernehmen:

«Alles auf ihn! Fangt mir den Verbrecher, der es gewagt hat, ein solches Schauspiel zu stören!»

Alle Anwesenden – Aufnahmepersonal, Schauspieler und Komparsen – hatten sich zunächst nicht von der Stelle bewegt, obwohl keinem von ihnen der Junge entgangen war, der da plötzlich mitten in den Vordergrund der großen Szene hineinstolperte. Dadurch gewann Gaspard Zeit, sich aufzuraffen. Théodule stürzte ihm gerade in dem Augenblick hinterdrein, als die allgemeine Erstarrung geschäftigem Treiben wich.

Die Jungen konnten nicht mehr zurück. Sie eilten um die Lichtung herum, aber sogleich waren ihnen die Wilden mit ihren Fackeln auf den Fersen.

«Die Fackeln!» schrie Emmanuel Residore durch den Lautsprecher. «Denkt daran, daß nur die Bäume um die Lichtung feuersicher sind!»

Die Wilden hielten plötzlich an, bis auf einen, der Théodule jeden Augenblick erwischen mußte. Den Jungen war es geglückt, in einen Gang zwischen Stoffwänden zu schlüpfen. Die Fackel ihres Verfolgers erleuchtete einen Balken, über den sie gerade noch hinwegsprangen. Der Wilde aber sah den Balken nicht; er stolperte, die Fackel entglitt ihm, und plötzlich loderte eine große Flamme auf. Im Nu hatte sich der Brand auf die Kulissen ausgebreitet.

Was nun folgte, war vorauszusehen gewesen. Die Komparsen durch-

stießen die Bespannungen und das bemalte Papier und warfen die Gestelle nieder, um sich vor den hohen Kulissen in Sicherheit zu bringen, die inmitten großer Funkengarben zusammenstürzten. Gaspard und Théodule hatten nichts anderes im Sinn, als sich schleunigst davonzumachen. Eine Sirene ertönte. Befehle wurden über den Lautsprecher gegeben, während das Personal zu den Wasserhähnen eilte und Schläuche entrollte. Die Jungen schlüpften um ein Gebäude herum und dann an dessen Rückseite entlang. Als sie an eine kleine Wegkreuzung gelangten, an der eine andere Halle stand, blieben sie plötzlich mit einem Ruck stehen: Dort kam ihnen ja Hélène entgegen! Sie hatten sie beide zur gleichen Zeit erblickt.
«Es ist nicht schwer, euch zu finden», sagte sie, «aber sie sind zu sehr beschäftigt und können sich jetzt nicht um euch kümmern. Kommt!»
Keinen Guten Tag, gar nichts. Der Brand lohte in hellen Flammen. Schon sah man den Wasserstrahl der Spritzen in die Rauchwolken eintauchen.
«Ein lustiger Brand», meinte Hélène, indem sie ihnen den Weg zeigte.
Sie kamen an eine Mauer. Die Jungen brachten immer noch kein Wort heraus. Ein Stück weiter war ein Holztor, das zwei dicke Riegel versperrten.
«Dahinter ist der Abhang», sagte Hélène. «Aber ich kann nicht garantieren, daß ihr ungeschoren davonkommt, wenn ihr wieder zu Hause seid. Ihr müßt schon selbst sehen, wie ihr euch herausredet.»
Thèodule und Gaspard sahen einander nur stumm an. Sie dachten, es sei vielleicht besser, wenn sie Hélène gar nichts sagten. Gaspard schob die Riegel zurück, und das Tor öffnete sich mit lautem Knarren. Vor ihnen fiel steil der Abhang ins Tal. Anstatt jedoch hinauszugehen, blieben die Jungen wie angewurzelt vor Hélène stehen.
«Ich begleite euch ein Stück», sagte sie schließlich. «Aber ihr seht ganz verstört aus. Was habt ihr denn eigentlich hinter den komischen Kulissen gewollt?»
«Du wirst es gleich hören», entgegnete Gaspard.
Sie traten vor die Umfassungsmauer und zogen das Tor hinter sich

zu. Dann ließen sie sich den Abhang hinuntergleiten und gingen unten auf der Talsohle entlang. Es war eine Rinne, durch die im Winter und im Frühjahr das Wasser vom Wald herabstürzte. Die Rinne stieg allmählich zum Wald hin an, und genauso allmählich standen die Bäume immer dichter beieinander. Als sie diesen Wald erreicht hatten, sagte Hélène:
«Jetzt stört uns niemand mehr. Also, was gibt's?»
«Monsieur Residore kann dich sicher nicht entbehren», begann Gaspard mit einer gewissen Bitterkeit in der Stimme.
«Ich mache, was ich will», gab sie zurück. «Nun schießt schon los.»
Das weitere übernahm Théodule:
«Du erinnerst dich wohl noch, daß du eines Tages vor gar nicht so langer Zeit bei mir gewesen bist und um Brot gebeten hast. Du warst damals aus Antwerpen geflohen und auf der Suche nach deinem Land. Mehr wußte ich nicht von dir, ich habe dich aber nicht vergessen. Ich habe mich immer nach dem Ausreißer aus Antwerpen erkundigt und dann einige Zeit später Gaspard Fontarelle getroffen, dem ich einen Gefallen tun konnte. Er wollte zu dir und ist am nächsten Tag auf einem Schleppkahn gefahren, der Emmanuel Residore gehört. Emmanuel Residore ist mein Vater. Er will über möglichst viele Unternehmen zu bestimmen haben, und er besitzt auch Schleppkähne.»
«Ja, jetzt erkenne ich dich wieder», sagte Hélène. «Aber du warst doch taub, als ich seinerzeit zu dir kam.»
«Ich war taub, ja, aber jetzt höre ich die Vögel singen.»
Und dann erzählten sie ihr, daß Emmanuel Residore und Monsieur Drapeur übereingekommen waren, Hélène glauben zu machen, sie habe einst mit Mama Jenny auf dem Schloß gewohnt und werde sie bestimmt wiederfinden, wie sie auch schon das Land ihrer Kindheit wiedergefunden habe, die Palmen, die Birken und den großen See mitten im Wald. Noch ehe die Freunde geendet hatten, überstrahlte Hélènes Gesicht auf einmal wieder jene wildentschlossene Schönheit, die sie von früher an ihr kannten.
«Sie haben mir keinen Augenblick Ruhe gegönnt», klagte sie. «Ich bin überhaupt nicht zum Nachdenken gekommen. Auto habe ich

fahren müssen und im See tauchen lernen und stundenlang schwimmen. Sie wollten eine richtige Akrobatin aus mir machen. Emmanuel Residore wenigstens wollte das. Ich habe den Aufnahmen beigewohnt und auch selbst kleinere Rollen einstudieren müssen. Ich war ganz zufrieden dabei. Abends mußte ich mich im Gesang üben. Man hat mir eine noch glänzendere Zukunft versprochen, als Monsieur Drapeur sie für mich im Auge hatte.»
«Vielleicht hätten wir dir lieber gar nichts ...» Gaspard zögerte. «Aber wir wollten dich so gern noch einmal sehen und mit dir sprechen. Am besten gehst du wieder zu Monsieur Residore zurück, denn wir würden dein Land sicher doch nicht finden ... Aber jetzt weißt du ja Bescheid, und in deinem neuen Beruf hast du gewiß viel eher die Möglichkeit, dich zu erkundigen, als wenn wir mit dabei sind. Du tust einfach so, als würdest du gar nicht mehr an dein Land denken. Dann läßt man dir mehr Freiheit, und dann kannst du dich auf die Suche machen.»
«Ich weiß nicht...», sagte Hélène unentschlossen. «Wo geht ihr denn jetzt hin?»
«Ich gehe ins Tal hinunter, damit ich meinen Zug nicht versäume», erwiderte Gaspard, «Théodule kehrt auf seinen Bauernhof zurück, und dann vergessen wir alle, was einmal war.»
«Ich begleite dich ein Stück», sagte Hélène schließlich.
Sie erschien Gaspard nun genauso wie damals, als er sie in Lominval gesehen hatte. In ihren Augen war wieder das gleiche engelhafte Leuchten.
«Kommst du mit uns, Théodule?» fragte Gaspard.
«Nein, ich komme nicht mit euch«, antwortete Théodule.
Er erklärte, wenn er zum Bauernhof zurückgehe, könne er seinem Vater erzählen, sie hätten den Ausflug in die Filmstadt nur aus Neugierde und zum Spaß unternommen. Er wollte auch sagen, daß Gaspard mit dem Zug heimgefahren sei.
«Und was willst du wegen Hélène sagen?»
«Gar nichts, sie kehrt ja am Abend wieder aufs Schloß zurück. Und ihr werden sie wohl auch keine Vorwürfe machen.»
«Ja, ich bin am Abend wieder zurück», versicherte Hélène.

Sie schritten durch den Wald, der an dieser Stelle ziemlich licht ist, und kamen bald auf einen Weg. Es war nicht schwer, sich auf diesem Höhenrücken zu orientieren, von dem aus sie die Hochebene von Chemy überblicken konnten. Der Weg lief auf dem Bergkamm dahin. Hélène und Gaspard nahmen von Théodule Abschied, der sich nach Norden wandte, während sie die entgegengesetzte Richtung einschlugen. Sie brauchten nur dem ersten Weg nach links zu folgen, um an den nächsten Berghängen entlang ins Tal hinunterzusteigen. Trotz der dramatischen Ereignisse, die sich begeben hatten, waren sie in dem Glauben, daß nun kein neues Abenteuer mehr zu erwarten stand. So gingen Gaspard und Hélène ohne Eile ihres Wegs und wechselten nur selten ein Wort.

«Auf der großen Straße kehre ich um», sagte Hélène.

Nachdem sie drei Stunden in einem Seitental dahingewandert waren, erklommen sie eine breite Anhöhe und standen dann plötzlich vor einem Steilhang. Durch die Baumwipfel erblickten sie in der Ferne die Straße und den Fluß. Zu ihren Füßen jedoch stürzte eine glatte Felswand ab, dunkel wie ein blinder Spiegel. In den Spalten wuchs hier und da Heidekraut. Sie umgingen die Stelle in einem weiten Bogen, und als sie am Fuß der Wand standen, sahen sie lange zu ihr auf. Die Oberfläche schimmerte schwarz und violett unter strahlend blauem Himmel. Hélène sagte:

«Mir ist die ganze Zeit, als läge mein Land nicht weit von hier und als müßte ich jeden Augenblick Mama Jenny begegnen ...»

Gaspard schwieg. Gleich da vorn war ein Weg, der über der Straße herlief, und dann wollte Hélène ja umkehren. Wie konnte sie da noch erwarten, daß ihnen Mama Jenny begegnete? Doch hört, was geschah.

Als Niklaas und seine Jungen an jenem Morgen die ersten Hänge zur Maas hinabgefahren waren, hatten sie gemerkt, daß die Kräfte ihres Pferdes nachließen. Gewiß, es hielt sich tapfer in seiner Deichsel, und sie hatten ja auch keine lange Strecke vor sich, aber der Weg, den sie eingeschlagen hatten, war abschüssig und schlecht befestigt. Alle Augenblicke glitten die Hufe aus. Schließlich hielten sie an einer großen Biegung an, wo das Gefälle weniger steil war, und während das Pferd sich erholte, ging Niklaas ein Stück voraus, um festzustellen, ob der Weg nicht bald besser würde. Sie konnten nämlich auch das Pferd nicht ausspannen und selbst den Wagen beim Hinunterrollen festhalten, denn Jérôme und Ludovic waren nicht stark genug, um ihrem Vater dabei zu helfen. Als Niklaas zurückkam, sagte er, dreihundert Meter weiter sei eine Lichtung, um die herum der Weg sehr viel sanfter abfalle. Man konnte schon die Lastkähne auf der Maas tuten hören. So brachen sie wieder auf und fuhren ganz vorsichtig, um das Pferd zu schonen.

Hundert Schritt legten sie auch ohne Zwischenfall zurück, und sie sahen bereits die Lichtung vor sich, da rutschte das Pferd auf einem vom Regen freigewaschenen Felsgestein aus und brach schwerfällig zusammen. Diesmal mußten sie es ausspannen, und sie vermochten es nur mit großer Mühe von dem Wagen zu befreien, den sie zwischen zwei Bäume schoben, wo er nicht weiterrollen konnte. Es stand fest, daß das Pferd sich verletzt hatte. Sein Atem ging keuchend.

«Jetzt können wir es nur noch töten», sagte Niklaas traurig.

Jérôme und Ludovic schlangen die Arme um den Hals ihres guten, alten Pferdes, während Niklaas über den Weg hinabging ins nächste Dorf, um den Tierarzt zu holen. Er wollte sich vergewissern, daß es für das Pferd auch wirklich keine Rettung mehr gab. Nach einer Stunde war der Tierarzt mit seinem Auto da und stellte fest, daß dem Pferd nicht mehr zu helfen sei und daß es auf jeden Fall eingehen würde. Niklaas fuhr mit dem Arzt wieder davon, um einen Abdecker zu verständigen. Dieses Hin und Her nahm einige Zeit in Anspruch, er mußte auch noch einmal telephonieren. Endlich kam aber ein Lastwagen mit zwei Arbeitern, denen er beim Aufladen des Tieres half. Niklaas war froh, daß Ludovic und Jérôme bei diesem traurigen Handwerk nicht zuschauen mußten. Er hatte sie nicht mehr gesehen, als er mit dem Lastwagen eintraf, und dachte, sie seien ein Stück in den Wald gegangen. Nachdem der Wagen abgefahren war, rief er laut in den Wald hinein, aber von den Jungen kam keine Antwort.

Das beunruhigte ihn zunächst nicht, denn er war mit ganz anderen

Gedanken beschäftigt. Er fragte sich nämlich, wovon er jetzt ein neues Pferd kaufen sollte, und da war guter Rat teuer. Als er eine Viertelstunde gewartet hatte, beschloß er, in der näheren Umgebung nach den beiden Ausschau zu halten. Warum mußte ihnen auch ausgerechnet unter solchen Umständen einfallen, im Wald umherzulaufen? Es war jetzt zwei Uhr nachmittags.

Niklaas durchstreifte in weitem Umkreis Baum und Strauch. Von Zeit zu Zeit rief er laut ihre Namen, doch er erhielt keine Antwort. Eine halbe Stunde später hörte er auf einmal tief im Wald Hufestampfen, und das brachte ihn ganz außer Fassung. Er mußte an den Schecken denken, noch ehe er ihn überhaupt gesehen hatte. Lange Minuten verharrte er regungslos. Es wurde wieder still. Da hörte er Jérôme und Ludovic nach ihm rufen, und schon erblickte er sie auch im Gezweig eines Dickichts.

«Schnell!» schrie Ludovic. «Er ist links von dir!»

Niklaas wandte sich um, und da sah er den Schecken auf sich zukommen und in zwanzig Schritt Entfernung stehenbleiben. Er näherte sich ihm behutsam. Das Pferd wartete ganz still. Niklaas konnte es einfach nicht fassen, daß das feurige, launische Tier sich den Hals streicheln ließ. Auch Jérôme und Ludovic traten herzu.

«Es ist vorhin ganz dicht an den Weg herangekommen», sagte Jérôme. «Wir haben es gestreichelt, und dann ist es uns davongelaufen. Dann hat es auf uns gewartet, hat sich streicheln lassen und ist wieder fortgerannt!»

«Hol ein Seil aus dem Wagen», rief ihm Niklaas zu. «Wir können es ja wenigstens einmal versuchen.»

Das Pferd schien Niklaas' rauhe Hand gern zu mögen. Jerome brachte das Seil, und sein Vater legte es dem Pferd um den Hals, ohne daß es den geringsten Widerstand leistete. Zu ihrer Überraschung ließ es sich sogar zum Wagen führen, zwischen die Deichsel stellen und einspannen. Es wollte nur nichts von Scheuklappen wissen. Als das Werk vollbracht war, sagte Niklaas:

«Da haben wir einen sehr guten Fang gemacht. Wir werden uns erkundigen, wem es gehört, aber vorerst können wir unsere Reise ja fortsetzen.»

Noch ganz unter dem Eindruck all dieser Geschehnisse brachen Niklaas und seine Jungen auf. Ohne Zwischenfall kamen sie den Hang hinab. Bei der Lichtung angelangt stiegen sie auf den Wagen. Niklaas hielt die Zügel fest in der Hand. Der Schecke ließ alles willig mit sich geschehen. Kurz darauf gerieten sie an eine Gabelung. Hier bog ein Weg nach rechts ab, aber sie durften die Richtung nicht ändern, wenn sie zur Maas gelangen wollten.
«Meiner Ansicht nach», sagte Niklaas, «handelt es sich um ein Pferd, das mit allen möglichen Arbeiten vertraut ist. Genauso friedlich, wie es jetzt unseren Wagen zieht, hätte es auch einen Reiter getragen. Die Hauptsache ist nur, daß man sanft mit ihm umgeht, und ganz gewiß erinnere ich es an einen Herrn, den es früher einmal gehabt hat. Deshalb gehorcht es mir auch trotz seiner Wildheit.»
Bei diesen Worten fuhren sie gerade auf die Gabelung zu, und das Pferd brauchte eigentlich nur in der alten Richtung weiterzutrotten. Statt dessen machte es jedoch plötzlich eine Schwenkung und folgte dem Weg, der nach rechts führte. Niklaas zog vergeblich an den Zügeln, um es herumzureißen und wieder auf die richtige Straße zu bringen. Das Pferd ging starrköpfig weiter und hatte auf dem neuen Weg schon etwa fünfzig Meter zurückgelegt, als Niklaas sagte:
«Ich steige mal ab.»
«Vorsicht!» rief da Ludovic.
Niklaas hatte ein klein wenig die Zügel gelockert, und schon preschte das Pferd los. Zunächst war es ein schneller Trab, den Niklaas schon nicht mehr zu bremsen vermochte, dann aber der Galopp eines wildgewordenen Pferdes, eine richtige Höllenfahrt, die den Wagen ganz schrecklich rüttelte und schüttelte.
Zum Glück war der Weg nicht stark befahren. Sie begegneten nur zwei Radfahrern, die sich gerade noch an die Böschung drücken konnten. Der Weg führte zunächst am Berghang entlang, dann fuhren sie in Schluchten steil bergauf und bergab. Es war ein Wunder, daß der Wagen nicht umstürzte.
«Warten wir ab», sagte Niklaas vor sich hin. «Es wird sich schon beruhigen.»
Man mochte glauben, es brenne dem Schecken ein Feuer im Leib; er

war bald schaumbedeckt. An einer Kreuzung, wo ihre Straße ins Tal hinabführte, bog das Pferd in einen schlecht unterhaltenen Weg ein, der ihm gerade gelegen kam. Es mußte jetzt einen langsameren Gang einschlagen, der aber immer noch zu schnell war, als daß Niklaas und seine Jungen hätten abspringen können. Außerdem ließen sie auch nur sehr ungern ihren Wagen im Stich, der alle ihre Instrumente und ihre gesamte Habe barg. Wie lange würden die Achsen wohl noch solche Stöße aushalten? Sie mußten sich mit aller Kraft an der Sitzbank festhalten; kaum erkannten sie etwas von der Landschaft, die sie so durcheilten. Heidekraut, Ginster, Hochwald und Dickicht lösten einander ab. Zwei Stunden vergingen. Das Pferd suchte sich immer aufs Geratewohl einen Weg aus, trabte Höhenrücken hinauf und stürmte in dunkle Talgründe wieder hinab.
«Es muß toll geworden sein!» flüsterte Niklaas.
Sie kamen jetzt an ein aus dem Berghang vorspringendes, von Ulmen gesäumtes Wegstück, und zwischen den Bäumen erblickten sie unter sich im Tal die Maas. Der Weg war an dieser Stelle so uneben, daß der Wagen sich zur Seite neigte. Das Pferd schritt langsamer aus und fiel in kurzen Trab. Dennoch rutschte der Wagen so unglücklich in ein Schlagloch, daß er umstürzte. Niklaas und seine Jungen wurden gegen das Wagenzelt geschleudert, und das Pferd brach zwischen den Deichselstangen zusammen und fiel fast ganz auf den Rücken. Während Jérôme sich als erster noch aus dem Durcheinander des Wagens herauswühlte, rief er plötzlich:
«Hélène und Gaspard! Da kommen ja Hélène und Gaspard, da vorn, vor uns auf dem Weg!»

Die beiden eilten herbei. Als Gaspard Niklaas und seine Jungen erkannte, die auf sie zutraten, war er so verblüfft, daß er nicht einmal Zeit hatte, sich zu verwundern.
«Hélène!» sagte Niklaas fassungslos Sie standen wie angewurzelt auf dem Weg einander gegenüber und wußten nicht, was sie sagen sollten.
«Wie kommt ihr denn hier in diese Gegend?» fragte Gaspard schließlich.

«Das fragst du noch?» rief Niklaas.

Er wies auf den umgestürzten Wagen, und da erkannte Gaspard den Schecken, der zwischen der Deichsel im Grase lag. Er kniete neben dem Pferd nieder, schlang ihm die Arme um den Hals und vergrub das Gesicht in seiner Mähne.

«Mon beau cheval! Mein gutes Pferd! Wie ist das geschehen? Warum hat man dich eingespannt?»

Das Pferd schüttelte den Kopf und machte vergebliche Anstrengungen, sich aufzurichten. Hélène war inzwischen zu Gaspard getreten, und dann erklärte dieser, wie sie beide auf diesen Weg geraten waren.

«Du siehst also», sagte Niklaas daraufhin, «daß die Bären und die Brände zu nichts Gutem führen und daß es Zeit ist, die Scherze und Streiche sein zu lassen.»

«Das ist ja auch meine Ansicht», erwiderte Gaspard. «Aber wir können euch vorher wenigstens noch helfen, den Wagen wieder auf die Räder zu stellen.»

Sie sahen sich die Lage des Wagens genau an. Der Break lehnte mit dem Oberteil an der Böschung. Die Räder auf der rechten Wagenseite hatten sich in eine tiefe Furche hineingewühlt, während die anderen beiden in der Luft hingen.

«Die Achsen sind nicht gebrochen», stellte Niklaas fest. «Alles was wir brauchen, sind Seile.»

«Wir können Waldrebenschlingen abschneiden», meinte Gaspard. «Da unten wachsen welche.»

Im Abhang war eine tiefe, buschverwachsene Mulde, aus der dünne, sehr hohe Bäume herausragten, um die sich dicke Rebengirlanden schlangen. Sie hatten große Mühe, die Ranken abzuschneiden und herauszuzerren, da sie ziemlich schwer waren und sich immer wieder im Buschwerk verfingen. Es war auch nicht einfach, sie um die Speichen, die Deichselstangen und Wagenpfosten zu winden. Danach ging aber dann alles ganz leicht vonstatten. Sowie der Wagen wieder auf den Rädern stand, tat das Pferd einen Sprung und zog ihn mit einem einzigen Ruck zurück auf den Weg.

«Vorsicht, daß es nicht ausreißt!» rief Niklaas.

Gaspard hatte sich dem Pferd an den Hals gehängt, das Tier verharrte

aber ganz ruhig. Nun erst erzählte Niklaas den beiden vom Tod des alten Pferdes und von der Begegnung mit dem Schecken.
«Meine Stimme muß es ihm angetan haben», sagte er, aber als wir dann auf dem Wagen waren, hat er mir nicht mehr gehorcht und ist im Teufelsgalopp davongejagt jetzt weiß ich nicht mehr, was wir machen sollen.»
«Wir könnten mit aufsteigen», meinte Gaspard. «Wenn wir alle im Wagen sind, wird er jedenfalls schneller müde, und sobald er sich ausgetobt hat, folgt er euch bestimmt, wohin ihr wollt.»
«Ich glaube, du hast anderes zu tun, Gaspard», warnte Niklaas. «Du mußt heimfahren nach Lominval, und Hélène kehrt am besten wieder aufs Schloß zurück.»
Gaspard und Hélène versicherten Niklaas, daß sie keineswegs die Absicht hätten, sich herumzutreiben, sondern gleich ihm auf dem Weg zur Straße unten im Maastal seien.
Es war ein schöner Spätnachmittag. Die Bäume leuchteten förmlich in der klaren Luft. Der Himmel war von einer weiten Helle überflutet; sein Licht schien wohl schon aus größerer Ferne zu kommen, aber die Dämmerung hatte noch nicht eingesetzt.
«Wir haben noch gut zwei Stunden vor uns, ehe es Nacht wird», sagte Niklaas.
«Im nächsten Dorf rufe ich an und bestelle ein Taxi», entschied Hélène. «Dann setze ich Gaspard in Revin ab und bin lange, bevor es dunkel wird, wieder bei Monsieur Residore.»
Sie nahmen alle auf dem Wagen Platz. Der Schecke schien müde zu sein und trottete langsam dahin. Niklaas hatte die Zügel Gaspard überlassen, der das Pferd ohne Zwischenfall zur ersten Gabelung führte.
Sie begingen aber zwei Fehler. Zum ersten ließen sie sich auf einen Weg locken, der hinter einem Felsvorsprung fast senkrecht abfiel. Sie mußten deshalb eine Schneise einschlagen, die tief in den Wald hineinführte und schließlich in einen großen, gestrüppverwachsenen Kahlschlag mündete, der keinen Ausgang hatte. Nachdem sie abermals umgekehrt waren, folgten sie dem ersten besten wenig befahrenen, dornverhangenen Weg, der sie nach langer Fahrt, als die Bö-

schungen links und rechts plötzlich zurücktraten, auf die Straße brachte, die an der Maas entlangführt.
Sie hatten viel Zeit verloren, und es war inzwischen dämmerig geworden. Niklaas wollte zunächst nach Süden weiterfahren, obwohl sein eigentliches Ziel Belgien war. Aber sie befanden sich jetzt zwischen Fumay und Revin, und Revin war die nächstgelegene der beiden Städte, wie sie bald an einem Kilometerstein feststellten. Niklaas hielt es für besser, Hélène und Gaspard nach Revin zu bringen, von wo aus beide die Rückfahrt in ihre Heimat antreten konnten.
«Meine Heimat!» rief Hélène. «Gott allein weiß, wo meine richtige Heimat ist!»
Keiner wußte darauf etwas zu antworten. Sie hatten es wohl oder übel aufgeben müssen, nach Hélènes Land zu forschen. Wozu sollte man also nun wieder davon anfangen? Bedrückt und einsilbig legten sie die letzten Kilometer zurück. Die Bäume des Waldes glitten langsam an ihnen vorüber, und der Wald hatte jetzt im Dämmerlicht ein feindliches Aussehen.
«Fahren wir bis zum Bahnhof», schlug Niklaas vor. «Gaspard kann im Wartesaal schlafen, wenn heute kein Zug mehr fährt, und Hélène findet dort auch sicher am schnellsten ein Taxi.»
«Allons, mon cheval!» rief Gaspard.
Und da beging er den zweiten Fehler: Er schüttelte nur ein klein wenig die Zügel, daß sie dem Pferd sanft auf den Rücken schlugen. Bis dahin hatte er sich wohlweislich gehütet, es anzutreiben. Kaum hatte er jedoch diese fast unbewußte Bewegung gemacht, als das Tier wie von einem Peitschenhieb getroffen am ganzen Leib erbebte und in tollem Galopp davonsauste. Sie konnten sich gerade noch mit Mühe an der Bank und an den Wagenpfosten festhalten.
Die Straße war beinahe ausgestorben, und das Pferd begegnete keinem Hindernis. Sie rasten nur an einem Auto vorüber, das auf den Bürgersteig fahren mußte, um diesem Sturmwind auszuweichen. Als es geradeaus nicht mehr weiterging, bog das Pferd in eine Seitenstraße ein, auf der ein Lastkraftwagen parkte, dessen Außenwand der Break um Haaresbreite streifte.
«Und ich bin schuld daran!» dachte Gaspard im stillen.

Zum großen Glück stieß die Straße wieder auf die Chaussee, die zum Wald führte, und bald jagten sie zwischen Bäumen dahin. Die Chaussee folgte dem sanften Hang eines Seitentals.

Der Schecke war Gaspard wie auch Niklaas und seinen Söhnen immer ein wenig unheimlich vorgekommen, und doch schlug sie die fröhliche Gangart des Tieres und seine feurige Wildheit immer wieder in ihren Bann. Selbst als das Pferd am frühen Nachmittag mit dem Wagen durchgegangen war, hatten ihm Niklaas und die beiden Jungen im stillen die Bewunderung nicht versagen können und sich bereitgefunden, seine Launen hinzunehmen. Aber jetzt in der Nacht war das etwas ganz anderes. Es wurde ihnen kalt ums Herz vor Bangen. Im Dunkel leuchtete das Fell des Tieres wie Schnee. Der schnelle Galopp ließ seinen Leib länger erscheinen und seinen Kopf sich wild aufbäumen.

Die Nacht war rasch hereingebrochen. Sie hatten kaum einen Kilometer im Wald zurückgelegt, als sich die Sterne über den Eichen auftaten und das Laubwerk zu einem riesigen Dach zusammenwuchs. Beiderseits der Straße bildete der Wald eine undurchdringliche Mauer. Von Zeit zu Zeit jagten sie an einer kaum erkennbaren Schneise vorbei. Der Hufschlag und das Quietschen der Achsen hallten von den Hängen wider und, wie es scheinen wollte, sogar vom fernen Sternenhimmel.

«Es wird sich schon bald ausgetobt haben», sagte Niklaas.

Sie wußten alle, daß er selbst nicht an seine eigenen Worte glaubte und sich gleich ihnen fragte, in welche unbekannte Welt das Pferd sie wohl entführte. Kein Haus an der Straße, kein Wagen, nur der Wald auf beiden Seiten.

Ab und zu fiel das Pferd in gemäßigten Trab, doch war es unmöglich, dabei abzuspringen, denn immer sauste es plötzlich wieder in seinem Höllengalopp davon. Wollten sie aber überhaupt abspringen? Wollten sie nicht vielmehr wissen, welchem unbekannten Ziel das Pferd zustrebte?

Jetzt erhellte die Mondsichel bleich die Straße und die Wipfel der Bäume, doch die Landschaft bekam deshalb ein nur um so seltsameres Aussehen.

«Da läuft ein Fuchs über die Straße!» flüsterte Gaspard. Der Fuchs glitt wie ein Schatten davon.
«Dort schaut uns ein Eichhörnchen zu!» flüsterte Jérôme.
Sie erblickten immer wieder Augen im Dunkel. Die schmalen Köpfe der Eichhörnchen zeichneten sich im Mondschein auf den Lichtungen ab, die Nachtvögel strichen lautlos über den Wagen dahin, und große Falter flogen ihnen wider die Stirn. Ein Wiesel huschte vor dem Pferd zur Seite, und ein Hirsch stand auf einmal vor ihnen und verschwand wieder von der Straße, als habe ihn der Erdboden verschluckt.
Der Wald schien kein Ende zu nehmen. Sie hatten alle jegliches Zeitgefühl verloren. Sie schwiegen und starrten mit gebannten Augen auf die Ohren des Pferdes, das vor ihnen dahinflog. An einer Biegung folgte das Tier nicht der Straße, sondern stürmte geradewegs in den Wald hinein. Es war, als glitten sie durch eine Mauer aus Dunkel; daß sie nicht gegen die Bäume geschleudert wurden, erschien ihnen wie ein Wunder. Niklaas murmelte ein Gebet, aber da hatten sie die Finsternis auch schon durchfahren und gelangten wieder auf die Straße.
Zu ihrem Erstaunen erblickten sie dann einen schwachen Schein, einem Morgendämmer gleich, aber viel, viel weiter in der Ferne. Der Wald öffnete sich ganz plötzlich, und sie fuhren auf eine Hochebene hinaus. Wo sie jetzt wohl waren? Wiesen und Heide unter sternübersätem Himmel. Das Pferd lief weiter in seinem Gang, einmal im Trab, einmal in vollem Galopp. Ein kalter Wind wehte über die Hochfläche, die unbewohnt zu sein schien. In welchem Land würden sie wohl aufwachen? Hélène umklammerte Gaspards Hand.
Die eintönige Folge nur undeutlich sichtbarer Wiesen hatte die Finsternis des Waldes abgelöst; die Landschaft war noch grenzenloser als zuvor. Da bog das Pferd von der Straße ab und schlug linker Hand einen Feldweg ein. Auf einem anderen Weg eilte es dann wieder zur Straße zurück, doch anstatt ihr in der alten Richtung zu folgen, machte es kehrt und bog abermals in den ersten Weg ein. So glich ihre tolle Jagd jetzt fast einer sinnlosen Geisterbeschwörung, denn

fünfmal fuhren sie diese Schleife um schwarze Wiesenhänge herum, auf denen man nichts erkennen konnte.

«Ob es wohl jemals wieder Tag wird?» flüsterte Gaspard.

Als das Pferd endlich zum sechstenmal auf die Straße einschwenkte, ließ es das alte Spiel sein und sauste nach rechts davon. Da erblickten sie auf einmal Lichter über den Wiesen.

«Häuser!» sagte Gaspard.

Bald gelangten sie durch eine enge Einfahrt zwischen hohen Mauern – wohl einer alten Befestigungsanlage – in eine kleine Stadt. Gleich auf der ersten Straße hatte der Schecke seinen Lauf gehemmt und trabte jetzt fast langsam dahin.

«Wir könnten eigentlich absteigen und das Pferd am Zaum fassen», meinte Jérôme.

Aber dazu hatte keiner den Mut – und auch nicht einmal den Wunsch.

«Wir müssen erst mal sehen», sagte Niklaas leise vor sich hin.

Was mußte man sehen? Sie fuhren auf Lichter zu, die heller waren als eine übliche Straßenbeleuchtung, und da hörten sie auch schon die Kehrreime von Liedern herüberklingen.

«Wo sind wir hier?» fragte Ludovic im Flüsterton.

«Sicher eine Kirmes…», sagte Gaspard.

Sie gelangten an einen kleinen kreisrunden Platz, wo Buden, ein Tanzboden und ein Zirkuszelt aufgeschlagen waren, doch herrschte zu dieser späten Stunde kein lebhaftes Jahrmarktstreiben mehr, und nur noch wenige Schaulustige schlenderten müßig vor den Auslagen auf und ab.

«Welche Stadt ist das?» fragte Jérôme.

«Vielleicht Rocroi», antwortete Niklaas.

Gaspard zog sanft die Zügel an, damit das Pferd nicht über den Platz trabte. Der Schecke schwenkte aber schon von selbst herum und trottete hinter der Budenreihe entlang. Neben einer dieser Buden, die einfach aus einem Zelt bestand, das längs eines graugestrichenen Wohnwagens aufgeschlagen war, blieb das Pferd schließlich stehen. Auf der Seitenwand des Zeltes und auch auf dem Wohnwagen standen zwei Worte geschrieben, die die Jungen ebenso wie Hélène und

Niklaas entgeistert anstarrten: zwei Worte in großen kursiven Lettern aus dunklem Blau: *MAMA JENNY.*

Sie stiegen eilends vom Wagen, ohne sich um den Schecken zu kümmern, der im übrigen ganz friedlich war und nur den Kopf neigte, um das zwischen den Pflastersteinen wachsende Gras herauszurupfen. Sie gingen um das Zelt herum und erblickten dann eine kleine Auslage mit zuckerbestäubten Kuchen, Milchgebäck, süßen Pfannkuchen und Waffeln. Seitlich standen Herde, Kuchenformen und Bratpfannen, in denen Backwerk schmorte. Eine schöne, noch junge Frau mit schwerem, blondem Haar bediente die Kundschaft. Aus dem Gesicht sprachen Ruhe und Geduld, doch in ihren blauen Augen leuchtete bisweilen unvermittelt jene helle Flamme auf, die Gaspard schon damals verzaubert hatte, als er zum erstenmal in Hélènes Augen sah. Vor Erregung zitternd trat Hélène nun näher, während die Jungen und Niklaas ein wenig abseits stehenblieben. Die Frau schenkte ihren gelegentlichen Kunden keine sonderliche Beachtung und schien sich für das Mädchen überhaupt nicht zu interessieren. Sie sah vor sich hin, da fiel ihr Blick schließlich auf Hélènes Hände.
«Das Armband!» flüsterte Gaspard. «Sie hat das Armband gesehen!»
«Das ist doch nicht möglich!» sagte die Frau ganz leise. Und fast wider Willen fügte sie gleich darauf hinzu:
«Hélènes Armband!»
Dann hob sie die Augen und blickte Hélène ins Gesicht. So standen sie einander eine lange Weile regungslos gegenüber und sagten kein einziges Wort.
«Das Armband da ...», wiederholte die Frau.
«Ich hatte es bei mir, als ich krank war, in Stonne», sagte Hélène mit bebender Stimme.
«In Stonne... Ja, richtig, das Dorf hieß Stonne... und ich lag im Sterben...»
Wieder ein langes Schweigen. Die wenigen Worte, die sie gewechselt hatten, waren ihnen beiden sofortiger, untrüglicher Beweis. Sie zögerten aber noch, einander zu erkennen; es ging ihnen auf einmal viel zu schnell, und sie mußten sich erst lange, lange ansehen. Hélènes

Erinnerungen waren gewiß ziemlich dunkel, und sie selbst hatte sich seit ihrer frühen Kindheit so sehr verändert, daß Mama Jenny nur mit Mühe in ihrem Gesicht die Züge ihrer kleinen Tochter wiederzuerkennen vermochte. Schon wenige Jahre genügen, daß Menschen, die einander am nächsten stehen, sich fremd werden. Nur die Blikke... Schließlich schlug Mama Jenny die Zeltwand hoch und trat vor die Auslage. Sie faßte Hélène an den Schultern.

«Ist es denn möglich?» sagte sie noch einmal. «Ich glaube, ich erkenne deine Augen wieder. Und du?»

«Deine Stimme», sagte Hélène leise.

Sie fielen sich in die Arme und konnten lange Zeit nicht voneinander lassen.

«Komm in meinen Wohnwagen», sagte Mama Jenny. «Wir müssen miteinander sprechen. Ich warte doch schon so lange auf dich!»

«Ich habe dich gesucht...»

«Du hast mich gesucht?»

Niklaas und die Jungen hatten sich nicht von der Stelle gerührt. Jetzt deutete Hélène zu ihnen hin.

«Sie haben mir dabei geholfen.»

«Und wie bist du mit ihnen hierher gekommen?» fragte Mama Jenny.

«Durch Zufall», antwortete Hélène.

«Kommt auch mit in den Wagen!» forderte Mama Jenny Niklaas und die drei Jungen auf. «Wir müssen über alles sprechen.»

Sie schritten um die Zeltwand herum. Da rief Mama Jenny:

«Der Schecke, mon Dieu!»

«Ja, kennst du ihn denn?» fragte Hélène erstaunt.

«Er gehörte uns, als du noch bei uns warst, und du müßtest dich eigentlich noch an ihn erinnern. Er war damals noch ein junges Fohlen. Vor drei Jahren habe ich ihn aber verkauft; ich konnte ihn nicht mehr behalten, weil ich immer mit meinem Wohnwagen unterwegs war. Er hat aber nie bei seinem neuen Besitzer bleiben wollen, einem Mann aus Revin, und läuft immer in den Wald davon und treibt sich herum, bis er mich irgendwo in der Gegend gefunden hat, wo ich mich gerade aufhalte. Ich habe ihn schon mehrmals nach Revin zurückgebracht, aber er reißt immer wieder aus. Und so hat er dich also jetzt hierher geführt! Nur Launen sind das, einfach Launen. Manchmal glaube ich, er ist ein richtiges Geisterpferd.»

«Gaspard hat ihn zum erstenmal in der Gegend von Lominval gesehen», sagte Hélène.

Der Schecke stand unbeweglich zwischen den Deichselstangen des Wagens und blickte sie alle aus seinen unergründlichen Augen an.

«Ja, wir müssen ihn aber endlich ausspannen», meinte Niklaas.

Jérôme und Ludovic versorgten das Pferd, während Niklaas und Gaspard mit Jenny und Hélène in den Wohnwagen stiegen. Es war ein ziemlich großer Wagen, der nur einen Raum hatte, mit einem niedrigen Bett an der Rückwand. Ringsherum standen Büchsen und Gerätschaften. Niklaas und Gaspard setzten sich auf eine Bank und Hélène auf einen Schemel, den Jenny ihr hingeschoben hatte. Sie selbst hockte sich auf die Bettkante. Jennys Gesicht war jung geblieben, trotz einer gewissen Erschöpfung, die sich darin ausprägte.

«Dein Vater ist während jener Flucht gestorben», sagte Jenny zu Hélène gewandt. «Wir besaßen damals mehrere Wagen, die von Pferden gezogen wurden, und wir gaben Theatervorstellungen und Pantomimen zusammen mit zwei Vettern deines Vaters und meinen beiden Schwestern. Deine zwei Brüder waren ein wenig älter als du. Jetzt ist unsere Truppe in alle Winde verstreut. All unser Hab und Gut ist zu Anfang des Krieges durch Granaten vernichtet worden. Was ich nach meiner Genesung noch vorgefunden habe, war ein Wagen, ein Pferd und ein Fohlen. Ja, das ist jetzt schon bald zehn Jahre her. Die Vettern deines Vaters und meine Schwestern haben in anderen Berufen ihr Glück versucht, und deine Brüder leben heute in den Kolonien. Ja, und ich bin unsagbar müde, aber heute abend… heute abend habe ich ein Stück vom Paradies geschaut.»

Sie sprach mit ruhiger Stimme. Als sie mit ihren beiden Jungen allein dastand, hatte sie tausenderlei Arbeiten verrichten müssen. Sie hatte den anderen Jahrmarktsleuten die Wäsche gewaschen, hatte nachts Korbwaren geflochten und versuchte es jetzt seit einiger Zeit mit der Feinbäckerei. «Ich habe nie aufgehört, dich zu suchen», fuhr sie fort. «Ich bin nach Stonne zurückgekehrt, aber von der Frau, die uns damals beherbergt hatte, war keine Spur mehr zu finden. Ich habe

Suchanzeigen aufgegeben, und ich habe mich an die Behörden gewandt. Ich bin durch das Land gezogen, bin in ganz Frankreich gewesen. Und wo warst du denn nun all diese Zeit?»

Hélène erzählte ihr von Monsieur Drapeur, der sie gesundgepflegt und großgezogen habe.

«Ich kann es kaum fassen, daß du dich noch an mich erinnert und mich gesucht hast!»

Hélène berichtete von den vielen Hindernissen, die sich ihr in den Weg gestellt hatten, von ihren langen Irrfahrten und von ihrer Gewißheit, die immer wieder als schöner Wunschtraum abgetan worden war. Schließlich kam die Rede auf das Bilderbuch, in dem geschrieben stand: Mama Jenny im großen Land.

«Ja, das große Land!» rief da Mama Jenny aus. «Du und ich, wir beide wußten, was das war!»

Hélène gestand, daß sie nicht mehr wußte, was es mit diesem Land für eine Bewandtnis hatte. Jenny blickte sie lange an.

«Es wundert mich nicht, daß du das vergessen hast. Ich habe immer gehofft, du würdest an mich denken können, auch wenn du es vergessen hättest.»

«Ich habe es wirklich vergessen, aber ich habe immer das große Land wiedersehen wollen», entgegnete Hélène. «Sag mir doch: Wo liegt dieses Land?»

Eine Weile schwieg Jenny nachdenklich. Dann sagte sie: «Ich erkläre es dir morgen.»

«Warum erst morgen?»

«Morgen», entschied Jenny. «Wir haben uns heute abend noch so viel zu erzählen. Wer sind denn deine Freunde hier?»

Sie wies auf Niklaas und Gaspard sowie auf Jérôme und Ludovic, die gerade zu der kleinen Tür hereingekommen waren. Hélène berichtete, was sie von ihnen wußte, und Gaspard vervollständigte die lange Geschichte. Jenny wollte, daß nichts ausgelassen wurde, weder die Reise zu den Bermudas noch die phantastischen Ideen Emmanuel Residores. Als die Erzählung mit der letzten Begegnung Gaspards und Hélènes mit Niklaas, dessen Wagen auf dem Waldweg umgestürzt war, ihr Ende gefunden hatte, sagte Jenny:

«Das ist alles ganz schön und gut. Aber wird dir nicht vielleicht später leid tun, daß du von Monsieur Drapeur und Monsieur Residore fortgegangen bist? Willst du wirklich um meinetwillen auf eine solche Zukunft verzichten? Wäre es nicht vielleicht besser, du gingest weiter einer so erfolgversprechenden Laufbahn nach und kämest mich ab und zu besuchen? Was hast du denn bei mir schon zu erwarten?»

«Ich will von jetzt an jeden Tag mit dir im großen Lande sein», bat Hélène.

«Wir sprechen morgen noch einmal davon», beschwichtigte sie Jenny.

Die Nacht war weit vorgerückt, als sie sich endlich alles erzählt hatten. Gaspard erfuhr im Laufe des Gesprächs, daß seine Eltern manchmal auf den Kirmesfesten und Jahrmärkten mit Jenny zusammentrafen und daß Madame Fontarelle geweissagt hatte, Hélène werde in einer Sommernacht zurückkehren. Jetzt hatte sich wirklich alles von Grund auf gewandelt. Es war ein ganz neues Leben.

Sie wünschten einander eine gute Nacht. Niklaas und die Jungen legten sich in ihrem Fuhrwerk zum Schlafen nieder, Hélène blieb bei Jenny im Wohnwagen.

Am nächsten Morgen rüsteten sich alle zur Abfahrt. Gewiß, Gaspard mußte nach Lominval und Niklaas mit Ludovic und Jérôme nach Belgien zurückkehren, aber keiner wollte so recht daran denken, und so begleiteten sie Jenny, die zu einer anderen Kirmes fuhr.

Ehe sie aufbrachen, bat Jenny Gaspard, zu ihr und Hélène in den Wohnwagen zu kommen. Niklaas hatte sich erboten, das Auto zu steuern, das den Wohnwagen zog, und er wollte auch nicht zu schnell fahren, damit Ludovic und Jérôme mit dem Break nachkamen, ohne das Pferd, das sich jetzt beruhigt zu haben schien, zum Übermut anzustacheln. Jenny hatte versprochen, Gaspard und Hélène vom großen Land zu erzählen. Der Wohnwagen hatte zwei kleine niedrige Fenster, und neben dem einen, auf der rechten Seite, stand die Sitzbank, auf derJenny jetzt Hélène und Gaspard Platznehmen ließ. Und dann begann sie zu erzählen, während Niklaas behutsam dahinfuhr und längs der Straße die Bäume vorüberzogen.

«Du hast das Bilderbuch doch genau betrachtet, Hélène», sagte Jenny. «Lagen da nicht noch einige Blätter von Bäumen darin?»
«Blätter und Blumen», antwortete Hélène, «Blätter von Eichen, Birken und Palmen, und ich habe auch in meiner Erinnerung wirklich Birken und Palmen und sogar das Meer gesehen.»
Der Wind strich über das Wagendach und spielte mit den Vorhängen des halboffenen Fensters.
«Als du fünf Jahre alt warst», fuhr Jenny fort, «bist du krank geworden. Es war eine sehr schwere Krankheit. Nur ein Wunder konnte dich retten, und das muß wohl auch eingetreten sein. Aber wir haben damals getan, was wir konnten, um dich gesund zu pflegen. Wir haben unser Theater in den Bergen aufgeschlagen und am Meer. Du hast oft gefiebert, und dann habe ich dir die Blumen und Blätter der Landschaften gebracht, die wir gerade durchzogen. Neben einem kleinen Fenster wie diesem hier hast du im Bettchen gelegen und von dort aus dann immer die Birken, die Palmen und das Meer gesehen.»
«Das große Land!» flüsterte Gaspard.
«Ja, ihr seid auch jetzt im großen Land», sagte Jenny.
«Da!» rief Hélène. «Die Apfelbäume und die schwarze Erde!»
Durch das Fenster erblickte man früchtebehangene Apfelbäume am Rain der asphaltierten Straße.
«Wenn wir wollen, können wir auch bald das Meer und die Palmen sehen», sagte Jenny.
«Aber das ist noch nicht alles ...»
«Das ist noch nicht alles?» fragte Hélène. «Was gibt es denn noch?»
Sie fuhren von Rocroi nach Launois. Dort blieben sie aber nur einen Tag und reisten gleich weiter nach Osten in die Gegend der oberen Maas, um von da wieder in den Argonner Wald zu ziehen.
Am dritten Tag machten sie in Verziers halt, wo ein großes Fest bevorstand. Sie halfen Jenny beim Aufstellen ihrer Verkaufsbude und zogen sich dann alle in den Wohnwagen zurück, um miteinander zu plaudern. Gaspard wußte, daß Niklaas von seiner Heimfahrt nach Belgien anfangen würde, aber auch er selbst mußte wohl oder übel auf die Rückreise nach Lominval zu sprechen kommen, wo seine Tante jetzt schon so lange auf ihn wartete.

«Das sei noch nicht alles, hast du gesagt», rief Hélène. «Was gibt es denn noch?»
«Gott allein weiß es», gab Jenny zur Antwort.
An jenem Abend also sprach Niklaas wirklich von seiner Rückreise nach Belgien, und Gaspard sagte mit trauriger Stimme, er müsse nun auch in den Zug steigen und heimkehren nach Lominval. Sie hockten in dem Wohnwagen in enger Runde beisammen. Eine an der Decke aufgehängte Petroleumlampe beleuchtete ihre Gesichter, und zum offenen Fenster wehte der Septemberwind herein. Hélène und Jenny, die dicht nebeneinander auf dem Bett saßen, sahen Niklaas und Gaspard nur an, sagten aber nichts, als diese von ihrer bevorstehenden Abreise sprachen. Ludovic und Jérôme blickten ganz kummervoll drein. Da wandte Hélène ihrer Mutter das Gesicht zu, als wolle sie sie bitten, die Ereignisse aufzuhalten. Jenny aber lächelte und zuckte mit den Schultern.
«Gott allein weiß, was im großen Land alles geschehen kann», sagte sie nur.
In diesem Augenblick hörten sie den Schecken wiehern, und gleich darauf klopfte es an die Tür. Keiner wagte sich zu rühren. Es klopfte noch einmal, und Jenny sagte, wer immer draußen sei, solle ruhig eintreten. Die Tür öffnete sich: auf der Schwelle erschien ein Mann mit struppigem Haar, in dem Gaspard sofort seinen Vater erkannte.
«Gaspard!» rief Charles Fontarelle, «ich wußte ja, daß du eines Tages in das große Land kommen würdest!»
Gaspard stürzte auf ihn zu.
«Aber woher wußtest du das denn?»
«Madame Fontarelle, deine Mutter, die die Zukunft sonst immer verquer voraussagt, hat mir heute abend verkündet, du seist im Lande, und sie hat sogar felsenfest behauptet, du befändest dich in diesem Wohnwagen hier.»
«Eh bien!» sagte Niklaas. «Da hört sich ja alles auf!»
«Eh bien, Gaspard», fuhr Charles Fontarelle fort, «jetzt fängt ja alles erst richtig an. Ich denke doch, du ziehst von nun an mit uns durch die Welt.»
Charles Fontarelle, der immer unbeholfen und schüchtern wirkte,

wenn er nach Lominval kam, um seine Schwägerin Gabrielle Berlicaut zu besuchen, entwickelte im vertrauten Umkreis der Jahrmarktsbuden einen unerwarteten Unternehmungsgeist. Er beherrschte die Kunst des Anpreisens und vermochte ein Nichts als das achte Weltwunder hinzustellen. Und so hielt er ihnen allen nun eine Rede, in der er darauf hinwies, daß Madame Fontarelle und er selbst nie aufgehört hätten, an Gaspard zu denken, und daß er, wenn Jenny einverstanden sei, eines Tages darangehen wolle, unterstützt von Madame Fontarelle, von Gaspard, Niklaas und seinen Jungen, ihr Theater wieder aufzubauen.

«Denn wer ihr auch seid», sagte er zu Niklaas gewandt, «Jenny kann sich gewiß keine besseren Freunde wünschen, und ich glaube, daß auch Gaspard sie nicht mehr verlassen will. Ich bin außerdem davon überzeugt, daß er sich bereits dem Land Hélènes verschrieben hat, nachdem es ihm schon nicht mehr darum zu tun war, eines Tages auch seine eigene Familie wiederzufinden, der ihn die hoch ehrbare Gabrielle Berlicaut abspenstig machen wollte – bereits dem Land Hélènes verschrieben hatte, sagte ich, ohne jedoch zu ahnen, daß Hélènes Land ja auch sein Land ist.»

Und noch manch andere Dinge sagte er. Madame Fontarelle trat mitten in dieser schönen Rede herzu, ohne daß Charles sich im mindesten dadurch stören ließ. Sie schloß Gaspard in die Arme, vor dessen Augen sich jetzt ein ganz neues Leben auftat. Deshalb also meinte Jenny immer, im großen Land müsse man sich stets auf neue Ereignisse gefaßt machen! Obwohl sie sich an diesem Tage immerhin alle mit ziemlicher Bestimmtheit dafür entschieden hatten, in Zukunft gemeinsam durch das große Land zu ziehen, wiederholte Jenny am Abend auf's neue:

«Das ist noch nicht alles ...»

Und Hélène fragte wiederum: «Was gibt es denn noch?»

In den Tagen und Wochen, die nun folgten, reisten sie in den Süden und entdeckten nach den Eichen, den Birken und den Eschen die Judasbäume, Orangenbäume und Olivenbäume, und dann die Palmen, und endlich auch das Meer.

Die Horizonte des großen Landes weichen vor dem Schritt des Wanderers ohne Unterlaß in Raum und Zeit zurück. Es ist das Land, in dem man nur gemeinsam von einer Stätte aufbricht, und in dem man an trostlose Orte nur gelangt, um gleich darauf viel schönere zu schauen.

Wie das Theater neu gegründet wurde, welch bewegtes Leben unsere Freunde erwartete – wir werden eines Tages davon hören. Was es aber, Jennys Ahnungen getreu, «noch gab», soll schon jetzt berichtet werden: Man sah während der Wanderung auf den langen Straßen Gaspard und Hélène immer häufiger Seite an Seite vor den Wagen herziehen, und es stand bald fest, daß sie fürs Leben vereint blieben. Jenny aber schrieb Monsieur Drapeur einen Brief und schilderte ihm, wie es Hélène jetzt ging und wie sehr dankbar sie ihm sei. Monsieur Drapeur erwiderte darauf, er könne nicht verstehen, daß Hélène um eines ruhmlosen, mühsamen Lebens willen ihr Glück geopfert habe. Als Gabrielle Berlicaut gar von der Geschichte erfuhr, beklagte sie mehr denn je die Verschrobenheit der Welt, in der es offenbar viel zu viele Sonderlinge gab. Und beide, Monsieur Drapeur wie Gabrielle Berlicaut, sagten mehr als einmal kopfschüttelnd, daß diese ganze Geschichte einfach nicht zu fassen sei.

In jenen Tagen, in jenem strahlenden Herbst der südlichen Landschaft, verstand Gaspard dann den seltsamen Glanz in Hélènes Augen, denn er selbst hatte, wie sie ihm versicherte, diesen Glanz in seinem Blick. Es ist ohne Zweifel das Zeichen der erstaunlichen, quälenden Sehnsucht, die jeden nach einem ganz neuen Leben verlangen läßt, das reicher ist als alle Reichtümer, stärker als alles Unheil, ja, als das Leben selbst, und die in unserem Herzen die Länder, die wir geschaut haben, von denen trennt, die wir noch entdecken möchten, Ardennen und Provence, Europa und die Neue Welt, Griechenland und Sibirien. Mama Jenny aber sollte ungerührt wiederholen, daß das noch immer nicht alles war.

«Ce n'est pas tout!» rief auch Charles Fontarelle, wenn er sich an das bunte Publikum der Städte wandte und seine über den Unterarm gehängten Krawatten feilbot.» Das ist noch nicht alles! Kaufen Sie bei mir nicht eine Krawatte, sondern zehn Krawatten, zwanzig Krawatten, und Sie werden stets die Gewißheit haben, eine Krawatte

nach ihrem Geschmack zu besitzen, selbst wenn Ihre Auswahl auf den ersten Blick dem gesunden Menschenverstand zuwiderlaufen sollte. Aber fügen Sie vor allem Ihrer Sammlung für die lächerliche zusätzliche Summe von vierundsiebzig Francs dieses funkelnde, phosphoreszierende Exemplar hinzu, dieses Modell des Jahrhunderts, diese Superkrawatte hier, in der Sie mitten in der Nacht die Sonne und bei hellichtem Tag die Sterne erblicken!»
Doch welche neuen Abenteuer uns auch immer in der Gesellschaft eines Schecken erwarten, der den Teufel im Leib hat – *immer wird das große Land um uns sein.*

In dem faszinierenden Lebensbild des Thaddäus Haenke
spiegeln sich die Ideale einer Epoche
und die Vorausahnungen der Entwicklungen
unserer Zeit eindrucksvoll wider.

HEINZ MARKSTEIN

Der sanfte Konquistador

Die Geschichte des Thaddäus Xaverius Peregrinus Haenke
294 Seiten, gebunden.

«Ich verstehe, daß Sie bitter sind, und ich denke, daß in diesen Zeiten nur Heilige und Narren ihre Feinde lieben können. Aber Tod und Vernichtung und Haß, Amigo, das ist der Weg in den eigenen Abgrund …»
Diese Zeiten, von denen hier nicht ein Priester, sondern ein Naturforscher spricht, sind das ausgehende 18. Jahrhundert. Thaddäus Xaverius Peregrinus Haenke, Biologe, Geologe und Arzt in einer Person, lernt auf seinen Forschungsreisen durch das seit 300 Jahren von Spaniern beherrschte Südamerika die Gefahren der Naturgewalten dieses Landes kennen. Gefährlicher jedoch werden ihm immer wieder die schlimmen politischen Verhältnisse, aus denen sich herauszuhalten ihm unmöglich ist. Dem Bann, den Gold, Macht und Gewalt auf die spanischen Eroberer ausüben, setzt er stets seine Hoffnung auf eine Zukunft entgegen, in der Vernunft und Menschenwürde einst gepaart sein werden.